Dot Hutchison

THE BUTTERFLY GARDEN

蝴蝶花园

【美】多特·哈奇森 著

王丹 张曼 译

上海文艺出版社

献给妈妈和黛比,因为对我的问题,你们回答到一半时,才意识到要多烦有多烦,诸如此类。

I

技术员告诉他说，在玻璃另一边的女孩自打被他们带进来，始终一言不发。开始他不觉得奇怪，毕竟她经历了好几次伤痛。但是透过单向镜观察了她一会儿，他便开始怀疑自己刚才的判断了。她跌坐在硬邦邦的金属凳上，下巴搁在一只缠着绑带的手上，另一只手则在不锈钢桌子上划着不知什么图案。眼睛半眯着，眼帘以下的皮肤是整块整块的淤青色，一头黑发也没有洗过，显得枯燥，乱糟糟在脑后扎成一个结。显然她已经累爆了。

尽管如此，他也不愿意承认她遭受了精神创伤。

联邦特工维克多·汉诺威一边抿着咖啡，一边打量着女孩，他在等着自己的队友们，至少要等到他搭档来。警队里排名第三的干将还在医院里，试图跟进其他女孩的情况，并试着——如有可能的话——查询她们的名字，拿到她们的指纹。其他的特工和技术人员都在案发的那幢房子里。几乎没有任何消息传回来，他此刻只想赶快打个电话回家，跟自己的女儿们说几句话，知道她们一切都好就行。因为他在问话方面，特别是面对受过创伤的孩子们问话很有一套，所以他才被留下，等到合适的时候，让他进去跟这位受过特别伤害的女孩谈谈。

这是明智之举。

他看到氧气面罩在她鼻子和嘴巴旁压出淡粉色的痕迹，看到她脸上残留的污垢和烟渍。女孩的双手和左边的胳膊缠着绷带，穿着一件医院路人给她的薄汗衫，汗衫外面看得见被绷带厚厚包裹着的轮廓线条。她只穿了条绿色的手术服裤子，打着寒战，蜷缩着赤裸的双脚，以免触碰到冰冷的地面，却一句抱怨的话也不说。

他连她的名字都不知道。

其实大部分他们救出来的女孩的名字他都不知道，也不知道那些没等到他们搭救就早已死去的女孩们的名字。眼前这女孩只跟那些跟她一起的女孩说过话，对其他人一概不理，即便这样，还是无法知道女孩子们的名字，关于她们的信息也都无法获取。反……正，他没法因此真的觉得，既然这样他也只能无事可为。"你可能会死，或许不会，现在只管放松，等医生来。"这样的话对其他女孩有效，但是对她就不敢保证了。

她先在椅子里坐直了，然后将两只胳膊慢慢地举过头顶，直到整个后背都似弓一样弯曲起来。麦克风传出脊椎骨受到挤压后发出的咔咔响声。她摇摇头，倒在桌子上，脸颊贴着金属桌面，手掌也平压在桌面上。她背朝着玻璃墙，她知道他还有其他人会在后面观察她，只是她这样背对着玻璃墙，反而暴露了另外一件有意思的事，即那些线条。

医院曾给过他一张背部的照片。一眼他就瞥见她后肩两侧上那些斑斓的色彩。其他的就看得不是很清楚，但是透过薄汗衫隐隐约约能看见一些线条。他从口袋里拿出照片，贴在玻璃上，比对着彩印照片和透过衬衫隐约可见的线条。这本来不算什么，可是所有受害女孩都有类似的文身，虽然颜色各异，设计也不同，但是性质是一样的。

"警官,你觉得这是他对她们做的?"一位技术人员盯着监视器问道。摄像机在审问室那边录着像,在这边的屏幕上,能看见她被放大的脸,她双眼紧闭,呼吸平稳。

"我们会查清楚的。"他不喜欢推测,特别是在还不了解情况的时候。这样的案件还是他干这个工作以来头一遭遇到,物证远比他们想象的还要糟糕。他凡事已经习惯估计到最糟糕的结果。一个小孩走丢了,你再怎么忙得不着家,也不能指望最后能找到生还的小可怜。他认为凡事可以抱以这样的希望,但不能抱以这样的期待。他见过最小的小孩尸体,小得让人难以想象用什么棺材才能收殓;也见过连强暴是什么都不懂的小孩遭到了强暴。但手上这件案子太出乎意料了,不知怎么了,他连该从哪里下手都不知道。

他甚至连她到底几岁了还不知道。医生猜测女孩在 16 到 22 岁之间,可他觉得光靠猜是没用的。如果她只有 16 岁,那或许应该到儿童服务中心之类的地方找个相关的人来,但是医院里到处都是那样的人,再找一个来只是添乱。本来找他们来应该能解决问题,至少能做点什么——可他们却根本帮不了忙。他想象着,自己的女儿们要是像这个女孩一样被锁在一间房里时,该会做什么?估计她们谁都不能像她这样若无其事。这一点说明她比自己的女儿们年龄稍大些,或许她之前多次练习过假装若无其事?

"埃迪森和拉米雷兹那边有消息吗?"他问技术员,视线一刻没有离开女孩。

其中一位技术员回答说:"埃迪森正在赶回来的路上;拉米雷兹还在医院,跟最小的那个女孩的父母在一起。"伊芙没看房间里的女孩,也没看监视器。她家里有个小宝宝。维克多想,要不让她回去——可她刚休完产假,今天是第一天上班——还是让她留下吧,如果她撑不住了应该会主动说的。

"就是因为她,才起了追查的念头吗?"

"又有个女孩几天前刚失踪,在商场里和几个朋友买东西时突然不见了。她的朋友们说她出了试衣间,到购物区拿同款衣服的其他号,就再也没回试衣间。"

失踪的人又多了一个。

他们在医院里对所有女孩子,包括在来医院途中,或刚到医院就死掉的,都拍了照片,并搜索失踪人口数据库,与她们的照片作比对,可是比对的结果得等一段时间才会出来。每当探员或医生询问那些状态稍好一些的女孩叫什么名字时,她们个个都是转过头看这个女孩,因此很明显,她是头儿。被问到的女孩子们都一声不吭,其中有那么几个似乎刚想说,却禁不住呜咽起来,搞得护士们来回跑着照顾她们。

但是审问室的这个女孩就不一样了。问她叫什么名字,她就走开,人人都看得出,她对自己被找到这件事丝毫不觉触动,因此在场的一些人断定,她或许不一定是受害人之一。

维克多叹了口气,把剩下的咖啡一口喝干,再把纸杯压扁,扔进门口的垃圾桶里。他觉得还是得等拉米雷兹来会好些;像这样的情况,多一位女性在场总好些。她能来吗?也不知她会跟那对父母待多久,又或许媒体曝光照片的信息后,其他的父母也会纷纷涌进医院。他想*如果*照片传到媒体那里,他皱着眉头立刻打消了这个想法。他讨厌把受害者照片布满电视屏幕或是报纸页面,那样只会让受害者永远忘不了发生过的伤害。起码要等到失踪人的信息得到确认了再说吧。

身后的门砰砰地打开又关上了。房间隔音,但玻璃被震出了声响,女孩立刻坐了起来,眯着眼睛看着玻璃。也许,玻璃那边有她认识的人。

维克多没有挪动身子，除了布兰登·埃迪森，没人会那样摔门。"怎么样？"

"他们对比了一些近期的报告，孩子们的父母都在赶来的路上了。到现在为止，全是东海岸的。"

维克多从玻璃上揭下照片，重新放回外套口袋里。"还有没有关于这个女孩的信息？"

"她被带来后，有几个女孩叫她玛雅。姓什么还不知道。"

"是她真实的名字吗？"

埃迪森哼了一声，说："不确定。"他笨手笨脚地拉起外套的拉链，里面穿着他的红人队T恤。只要应急小组找到了生还者，维克多小组哪怕在休假也得被调回来处理案件。参照埃迪森平时的穿衣品位，维克多看到他没穿印着裸女的T恤已经倍感欣慰。"有一组人在主屋那里搜索，看那个混蛋有没有留下什么个人物品。"

"我们都看到了他留下的那些女孩，她们大概就是他的个人物品了。"

大概是想起了在出事房屋那边看到的情形，埃迪森没有回嘴。"为什么挑这个女孩？"他问到，"拉米雷兹说还有一些其他的女孩伤得不重。虽然更胆小，可她们更愿意说话。这个看起来不会轻易张嘴。"

"其他女孩都盯着她。我想知道为什么。她们一定特别想回家，可又为什么要看她的脸色行事，都不说自己的名字？"

"你觉得她是主谋之一？"

"我们先得查清楚是不是。"维克多从柜子里拿出一瓶水，深吸一口气。"好了。我们去跟玛雅谈谈。"

他们走进审问室时,她靠着椅背坐着,纱布裹缠的手指交叉横放在肚子上,这种自我保护的姿势超乎他的想象,跟他一起的搭档皱着眉头,显然也觉得出乎意料。她扫了他们一眼,虽面无表情,却发现了一些细节,心里有了些许的盘算。

"谢谢你跟我们过来,"他跟她打招呼,实际上他只能如此,"这是特工布兰登·埃迪森,我是特工的头儿维克多·汉诺威。"

她嘴角微微上扬,做出带着一丝微笑的表情,他可不觉得这是在微笑。"特工的头儿维克多·汉诺威,"她重复道,声音沙哑,仿若被烟熏过似的,"真是拗口!"

"你想叫我维克多吗?"

"我无所谓,不过谢谢你!"

他摘下帽子,然后递给她一瓶水,趁此机会想想如何换一种方法跟她谈。她不害羞,因此她肯定不属于心理受到创伤类的。"一般情况下,自我介绍还应该包括其他的一些东西。"

"一些对你们有用的趣事?"她说,"你喜欢编篮子,游长泳。埃迪森嘛!喜欢穿迷你裙,踩高跟鞋上街?"

埃迪森砰的一拳砸在桌子上,吼着:"你到底叫什么名字?"

"别没礼貌啊!"

维克多咬着嘴唇,克制着,不让自己笑出来。他晓得,一旦笑出声来,他会更加生气,那等于是火上浇油了。尽管知道这一切,可他还是想笑。"请告诉我们您的尊姓大名好吗?"

"谢谢,还是算了吧。我不想说。"

"有些女孩叫你玛雅。"

"那你还问我干嘛?"

听到埃迪森使劲吸气的声音,维克多还是装作不知道。"我们想知道你是谁，你怎么到这儿的。我们可以想办法送你回家。"

"那如果我说我不需要你们帮忙呢？"

"我真的很好奇，你为什么之前没有回家？"

她似笑非笑地看着他，那表情像是赞同他所说的。她长得很漂亮，大麦色的皮肤，浅棕色的眼睛，像琥珀一样可人。可她就是不怎么笑，所以看上去也就不那么可人了。"你我都很清楚啊。不过我已经不在那儿了，不是吗？我能直接从这儿回家的。"

"你家在哪儿？"

"我自己都不知道，我那儿的家还在不在呢。"

"这事可不能开玩笑！"埃迪森突然厉声说道。

女孩冷冷地看着他。"不，当然不是开玩笑。有人死了、有人被毁了，我清楚得很，你为此是很不耐烦的。因为这些破事，你不能去踢球，被紧急叫回来了。"

埃迪森涨红了脸，把拉链拉到了领口。

维克多接着女孩的话，说："你看起来不怎么紧张。"

她耸了耸肩，抿了一小口水，小心地用绑着绷带的手握着水瓶。"我应该紧张吗？"

"跟联邦特工说话，大多数人都会紧张的。"

"这种谈话跟他——也没什么不一样，"她咬住了裂开的下唇，疼得皱眉头，血珠迅速渗透了裂开的皮肤。她又喝了一小口水。

他温和地追问："跟谁？"

"跟他，"她回答，"花匠。"

"那个劫持你们的人——你们跟他的花匠说过话？"

她摇摇头。"他*就是*花匠。"

※

　　你要知道，我这样叫他，不是因为害怕，也不是因为敬畏，更不是因为受到了调教。这个名字根本不是我给他取的。我们这么叫他，只是我们对他一无所知，跟我们不知道那是个什么地方一样。不知道的东西可以被生生地造出来，那么最终还有什么是没被造出来的也就变得无所谓了。我想，这大概就是实用主义吧。那些温暖友爱的人，需要得到别人的肯定，可结果呢，却成了斯德哥尔摩症患者，剩下我们这些人就成了实用主义者。这两种品性我都见过，我选择后者，即讲求实惠。

　　我一到花园，就听到了这个名字。

　　刚到花园时，我头疼得厉害，比起我之前因宿醉引起的头疼至少要强一百倍。开始我疼得连眼睛都睁不开，只要呼吸就疼得像头快被劈开似的，更别说动一动了。大概我发出了什么声儿，突然间有一块冰冷的湿布盖住了我的额头和眼睛，然后有个声音跟我说，这只是水，她可以保证。

　　我更加恐慌了，不知是出于对她的这种应对自如的关心，还是出于"她"是个女的，我无法判别。

　　当时绑架我的两个人都不是女的，起码这一点我能肯定。

　　当时感觉到一只胳膊麻利地搭到我的肩膀上，轻轻地扶我坐了起来，然后把一只玻璃杯贴到我嘴边，"我保证，这只是水。"她又重复了一遍。

　　我喝了。其实我喝的是否"只是水"已经无所谓了。

　　"你吞药片行吗？"

　　"行。"我轻轻地回答道，可是就连发生这么轻的声音都疼得像是要在我头骨上凿出个洞来。

"那,张嘴吧。"我倚着她张开了嘴。她把两片药片放在我舌头上,然后又把水拿起来。我乖乖地吞下药,她就让我躺到一个硬硬的床垫上,床单冰凉凉的,我不停地泛恶心,想吐。她好长时间没再说话。我的眼前各种彩灯似的光点慢慢地停了,意识好像也逐渐恢复了。她看我有了反应,用块布帮我盖住脸,挡住头顶的光,我才渐渐不眨眼了。

"你以前做过好几次这样的事吧。"我用嘶哑的声音问道。

她把那杯水递给我。

即使她弓着身子,坐在床边的一个高脚凳上,也看得出她身材高挑。她的长腿和纤长的肌肉线条像一位亚马逊女战士,或者把她比作一个母狮子好像更贴切些,因为她靠着的姿势像只柔软的猫。蜜棕色的头发凌乱地盘在头顶,却也不难看,露出一张棱角分明的脸,和一双闪烁着金色光芒的深棕色眼睛。她穿着一袭黑色的丝绸裙子,高高地系在脖子上。

她任凭我打量,反而像是松了口气。我猜我这样要比发抖或是发火要好些,那些她大概也都见识过。

我重新注意到新添满的水。"他们叫我利昂奈特,"她跟我说,"就不用跟我说你的名字了,说了也用不上。如果可以的话,你最好还是忘了自己的名字吧。"

"我们在哪儿?"

"花园。"

"花园?"

她耸耸肩,她连这种动作都做得很优雅,行云流水一样。"叫什么都差不多,叫花园就行。你想看看吗?"

"你大概不认识从这里出去的小道?"

她只是看着我。

好吧。我晃着床边的腿,用拳头撑着坐起来,这才发现我衣服都没穿。

"衣服呢?"

"给。"她拿给我一片黑色的丝绸布料,穿上才发现是一件紧身及膝的裙子,领子很高,后背很低,非常低。如果我有腰窝的话,我穿上后她一定能看到。她帮我系好屁股上的绳状腰带,然后轻轻把我推向门口。

这房间陈设简单,简单得有点过了头:一张床,一处角落里有个小小的马桶和洗手池,另一处角落里放着像是开放式淋浴的东西,除此之外就什么都没有了。墙壁是用厚玻璃做的,没有门,只有门洞。每面玻璃内外都有一条轨道。

看到我紧皱眉头地看着轨道,利昂奈特解释道:"会有一堵墙降下来,把我们都关住,什么人都看不到。"

"经常吗?"

"有时候。"

从门洞出去是一条窄窄的走廊,往右边走,可一直走到尽头,往左手没有路可走了。正对着我的还有一个门洞,上面有更多那样的轨道,这个门洞通向一个潮湿阴凉的洞穴。洞穴的尽头有一个拱门,微风掠过幽暗的石壁吹过来,墙壁上映出瀑布反射的光斑,潺潺的水声隐隐约约钻进耳朵。利昂奈特带我从水帘后走进花园,眼前的美景简直不可方物。蓊蓊郁郁的树叶和树丛中,五光十色的花争奇斗妍,蝴蝶成群地嬉戏其间。外层立着一个人造的悬崖峭壁,最高处还有更多的绿植和树木,峭壁边上的树直冲玻璃屋顶,一层层延伸到一望无际的远处。我能透过稍矮的绿植看到黑色高墙，但再远就看不到了。藤蔓环绕，只留出些许空着的地方，那大概是通往门厅的入口，就像我们之前走过的入口一样。

花园中庭大得难以想象，还没看到那些缤纷的色彩，我已经被硕大无朋的空间震惊了。瀑布分流，细流蜿蜒汇入一个睡莲装饰的小池塘，白沙小径穿过绿植通往其他的门口。

天花板透射进深紫色的光，间或有玫红和靛青的光闪过——应该是晚上。我是在一个风和日丽的下午被挟持的，不知为什么，我的直觉反应是已经不在同一天了。我缓缓地转身，想把周围的一切都收进眼里，可是要看的实在太多。我的双眼连那里的一半都看不完，脑子连我看到的一半都处理不了。

"什么鬼？"

利昂奈特笑了，却又立刻收回笑声，生怕被人听到。"我们叫他花匠，"她说得不冷不热，"贴切吧？"

"这是个什么地方？"

"欢迎你来到蝴蝶花园。"

我转身问她到底什么意思，然后就看见了那个。

※

她慢慢地喝了口水，让瓶子在手里滚来滚去。待她安静下来，维克多才轻轻敲了下桌子，问她道："哪个？"

她没有回答。

维克多从口袋里掏出照片，放在两人中间的桌子上，又问："这个？"

"你都知道答案了，还要问我，要我还怎么信你。"可她塌下双肩,靠到椅子背上,恢复了之前的姿势。

"我们是联邦特工,我们是公认的好人。"

"难道希特勒觉得他自己是坏人吗?"

埃迪森突然把身子挪到椅子的边沿,"你把我们跟希特勒比?"

"不,我只是跟你们讨论认知和道德的相关性而已。"

他们一接到指令,拉米雷兹就直接去了医院,维克多赶来这里配合处理堆成小山似的报告。埃迪森负责现场,但他处理这种恐怖事件总要发脾气。想到这儿,维克多回来看着桌子那头的女孩,问:"疼吗?"

她摸着照片上的线条说:"疼死了。"

"医院说这得有几年了?"

"你问我?"

"你得问答我。"他重复刚才说的话,不过这回带了一丝笑意。

埃迪森冲他皱起了眉头。

"医院有很多特点,但不包括完全无能。"

"这又在说什么了?"埃迪森插嘴问。

"对,这有好几年了。"

多年来他一直询问女儿们的成绩、考试和交男友之类的问题,因此积累了一些经验。这一问一答的套路也可用于现在这场合。他一声不吭,一分钟,两分钟,他看着女孩快速但仔细地翻动着手里的照片。要是团队大一点话,里面的心理医生们或许可以就此说上一通了,分析出几条门道来。"他找谁来干这事呢?"

"这世上他绝对信任的人。"

"多才多艺的人。"

"维克——"

维克多双眼仍然盯着女孩,一边用脚踢搭档的椅子腿,想惹他生气。可结果是除了女孩脸上露出似笑非笑的表情之外,其他什么事也没有发生。实际上,事情不该这样,真的是丝毫不该这样,可是事情仿佛又就是这样!

女孩看着裹成手套一样的手指头边上的纱布。"扎针的时候声音很大的,你知道吗?明明不是你自己选的。可不选也是选,因为还是有其他选择的。"

"死。"维克多猜。

"比死还可怕。"

"比死还可怕?"

埃迪森的脸变得煞白,女孩看见他这样,没有讥笑他,却认真地对他点了点头。"他明白。不过话说回来,你们都没经历过这个,是吧?纸上写的和实际情形可不是一回事。"

"什么比死更可怕,玛雅?"

她用指甲抠着食指上的一处新痂,慢慢揭起来,点点血珠透过纱布渗出来。"你要是知道找一套文身工具有多容易,估计会被吓到。"

※

到那里的第一周,为了让我安安静静地不哭不闹,每天都会在我晚餐里悄悄地加点什么。那几天利昂奈特也一直陪着我,但是其他女孩——其中好几个做得很明显——都远远地躲着我。有一天吃午饭时,我问利昂奈特她们为什么躲着我,她说没有为什么,这是件很正常的事。

她塞了一大口沙拉到嘴里,然后说:"哭哭啼啼总是搞得人心烦。"这位神秘的花匠,且不管他做的其他事,他给我们的饭菜倒是极好的。"女孩子们大多不愿哭,一般哭只会在知道了要如何安顿某个女孩时。"

"只有你不哭。"

"事情总得要人做。不过,如果必须要我去做的话,我也能忍住,不让自己掉泪。"

"我在你面前没有掉一滴泪,你该很欣慰吧。"

"啊,对了。"利昂奈特插了一片烤鸡肉,转着叉子。"你从小到大哭过吗?"

"哭有什么用?"

"我该爱你呢,还是该恨你?"

"决定好了跟我说,我会见机行事的。"

她大笑起来,露出一口白牙。"保持这个态度,但别对他这样。"

"为什么他非要坚持让我晚上吃安眠药?"

"预防万一啊,这不是外面还有个悬崖呢。"

我忍不住猜想,要有多少女孩曾经跳过崖,他才会想到采取预防措施。那堵人造围墙估计得有 25,或者 30 英尺[1]高吧? 人从上面摔下来会死吗?

我渐渐地习惯了,在药效过去之后,我在空荡荡的房间里醒来,也习惯了醒来后发现,利昂奈特在床边的凳子上坐着。可在第一周的最后一天,我醒来时却发现自己趴在一个垫着硬垫的长椅上,屋子里布满着浓浓的消毒水味。这不是原来的那个房间,这个房间要大一些,玻璃墙也换成了金属墙。

而且,还有别人在这里。

---

[1] 英尺:1 英尺约等于 0.3048 米,此处 25—30 英尺约合 7—10 米高。

刚开始我还看不到,麻醉剂效果仍很强,我的眼皮就像黏在一起,完全睁不开。但我能感觉到旁边还有别人。我保持呼吸匀称,绷紧了想听到点什么。突然一只手落在我光着的身子上。"我知道你醒了。"

是个男人的声音,不高不低,典型的大西洋中部气质。其实还蛮好听的。那只手慢慢轻抚过我的腿、屁股,然后是脊柱沟。房间里不冷,但我身上起了一层鸡皮疙瘩。

"你最好别动,否则我们可能都会后悔。"我想转头,顺着声音面向他,却被那只手按住了后脑勺,没办法动弹。"我不想因为这个绑住你;那样线条就毁了。如果你觉得你没办法不动,我也可以给你点儿东西让你安静下来。再说一遍,我不想这样。你能不动吗?"

"为什么?"我问道,声音轻得可怜。

他把一片光滑的纸塞进我手里。

我想睁眼,但是安眠药让我比平常早上起床时更困。"如果你不打算*现在就*开始,能让我坐起来吗?"

那只手抚过我的头发,指甲轻轻地挠了下我的头皮。"可以。"他听起来好像很吃惊,不过还是扶我坐起来。我擦了擦眼角的泪珠,开始看手里的图片。我能感觉到他的手还在摸着我的头发。我想起了利昂奈特,还有那些我曾远远看到过的女孩子们,我其实对这些不惊讶。

觉得很恶心,但一点不惊讶!

他站在我身后,空气里充斥着刺鼻的古龙香水味,保守点估计,这香水价格不菲。我面前有一整套文身工具,墨水在一个托盘上一字排开。"今天做不完。"

"你为什么要给我们文身?"

THE BUTTERFLY GARDEN 015

"因为花园里一定要有蝴蝶。"

"就不能用比喻意义上的蝴蝶吗？"

他笑起来了，声音里透着惬意。这个人爱笑，而且不管什么原因，想笑就笑，有点由头就会笑起来。相处一段时间，就会了解到些事情，这是我了解到的他最大的特点了。他想要在生活中找更多乐子。"怪不得我的利昂奈特喜欢你。你还挺野的，跟她差不多。"

我没答话，没什么好说的。

他小心地勾着手指把我的头发拢起来放到肩后，然后拿起梳子给我梳头。梳顺了，还不停地梳。我觉得他喜欢梳头，大概跟他喜欢文身一样。在别人允许的时候，给别人梳头是种很单纯的乐趣。最后他给我扎了个马尾，用皮筋绑住后又绾了个髻子，用发圈和发卡固定住。

"现在趴下吧，请！"

我照着他说的那样趴下。趁他走动的时候，我瞄到了他的卡其裤和系扣衬衫。他不让我面朝他，让我把脸紧贴在黑色皮革上，双手可以随意放在两侧。这姿势不怎么舒服，但也不是特别难受。我绷紧了自己尽量不动，结果他轻轻地拍了下我的屁股。"放松，"他跟我说，"如果你绷太紧，反而会更疼，好得也更慢。"

我深吸了一口气，尽量让肌肉放松。双手握拳，然后又松开。每次松手，我就放松了一点点背部力量。这是索菲娅教我们的，其实主要是为了不让惠特妮总是崩溃——

※

"索菲娅？惠特妮？她们俩也在那群女孩里？"埃迪森插嘴说。

"对,是那群女孩子。索菲娅大概应该算是个女人。"女孩又喝了一口水,看看瓶子里还剩多少。"其实,惠特妮也应该算是,我猜。她们都是女人。"

"她们长什么样子?我们可以对照名字和——"

"她们不是花园里的。"女孩看着年轻特工,他的表情让她猜不透,同情掺杂着取笑,甚至是嘲笑。"我以前过得也不好。但人生不是从花园开始的。呃,反正不是从这个花园开始的。"

维克多把照片翻过来,猜着这身文身,这么大的一片文身,再加上这么多的细节,要花多少时间才能做成。

"不是一次就完成的。"女孩看到他盯着图案。"他先从轮廓开始文。割完线再打雾,然后文其他细节,两个星期就好了。文身文好了,我就变成他花园里的又一只蝴蝶了。上帝创造了他自己的小世界。"

"说说看索菲娅和惠特妮。"维克多觉得文身可以暂时不用问了。他大概能猜到文身完成后会发生什么,就算做一回胆小鬼他也不想接着听下去。

"我跟她们一起住。"

埃迪森马上掏出口袋里的皮筋绑带记事本。"哪里?"

"在我们的公寓里。"

"你得——"

维克多示意他不要继续。"给我们说说那个公寓。"

埃迪森抗议了:"维克,她什么都没说出来啊!"

"她会说的。"维克多回答说,"她准备好了就会说了。"

女孩看着他们没说话,两只手轮流抛着瓶子像玩冰球似的。

"给我们说说那个公寓。"维克多又说了一遍。

※

　　我们一共八个人，一起在餐厅打工。屋子是个很大的阁楼，没有其他房间，所有人的床和床头柜都像军队里那样摆。每个床都有一边摆架子放衣服，另一边到床脚围着帘子。虽然也遮不了什么，没什么隐私好说，但也已经不错了。一般情况下房租都贵得要命，但是那附近很乱，而且我们这么多人一起住，平摊了月租不过也就是一两晚的工资而已，剩下的日子就能随便花钱了。

　　有些人真的是随便花。

　　我们来自不同的地方，有的是学生，有的是野丫头，还有的以前做过妓女。有的人想要做自己，有的人想要独处，各有各向往的自由。我们唯一相同的地方，是在同一家餐厅工作，住同一间屋。

　　说实话，那里简直就像天堂。

　　当然了，有时候也有小摩擦，吵架啦，打架啦，都是些鸡毛蒜皮的事，但是大多数都是事情过了就算了。总有人愿意把衣服和鞋借给你穿，或者把书借给你读。有人要工作，有人还要上课，但是没事的时候，我们兜里装着钱玩遍整座城市。就拿我来说吧，我从小没怎么被人管过，这种自由太美妙了。

　　冰箱里总是备有面包圈、酒和瓶装水，柜子里总是备有避孕套和阿司匹林。有时候还能在冰箱里找到剩下的外卖。社工要上门检查索菲娅情况的时候，我们就去杂货店采购一趟，把酒和套子藏起来。一般我们都在外面吃，或者点外卖。打工的时候一整晚都围着吃的打转，我们见到公寓的厨房都跟见瘟神似的。

　　哦，对了，还有一个醉鬼。我们就没搞清楚过他到底住不住那栋楼，每天下午他都在街上喝酒，晚上就醉倒在我们门口。不是楼门口,就在我们房间门口,也是个他妈的变态。我们下班回来已经很晚了,他还在,几乎每天都这样。我们就直接上到顶楼,再从防火梯走一层下来,从窗户进屋。索菲娅觉得醉汉可怜,不想把他送去警察局,所以房东就给我们加了一道特别的锁。我们同情索菲娅的遭遇——以前做过妓女——现在戒了毒瘾,想要重新得到孩子的抚养权——所有人都不想难为她。

那些女孩是我第一次交到的朋友。我以前大概也遇到过像她们一样的人,但是又不一样。我以前见人能躲就躲,基本都这样。但是我跟她们一起工作,又住在一起,所以……就很不一样了。

索菲娅激励着我们每个人。我遇到她的时候,她已经一年多不碰毒品了。她用了整整两年才戒除了不断反复的毒瘾。她有两个特别漂亮的女儿,被一户人家收养着。那对养父母完全支持索菲娅戒毒、重新抚养女儿的想法。基本上她什么时候想见女儿了,他们都会让她见。日子过得不顺了,或是她的瘾上来了,我们就会把她塞上出租车去看她女儿,让她晓得自己那样苦苦撑着是为了什么。

还有霍普和她小跟班杰西卡。霍普是鬼机灵,很活泼,杰西卡就一直跟着她,让做什么就做什么。有霍普在,公寓里就有笑声和性爱,杰西卡想找个人爽一爽,霍普给她做了很好的榜样。我搬进去的时候她们还都是小孩,才十六七岁。

安珀也 17 岁了,但是跟她俩不一样,她是个有计划的人。她为了不被收养,还对自己独立未成年人的身份做了公证。她还过了 GED 考试,但还没想好要读什么专业,所以暂时在社区大学里选读会计。还有凯瑟琳,她要大几岁。她从来没有提起过来公寓以前的任何事。其实,其他的事她也不说。有时候我们硬逼着她跟我们共进退,她也会跟我们一起做点什么,但她从没有自己要去干任何事。如

THE BUTTERFLY GARDEN 019

果有人让我们八个人面对墙站成一排,问我们谁的动作跟别人不一样,每个人都会指向凯瑟琳。不过,我们也不问她。公寓里有条最基本的规则就是不要逼问个人历史。我们都有过见不得人的过往经历。

我刚提到了惠特妮,她会间歇性地发疯。她是个心理学研究生,但是妈的有点神经质。她也不是特别疯,就是"我没办法承受压力"这种疯。放假的时候她很好,但是一到开学上课了,我们就得轮流提醒她:冷静,别他妈发疯。内奥米也是学生,读的是史上最没用的专业。真的,我觉得她去上学无非是因为有奖学金,然后读英语专业能让她有借口看*很*多东西。不过好处是她很愿意跟我们分享她读的书。

在餐厅上班的第二周,内奥米跟我提到了那个公寓。当时我到这座城市不过才三周,还住在青年旅馆里,所以每天都带着全部家当去上班。当时我们就在那个小更衣室里换工作服。我的全部家当放青旅里不安全,就都放餐厅里,这样我起码工作起来不分心。其他人也在那儿换衣服,因为那套制服——长裙和高跟鞋——无法穿出去。

"那个,嗯……你应该挺靠谱儿的,对吧?"她直接来了这么一句。"我的意思是,你不给勤杂工和服务员撂脸子,也不从更衣室里偷东西。闻起来也没什么怪味儿。"

"问这个干吗?"我戴上胸罩,扣上后背的扣子,再让胸罩托起乳房。住青旅让我脸皮变厚了,在这间所有女服务员都来换衣服的小更衣室里就更不会觉得怎样了。

"瑞贝卡说,你就住街前面一点儿。你知道我们几个是一起住的吧?我们现在空出了一个床位。"

"说得很对。"惠特妮把盘起来的金红色的辫子抖松开来,"就是一张床。"

"还有个床头柜呢。"霍普傻笑着说。

"我们几个聊过这件事,想问问你愿不愿意。租金是三百块一个月,包水电。"

我刚来没多久,就算这样我也知道不可能那么便宜。"三百?三百能住个什么鬼?"

"租金总共是两千,"索菲娅说,"平分一下就是三百了,剩余的用来付水电费。"

这样说起来好像没错了,不过……"你们几个人一起住?"

"加上你八个人。"

那基本跟住青旅差不多了。"我今晚住一夜试试看,明天再决定可以吗?"

"好啊!"霍普递给我一件看起来连屁股都盖不住的牛仔短裙。

"不是我的。"

"我知道,可我觉得挺适合你的。"她已经一条腿伸进我的加大号灯心绒裤子里,所以我也不能说什么了。挤进裙子之后,我提醒自己,弯腰什么的要特别注意。霍普的身材特别火辣,有点儿丰满,所以我能把裙子再往下拉一点盖住屁股。

餐厅老板看到我跟女孩们一起走,眼睛都亮起来了。"你现在跟她们一起住了,是吗?你感觉安全了吗?"

"都没客人了,吉利安。"

他说话马上不带意大利口音了,拍了拍我肩膀,说:"她们都是好女孩。我很高兴你跟她们在一块儿。"

他这样一说,我便决定不用等去看了公寓再决定住不住了。吉利安给我的第一印象是严厉又公正,事实证明没错,他愿意给我这样只背着一个旅行背包、拖着一只行李箱的女孩一周的试用期。为了让顾客感觉食物味道更好吃一点儿,他故意装成意大利人,但其实他又高又壮,红色头发稀稀疏疏,本来盖住上嘴唇的小胡子现在差不多要盖住整张脸了。他看重的是工作表现而不重说辞,看人也是一样。所以第一周试用期一结束,他就给了我一张下周的工作时间表,表上写着我的名字。

我们下班的时候已经凌晨三点了。我记住了街道名和火车班次,快到公寓时,我原以为会紧张,可事实上完全没有。穿了好几个小时的高跟鞋,我们上楼梯都很累,去顶楼再上天台有好多台阶,要穿过放在露台的家具、罩着的烤肉架,还要拐过种着的茂盛植物、貌似是大麻的一个角落,再从防火梯往下走一层才到窗户边。索菲娅捣鼓着开了锁,霍普一边笑着,一边跟我讲走廊里那位变态醉鬼的事。

青旅里也有几个那样的人。

房间很大,很宽敞也很干净,两边靠墙各放着四张床,中间一组沙发摆成一圈。吧台后面是厨房,门后是卫生间,里面的淋浴间很大,十个淋浴喷头朝着不同的方向。

"我们不问这里之前住过什么人,"内奥米带我参观的时候委婉地说,"不过是个淋浴而已,又不是狂欢。"

"你们要养护这些淋浴龙头吗?"

"啊,谁管啊,我们都是随意用的。那才有意思呢。"

只有我一个笑了。跟她们一起工作很有意思,她们在厨房里总是讲笑话、骂脏话、抱怨那些烦人的顾客,或是跟厨师和洗碗工调情。跟她们在一起的两周时间里,我笑的次数比来之前加起来的所有次数还多。大家都把钱包背包放到床头柜上,大多数换上了睡衣或者随便穿点什么,但是都没睡。惠特妮把她的心理学书拿出来读,安珀拿出二十个一次性口杯,开始倒龙舌兰酒。我伸手想拿一杯,结果内奥米递给我一大杯伏特加。

"龙舌兰是给学习的人喝的。"

然后我就坐在沙发上,听凯瑟琳读安珀的模拟测试题,一题一杯。如果安珀答错了,就得喝酒。答对了,她可以随意挑其他人喝。她把第一杯给了我,龙舌兰混伏特加差点没把我呛死。

天亮的时候我们还没睡。内奥米、安珀和惠特妮都滚去上课了,剩下我们几个最后醉成了一摊烂泥。下午我们早早地起了床,她们没有租约只有一个同意书,我签了,然后用前两晚的小费交了第一个月的房租。就这样,我终于有家了。

※

"你是说,你当时去那城市已经三个星期了?"维克多脑子里过着一堆她可能住过的城市。她说话不带口音,没办法分辨她的老家在哪里。他很肯定她是故意的。

"对啊。"

"你之前在哪里?"

她只顾喝水,并不回答问题。把空瓶子轻轻地立在桌子的一角,然后靠着靠背坐了回去,从上往下慢慢揉着缠着绷带的手。

维克多站起来,耸着双肩脱下夹克衫,然后绕着桌子走到她身边,把夹克衫披到她身上。看见维克多朝自己走过来,她紧张起来,不过维克多在给她披衣服的时候,尽量不让自己碰到她的身体。等他走回到刚才坐的桌子边,她的神情才放松下来,把两只胳膊穿进衣服袖子里。夹克衫套在她身上像只大布袋,松松垮垮的,但她的手从袖口里露出来好像还挺舒服。

他决定与纽约那边联系,试试看能否发现线索:仓库式公寓房,营业到深夜的餐厅,再加上她说乘的是火车,而不是地铁,这应该是有区别的吧?他打定主意,要与纽约警方联系,查找女孩的信息。

"你那时候上学吗?"

"不上。只工作。"

听到有人敲玻璃,埃迪森出去了。女孩看着他走出去,露出开心的表情,然后转过身表情正常地面对着维克多。

"你为什么想去那个城市?"他问,"听起来你也不认识那里的什么人,也不像是计划要去的。为什么去那儿?"

"干嘛不去?新鲜啊,不一样啊。"

"那地方远吗?"

她扬起一条眉毛。

"你叫什么?"

"花匠叫我玛雅。"

"但你以前不叫这个。"

"有时候忘掉事情更容易,你明白吗?"她玩起了袖口,快速地卷起袖子又放下,再卷起再放下。这动作颇似以前包银餐具时的样子。"你在那里待过,却没法逃走,也没法回到过去的生活,为什么还抓着不放?回不去的事还牢牢记着,不是会让自己更痛苦吗?"

"还是说你忘了?"

"我只是说他叫我玛雅。"

※

在文身完成之前我几乎跟其他女孩没有接触,除了利昂奈特,她每天都过来跟我说话,帮我的伤背涂药油。她也让我看她的文身,既不觉得丢人也不觉得恶心。那图案已成为她的一部分了,像呼吸一样跟随着她,像她的动作一样优雅而不自知。细节的精致让我震惊,我猜，那样错综的文路和精细的层次是要多次反复填色的，肯定很疼。颜色褪了还要补，好的文身要花上几年的工夫来润色，我根本不敢想在花园里待到那个时候。

可如果我待不到那个时候，更可怕。

利昂奈特用托盘拿饭的时候，顺便会带上我的，里面还会有药。每隔几天我就会在硬皮工作台上醒来，花匠用手摸摸我已经文过的地方，看恢复得怎样，敏感度怎样。他从不让我看他，那间屋子跟我们住的半透明玻璃不同，从金属墙上我完全看不到一点点他的影子。

他工作的时候会哼歌，光听他的声音还挺好听的，可是跟文身针的低鸣声混在一起就很可怕了。他哼的都是一些怀旧金曲：猫王、辛纳屈、马丁、克劳斯贝，甚至还有一些安德鲁斯姐妹的歌。躺在那里受针的折磨，还要让它在我的皮肤里留下痕迹，这是一种很奇怪的痛。但是我没别的选择。利昂奈特说在每个女孩的翅膀完成之前，她都会一直陪在她身边。我还没能探索花园是怎样的，也没能找到出路。我也不知道利昂奈特是知道没有出路还是根本就不想出去。我就只能让他把那个鬼翅膀文在我身上。我也没问过如果我反抗或是拒绝会怎样。

我刚想问，但是看到利昂奈特脸色发白，我只好把话题转移了。

我觉得她带我走过中庭的那条路有问题，想出去只有进花园的那一条路，就是穿过瀑布后的山洞。不管她不让我看的是什么，或是不想给我看的是什么——这两者完全不同，我可以等。这是胆小鬼的举动吧，不过这样才是务实啊。

我在花园待到第三周快结束的时候，他给我文身的活儿也做完了。

整个早上他表现出从未有过的紧张，也从未这么专注过，中间休息的时间也短了不少，而且休息的次数也少了。他沿着最初文的脊椎线填色，把翅膀的轮廓描出来，文出脉络，给大一点的色块打雾。然后文前翅的部分，从前翅又回到脊椎线，在四块区域之间来回文，每块区域都要上色。仔细得不能再仔细了！

之后他把流出的血和多出的墨水擦掉，歌也不哼了，呼吸也短促起来。文身时，他的手一直很稳妥，可在抚摸文身的时候却颤抖起来，接着他又在我后背上仔细地涂了一层又凉又滑的药油。

"你太精致了。"他声音沙哑。"简直无与伦比。跟我的花园相得益彰。现在，……现在你得有个名字。"

他用两只拇指从文身开始的地方，即脊椎处开始摸，那里现在已经差不多好了，一直到我的脖颈后，头发扎起来的地方。药油还沾在他手上，我的头发变得又乱又重。他突然没有任何预兆地把我从皮椅上拉下来，我双脚着地，可上半身还在皮椅上。我听到他手忙脚乱地解腰带，拉裤链的声音，我只能紧紧地闭着眼睛。

"玛雅，"他一边摸我一边呻吟地叫着我的名字。"你现在是玛雅了。你是我的玛雅。"

※

有人敲门，沉沉的声音打断了她的叙述，女孩的表情既像是被吓到了，又像是很感激的样子。

维克多压低声音骂了一句，从椅子上探出身子把门拽开。埃迪森示意他到走廊里去。"你小子到底想干嘛？"他咬牙切齿地说。"她开始说话了。"

"排查嫌疑人办公室的小组找到了些东西。"他拿起一个大证物袋，里面满是驾照和身份证。"看起来他都留着了。"

"反正她们每个人都有。"他拿起袋子——天呐，真多——又摇一摇看下面一层的人名和照片。"你找到她的了吗？"

埃迪森又递给他一只小袋子，里面只装着一个塑料片。他立刻认出这是她的，身份证上写着纽约二字。照片上的她比现在小一些，脸上的表情也柔和些，当然这表情不是温柔。他读出来："英纳拉·莫里西。"可埃迪森却摇摇头。

"剩下的他们也扫描过了，正在排查。这个他们先查的，四年前英纳拉·莫里西这个人根本不存在。社保号码显示，这是个1970年代去世的，年龄才两岁的孩子。纽约警局派人去了最后登记的工作场所了，那是一个叫做晚星的餐厅。身份证上的家庭地址是一处危楼，但是我们打电话问餐厅找到了公寓的位置。接待我的特工漏了点口风给我，说那个地址一看就知道不是什么好地方。"

"她跟我们说过了。"维克托不明所以地说。

"对对对，她既诚实又坦率。"

他没立刻搭话，他在专心地看着身份证。他相信搭档的话，这是假身份证，但是这该死的假身份证做得真够逼真。要在平时，他肯定就被糊弄过去了。"她什么时候开始不上班的？"

"两年前，她老板说的。税务单也对得上。"

"两年……"他把大证物袋还给埃迪森，再把装着身份证的塑料袋折起来放进裤兜里。"让他们尽快把这些都查完；不行的话，调几个其他组的技术员过来帮帮忙。当务之急是确认医院里的那些女孩的身份。再去拿几副耳机给技术员，随时联系纽约警局。"

"收到。"他皱着眉头看了一眼关着的门。"她刚刚真说了？"

"她的问题不在于说话。"他笑起来。"等你结婚了，埃迪森，或者等你的闺女长到十几岁的时候，你就会明白的。比起其他女孩，她算是好的了，不过青春期嘛，总会这样。从她们的话中过滤出重要的信息就好了,听话要听里面藏着的她们不愿讲的内容。"

"就是这样我才不愿意跟受害者谈,我宁愿跟嫌疑人谈。"也不等回话,他就昂首阔步地走回了技术办公室。

既然他走出房间了,不如就利用一下这个休息时间。维克多快步穿过走廊,向警队客厅走去,穿过办公桌和小隔间,到了作为厨房和茶歇间的小角落。他把机器里的咖啡壶拿出来,闻了闻,不热,好像也没完全走味儿。他找了两个看起来干净点儿的马克杯,倒好咖啡,放进微波炉里加热。利用等候的时候,他又在冰箱里翻找没过期的食物。

他没想找生日蛋糕,不过也能凑合。很快,他手上多出了两盘装着厚厚蛋糕块的纸盘,还有几包糖和奶精。用手勾着杯子,他又回到了技术室。

埃迪森又皱起了眉头,不过还是帮他拿着盘子,看着他插上耳机。维克多没想藏着耳机线,他知道瞒不过女孩的眼。等他插好耳机,拿好盘子,又回了房间。

女孩见到蛋糕吓了一跳,他刻意不让自己露出笑容,把盘子和杯子推到不锈钢桌子的另一边。"我觉得你可能饿了。也不知道你喝咖啡加多少糖奶。"

"不饿,不过还是谢谢你。"她直接拿起咖啡小口喝着,做了个鬼脸,但吃起蛋糕却是先咬了一小口,接着咬了一大口。

等到她嘴里塞了满满一大口沾着糖霜的红色奶油花时,他说话了:"给我说说晚星吧,英纳拉。"

她没噎到,也没退缩,只是稍微停顿了一下,就那么一瞬间,如果他没有刻意留心的话,根本无法察觉到。她咽下蛋糕,舔了舔嘴上的糖霜,嘴唇上还残留了一些红色奶油。"晚星是个餐厅,不过你已经知道了。"

他从口袋里拿出身份证,连同袋子一起放在桌上。她用指甲敲着身份证,表情时明时暗。"他都留着?"她怀疑地问。"这也太……"

"傻?"

"是。"她沉思着,蹙起了眉头,张开手掌压在了塑料卡片上。"所有的吗?"

"现在看来是这样。"

她晃着杯子,盯着里面的小漩涡。

"但是英纳拉和玛雅一样,都是虚构的,对吧?"他问道,语气温和。"你的名字,年龄,都不是真的。"

"也够真了,"她轻轻地申辩道,"够用就行。"

"能让你找工作找地方住。但是在那之前发生了什么?"

※

在纽约,有一个好处就是没人会问问题。纽约是人人都会去的地方,是吧?它是梦想、是目标,在那里几百万人做着同样的事,你消失在其中,无人知晓。没人会关心你从哪里来,也没人关心你为什么离开,因为他们都只关心自己,想着他们想要的东西,或者想着她们想去的地方。纽约历史悠久,但是每个住在纽约的人都只想着未来,即使你是从纽约来的——纽约人,你也可以去别的地方,生存繁衍。别人永远也找不到你。

一个露营包和一个旅行箱是我的全部家当,我就带着这些坐大巴到了纽约。我找到一个救济餐厅,只要我帮忙发食物就让我睡在楼上的小诊所里。有个志愿者告诉我,有个人刚给他委内瑞拉来的妻子办了假证件。我按着他给我的电话号码拨过去,他约我第二天到图书馆,在狮子雕像下面等候,一位从未见过面的陌生人会来找我。

在比约定的时间过了一个半小时之后，陌生人终于来了，他的样子看起来不是那种让人放心的人。他约莫中等身材，很瘦，衣服看上去硬邦邦的，估计沾了汗水和别的什么，反正我也不想搞清楚。头发又稀又长，有些还打了绺，他还不停地吸鼻子。每次他抬起袖子擦红红的鼻子时，眼睛都要环顾四周。他可能是个造假天才，但是不难猜出钱都花哪里了。

他没问我名字，只是问了我想叫什么名字、生日、地址，要驾照还是身份证，还问我想不想捐器官。我们聊着聊着就走进了图书馆，终于找到了可以不说话的理由，他走到一块旗子前，让我靠着旗子白色的地方站着，给我拍了照片。我在来图书馆见他之前稍微打扮了一下，还买了一些化妆品，为了能像 19 岁。眼睛其实会暴露一切。如果你看得多，你就显老，不管其他的五官什么样。

他跟我约好，当天晚上在一个热狗摊位等他，到时候他会给我我要的东西。再见面的时候，他又迟到了——他举起一个信封。就是这么一个小东西，这么小，可是它能改变一个人的人生。他告诉我要一千块，但是如果我跟他睡的话五百块就行。

我付了一千。

我们往不同方向走了，那天晚上我没回救济餐厅过夜，而是朝青旅——避开了那些知道我会办非法证件的人——方向走去，我打开了信封，第一次端详了英纳拉·莫里西这个名字。

※

"你为什么不想被找到？"他用一支笔搅着刚倒进咖啡里的奶精。

"我不担心被找到；要想被找到，总得先有人去找你。"

"为什么没人找你？"

"真想念纽约啊。没人会问这种问题。"

耳朵里有轻微的噼啪声,有个技术员打开了话筒。"纽约那边说她三年前过了 GED 考试。考得很好,可是没去注册 SAT 考试,也没要成绩单,不准备给什么学校或是老板看。"

"你高中就辍学了?"他问,"还是因为不想读学位才去考了 GED?"

"你现在已经知道我的名字,我的过去大概轻易就能挖出来了,不是吗?"她吃完蛋糕,把塑料叉子端端正正地摆在盘子上,再嘶啦一声把纸包撕开,然后把里面的糖倒在盘子上。她舔了舔那只唯一没绑绷带的指尖,然后蘸了点糖,送进嘴里。"不过那只在纽约。"

"是的,所以你得告诉我之前发生的事。"

"我喜欢当英纳拉。"

他说:"但她不是你。"语气温和。她眼神变得愤怒了,但像之前一闪而过的微笑和惊讶一样,也稍纵即逝。

"玫瑰换了其他名字不还是同样芬芳?"

"那是修辞,不是身份。你是谁这个问题,与名字无关,而是与你过去的经历有关,我要知道你的过去。"

"为什么?我的过去跟花匠的事无关,可那才是你要关心的不是吗?花匠和他的花园?还有他的蝴蝶?"

"如果他能活到审判那天,我们需要给陪审团提供可靠的证人。一个女孩连名字都不愿说实话,这算不上可靠。"

"就是个名字而已。"

"对你,就不仅只是名字。"

她唇间又闪过了似笑非笑的表情。"福佑也说过这话。"

"福佑?"

※

利昂奈特像往常一样站在文身室外面,我还在穿那件黑色紧身裙——我唯一的一件遮羞布,她礼貌性地回避着。

"闭上眼,"她跟我说,"我们慢慢来吧。"

我在屋子里一直闭着双眼,时间长了便开始怀疑自己是不是瞎了,我浑身又开始起鸡皮疙瘩。但是利昂奈特一直对我都很好,她对其他女孩子们一定也曾是这样的。我更加信任她了。我一闭眼,她就牵着我的手,带我走出了中庭,这条路我以前从没走过。走廊很长,走到尽头,开始往左转。我一路上都用手摸着玻璃墙,每次遇到门洞,手就空荡荡的。

最后她带我走进一个门洞,让我站好,轻轻握住我的臂膀。我感觉得到,她先往后退了一步,然后说:"睁开眼。"

她站在我面前,这个房间跟我先前待的房间一模一样,只是多了一些个人物品:床上有床单、毯子和枕头,床头的架子上有一些手工折纸,马桶、洗手台和淋浴藏在南瓜色的浴帘后。最大的枕头下面有一本书,书的一角露在枕头外面,床下面还有几个抽屉。

"他叫你什么名字?"

"玛雅。"这是我第一次大声说出这个名字。我一边说,一边回想起他做我的时候一遍又一遍地喊着这个名字,我强忍着不让自己战栗。

"玛雅,"她读了一遍,我忍不住难过起来。"你自己看看吧,玛雅。"她举起一面镜子,好让我从镜子里看到我的背部。

后背的大部分还是粉色的,特别是刚刚上色的部分还红肿着,我知道等以后结的痂剥落了颜色会更深。身体两边裙子镂空的地方,指纹还清晰可见，但也无法挡住身后的图案。很丑！很可怕！也很好看！

翅膀的前半部分呈金棕色，像利昂奈特的头发和眼睛那种茶褐色，中间点缀着黑色、白色和红棕色；后半部分是玫瑰色和紫色的，也用黑白图案点缀。细节精致得吓人，颜色的轻微变化让人觉得是精心设计的。颜色很多，也很鲜艳，盖住了我整个后背，从肩膀最上方到屁股下面一点。翅膀又长又窄，外延刚好贴着我身体的两侧。

艺术感的确很强。且不论他的其他癖好，这花匠确实有才！

我恨这个翅膀，但是它是好看。

一只脑袋从门外伸进来，然后探出整个身子，原来是一个小女孩。这女孩即便把身体挺得直直的，身高也不到五英尺，不过看她的身体曲线，就知道她已不再是小孩子了。她皮肤洁白，毫无瑕疵，长着一双紫罗兰色的大眼睛，浓密的黑色卷发随意地用卡子别住。形成对照的是，她长着一只扁鼻子，不过这鼻子虽不好看却还算得上可爱。跟我在花园里见到过的其他女孩子一样，她完全称得上美人一个。

当你被美包围的时候，美就失去意义了！

"呐，你就是新来的。"她一屁股坐到床上，把一个小枕头抱在胸口。"那混蛋给你起了什么名字？"

"他可能会听见。"利昂奈特责怪道，但是床上的女孩无所谓地耸耸肩。

"让他听吧。他也从来没让我们爱他啊。他到底叫你什么？"

"玛雅。"我刚跟利昂奈特说了一次，所以这回说出来时，声音没那么刺耳。我不知道我以后还会不会这样，我也不知道过一段时间我是否就会无所谓了，我更加不知道这个名字会不会一直扎在我心口，像碎片一样用镊子无法取出来。

"啊，还不算难听嘛。那个鸟人叫我福佑。"她哼了一声，还翻了个白眼。"福佑！我看起来像是有福还是被谁保佑了吗？哦，对了，让我看看。"她做了个转动的手势，那一瞬间，我想起了霍普。我一边想着，一边慢慢转身给她看后背。"不错。颜色还是很衬你的。我们得找找看是什么品种。"

"是只西松精灵蝶。"利昂奈特叹气说。我转头看她，她却只耸了耸肩。"总要找点儿事儿干。可能会让人好受点儿。我是亮铜蝶。"

"我是墨西哥蓝翅蝶。"福佑也跟着说道。"挺好看的。当然很恶心，不过我又不是天天看着。不管这些，名字的事儿，管他怎么叫，完全没关系，只管叫我们甲、乙、丙好了，应就是了，别当真！这里没那么容易混。"

"容易混？"

"当然了！你得记住你是谁啊，仅仅是演戏罢了。如果你把这名字真当成你自己，那你就不知道你是谁了。不知道你是谁，就容易精神崩溃，在这儿崩溃了就……"

"福佑！"

"干嘛？她看起来又不娇弱。她还没哭呢，我们都知道他文完了会干嘛。"

像霍普，但是聪明多了。

"那崩溃了会怎样？"

"你去看看走廊吧，千万别吃了饭再去看就行。"

※

"然后你去走廊看了，"维克多提示她接着讲。

"我闭着眼。"

"走廊里到底有什么?"

她晃着杯子里剩下的咖啡,没有接话,只是用表情告诉他:你懂的。

耳朵里又响了一声。埃迪森说:"拉米雷兹刚从医院打过来的,她正在上传那些医生能治好的女孩的照片。人口失踪处的人有活儿要干了,算上太平间的那位,一半女孩的身份都确定了。不过还有个问题。"

"什么问题?"

女孩看着他,眼光犀利。

"有个女孩的身份已经得到确认,她的家庭很有来头,她坚持说自己名字叫拉文纳,但她的指纹符合帕丽斯·金斯利这个人。"

"金斯利参议员家失踪的那个?"

英纳拉倚着凳子靠背坐着,脸上明显露出好笑的表情。这件事处理起来明明很棘手,可她却觉得好笑,维克多不知道她笑的原因何在。

"通知参议员了吗?"他问。

"还没。"埃迪森说,"拉米雷兹想先跟我们通通气。维克,金斯利参议员一直在设法找女儿,她百分百会插手调查此事。"

到了那时候,他们现在小心维护的女孩们的隐私就肯定没法不公开了。女孩们的照片,会从东海岸到西海岸,在各家电视台播放。那英纳拉……维克多疲倦地揉揉眼。如果参议员知道这位从容过度的女孩有嫌疑,她一定不会善罢甘休,一定会起诉这女孩的。

最后,他说道:"让拉米雷兹尽力拖延,我们需要时间。"

"收到。"

"她失踪了多久来着？"

"四年半。"

"四年半了？"

"拉文纳，"英纳拉默默说着，维克多盯着她。"没人会忘记她们在那里的时间。"

"为什么？"

"现在不一样了，对吧？参议员要插手了。"

"对你来说也不同了。"

"当然了。怎么可能一样呢？"

他这才意识到，她都知道。也许她不知道细节，但知道他们怀疑她也有份儿。他思忖着她眼里的笑意，还有嘴角边那丝嘲讽。面对这些新消息，她镇静得有点过头了。

局面仍然在他的掌控中，这时他想换个话题。"你说公寓里的那些女孩是你第一次交到的朋友。"

她在椅子里挪了挪身子，警惕地回答道："没错。"

"为什么会这样？"

"因为我之前没有。"

"英纳拉。"

她的回答的语气和他的女儿们一模一样——本能的、不情愿的，很快她就意识到了自己的语气不妥，但却晚了，所以又有点儿生气。"你可以啊。有小孩吗？"

"三个女儿。"

"那你还选择做特工这样的职业，跟一群受尽折磨的孩子打交道。"

"我是努力拯救那些孩子，"他反驳说，"尽力帮助可怜的孩子们找回正义。"

"你觉得那些孩子想要正义吗?"

"你不想要吗?"

"真的不想,完全不想。正义即便在正义的场合下也是谬误,什么也解决不了。"

"如果你小时候得到过正义,你还会这么说吗?"

一丝苦涩的笑容在她脸上一闪而过。"我要正义又能怎样?"

"我这一辈子只做这件事,你认为一个饱受折磨的孩子坐我面前,我会看不出来吗?"

她歪着头,好像让步了,然后咬着嘴唇,缩了缩身子。"也不完全对。你就把我当成个没人管的小孩儿吧。是被遗忘了,而不是被毁了。我是只积了灰的泰迪熊,是床下的小兔子,但不是独腿的锡兵。"

他喝了一口早已凉了的咖啡,脸上带着淡淡的笑容。她又恢复了刚才的样子,埃迪森不喜欢她这样子,但维克多在这个样子里找回了已经熟悉的谈话节奏。"怎么讲?"

※

有时候,你看着一场婚礼的进行,却会无奈地觉得,他们的孩子将来会遭遇不幸,而且无法避免,他们的孩子会一次又一次地遭受摧残。这是事实,不是什么预感,事实就这么残酷:这对夫妇不该——却一定会——生孩子。

就像我父母一样。

我妈嫁给我爸的时候才 22 岁,却是她第三次嫁人。第一次嫁人时,是 17 岁,嫁给了外婆那时老公的弟弟。嫁过去一年不到,他在一次与她做爱的时候,突发心脏病身亡。不过,第一任丈夫留下了一笔很可观的遗产,所以几个月之后,她又跟一个大她 15 岁的男人结了婚。婚后一年多,俩人离婚。离婚后她更有钱了,然后就嫁给了我爸。当时要不是我爸把妈妈肚子搞大了,我估计他俩也不会结婚。爸爸长得很帅,但是既没钱也没前途,而且只比她大两岁,这几点我妈都无法接受。

我妈应该要感谢她的老妈才对,外婆她老人家在绝经前有九个老公,绝经后她觉得太干了就不再婚了。她的每任老公都死了,而且死得一个比一个快。当然那不是有预谋的杀夫。就是……死了。当然了,外婆嫁的男人大多数是老头儿,死后给她留下一小笔钱。我妈就是在这样的教育下长大,对婚姻必然也是这样期待的,可我爸却哪一条都与她的期待不符。

但我得说,他们还是努力过。最初的几年里我们住在我爸家附近,我大概也记得,那里住着一些叔叔阿姨,还有其他的小孩儿,我跟他们一起玩过。然后我们就搬家了,跟他们再也没有联系,只剩我、父母、还有他们俩的一堆情人。他们要么是出去跟情人约会,要么就躲在卧室里不出来,我就这样变得很独立。我不仅学会了使用微波炉,还记住了公交车时刻表;我能自己去杂货店,还会估算他们身上什么时候会有现金,因为拿到了钱就能去市场买东西。

你可能觉得这样有点儿奇怪,是吧?但是不管谁在商店里问我——一个出于关心而询问我的女人,还是一位收银员——我都会告诉她们,我妈待在车里照看小宝宝,天气冷,要保持空气流通。我这样说,他们都相信我的话,还对我笑,夸我是个乖女儿、好姐姐。

所以我不仅学会了独立,还意识到大多数人的智商都不高。

在我 6 岁那年,他们决定去做一次婚姻咨询。他们不是真的去咨询，只是为了走个过场。因为我爸办公室的同事跟他说，婚姻咨询费可通过保险报销，而且还有外人参与，做婚姻咨询总比离婚要好些，况且去婚姻咨询处还能让他们尽量快点离。咨询师交待他们做很多事，其中有一件就是家庭旅行，让我们三个人去有意思也特别点的地方，如主题乐园之类的。

我们大概上午十点钟到的公园，前几个小时都没出什么情况，可是在旋转木马处却发生了意外。我他妈恨死旋转木马了。当时，我爸站在出口，等着抱我下来，我妈站在入口处，把我抱了上去，他俩一人一边站着，看我一圈一圈地转。我当时太小，抓不到铁环，木马又太宽，坐得我屁股疼。但我还是一圈一圈坐着，眼睁睁看着我爸跟一个小个子的拉美女人走了，再转了一圈，又看见我妈跟一个大笑着的穿苏格兰裙的红头发高个子男人走了。

一个大一点的小孩帮忙把他妹妹扶下了马，然后又好心地帮忙扶我下了木马，他拉着我的手一直走到出口。我想跟那家人在一起，想成为别人的小妹妹，可以有小哥哥陪我一起骑木马，走路的时候有人拉着我的手，还有人会蹲下来对着我笑，问我玩得开不开心。但是我走出木马区域，谢过男孩，故意冲着一个在专心打电话的女人招手，让他以为我找到妈妈了，然后默默地看着他和妹妹走向笑意盈盈地迎接他们的爸爸妈妈。

后来我为了躲保安，就在公园里闲逛，但是太阳下山，公园要关门了，我却还没有找到我爸我妈。保安最后还是看到我了，抓我去羞耻屋。嗯，也叫走失儿童招领处。他们用广播重复地说着我的名字，要找不到孩子的家长前来领我。其他被招领的孩子们，要么是被忘了，要么是走丢了，还有就是故意藏起来不想让家长看见的。

然后我听到有个家长说什么儿童福利机构，她特别提到，到晚上十点还没被领走的孩子将让福利机构来领走。我的邻居就是一家收养家庭，光是想象被他们那样的人领养就很可怕。幸运的是，有个小一点儿的孩子尿身上了，他哭起来，惹得所有大人都围着他转，趁他们安抚他的空儿，我终于偷偷溜出门回到公园里了。

我找了好久，最后找到了大门，有一群学校组织的小孩，都堵在门口等车子来接，我就跟在他们后面走了出去。从出口穿过停车场到加油站，我又走了一个小时。加油站里还有人，他们正在往家里赶，所以灯火通明的。坐旋转木马的钱，加上爸爸塞到我口袋里的一些买零食吃的钱，都还在，我用这钱往家里打了个电话，然后就不知道该怎么办，随后又往邻居家打了个电话。

当时已经快晚上十点了，他还是开着车，花了两个小时时间来接我，又过了两个小时我们才到家，我看了眼我自己的家，没有亮灯。

"这个邻居就是收养家庭里的爸爸？"维克多一边看着她舔干裂的嘴唇，一边顺手拿起空瓶子，冲着单面镜举着。这时一位技术员说埃迪森来了。

"是。"

"但是他把你安全送回家了，为什么还说跟他们一起住想着都恐怖？"

"在他家门口停好车，他说要我感谢他送我回家，让我舔他的棒棒糖。"

塑料瓶在他的拳头里发出抗议的叫喊。"我的天。"

"他把我的头往他膝盖上摁，我就抠嗓子眼儿，吐了他一身。我还狠狠地按喇叭，引他妻子出来。"她又开了一包糖，往嘴里倒了一半。"他后来因性骚扰罪被判了刑，关了一个多月吧，他妻子也搬走了。"

门猛地开了,埃迪森扔进一瓶水给女孩。按照规定,他们今天就不能再拘留她了——按规定该把瓶盖拧掉,毕竟有窒息的危险——但是他的另一只手拿了一沓照相纸,胳膊肘里还有那包身份证,他一股脑儿扔桌上,大吼起来:"你不跟我们说实话,你就是包庇做了这些事儿的那个人。"

英纳拉说得没错。亲眼见到跟从文字里读到的,根本不是一码事。维克多慢慢吐出一口气,缓解一下紧张的气氛。她从那堆照片里,先拿起第一张,然后是第二张,第三张,第四张。花园的主楼已经被毁,但这些照片中的每一张几乎都还原了一小段主楼的走廊。

看到第七张,她打乱照片,再仔细看一遍,然后再重新放好。她摸了摸最上面的照片中靠近中间的褐色线条,说:"这是利昂奈特。"

"你朋友?"

她的手指慢慢拂过照片里的玻璃边缘,小声说:"对,以前的。"

※

和你的名字一样,在花园里最容易忘记的事是生日。我后来认识的其他女孩都还很年轻,但我没问她们具体年龄。本来也没必要嘛。不知道什么时候我们就死了,直对着的走廊也提醒着我们每天过的是什么日子,何必再提这些呢?

可是,利昂奈特的事发生后,我改变了想法。

那时我到花园里已经六个月了,跟其他女孩处得也都不错,但是跟我最好的还是利昂奈特和福佑。她们跟我最像,都不会哭,也不会哀叹我们死定了的悲惨命运。我们在花匠面前既不退缩,也不靠跪舔争宠来改变命运什么的。我们不卑不亢,来了就受着,没来就做自己的事。

花匠很喜欢我们。

每天的吃饭时间都是固定的,其他时间我们也没什么地方可去,所以很多女孩就串门找安慰。如果花匠找你,他直接看监视器就行。那天利昂奈特叫我和福佑去她房里过夜,我也没多想,因为我们经常这样。我本该听出她话里的绝望,其实意思很明显,可是在花园里待久了人人都麻木了。跟美一样,绝望和恐惧像呼吸一样无所不在。

我白天穿着衣服的——永远是黑色的,露出背上的翅膀——但是晚上不准穿。大多数人都只穿内裤睡觉,想穿文胸都没有。我在青旅和公寓里待过,所以没什么关系,跟她们刚进来的时候比我脸皮厚多了,要是我脸皮薄一点点,估计就要崩溃。

我们三个人在床垫上蜷在一起,等着灭灯,但是慢慢的我们发现利昂奈特在抖。不是抖一下两下,而是像身体深处传来的,像被电击一样地一直抖。我坐起来,紧扣住她的手指。"怎么了?"

她金棕色的眼睛里闪着泪花,我突然觉得有点儿恶心。之前我从没看她哭过,她也烦别人掉眼泪,特别是对自己。"明天是我21岁生日。"她小声说。

福佑叫了一声,抱住利昂奈特,把脸埋在她的肩头。"靠,利昂,对不起。"

"我们还有保质期吗?"我悄悄问。"21?"

利昂奈特绝望地紧紧搂住我和福佑。"我……我不知道是该反抗还是就这样。都是一死,我不想让他那么容易弄死我。可是如果反抗,结果更痛苦怎么办?妈的,我觉得自己就是个懦夫,可是我不想疼着死!"

她开始小声啜泣,我只希望这个时候围墙能降下来挡住玻璃墙,把我们都围住，这样她说的话就不会被走廊里的其他人听到。在我们中间，利昂奈特是出了名的坚强，我不想在她走的时候却被别人看扁。但是大多数时候，围墙只有一周的两天早上会降——我们把那一天当成周末，也不管那天到底是否真的是周末——为了让花匠给我们美丽的监狱做养护。雇来帮忙的人从没见过我们，他们和我们中间还隔着一层又一层紧闭的门，所以也听不到我们说话的声音。

哦，不对。当有新人进来的时候，也会把墙放下来。或者，有人死的时候也如此。

我们不喜欢墙落下来，因为一旦墙落下来，总不过又有什么特殊的事发生了。

我们整夜都陪着利昂奈特，她哭得精疲力竭，一度昏了过去。可醒了又开始哭。大概四点的时候，她差不多醒了，磕磕绊绊地去洗澡，我们帮她洗了头发，梳好，再编成一个皇冠辫。她的衣柜里有一件新裙子，琥珀色的丝绸，点缀着金色的流苏，在黑色的映衬下像火一样明艳。裙子映衬着她小麦色的皮肤，背后的翅膀颜色也被衬得更加绚丽：亮橙色的底，衬托着金色和黄色，周围圈着黑色的点点，每个翅膀尖又有白色镶黑色的条纹。活脱脱一只亮铜蝶展翅。

天刚要亮，花匠就来找她了。

他打扮得优雅得体，中等稍高的身高，身材也很好。看起来要比实际年轻十到十五岁的样子。暗金色的头发，打理得一丝不乱，浅绿色的眼睛里像是藏了一条大海。即便我一见到他就想吐，我也得承认他确实很帅。这一点毋庸置疑！我从没见过他穿一身黑，他就站在门口，拇指插在口袋里，静静地看着我们。

利昂奈特深吸一口气，紧紧地抱了福佑，在她耳边说了些悄悄话,再跟她吻别。然后她转向我,痛苦得死死抱住我。"我的名字叫卡西迪·劳伦斯,"她轻轻说,轻到我勉强能听清。"别忘了我。别让他是唯一记着我的那个。"她也亲了我,然后闭上眼,让花匠带她走了。

我和福佑用了一个早上的时间,就整理完了利昂奈特屋里过去五年来收集的个人物品。她在这里待了整整五年了。我们拿下浴帘叠好,连同床上用品一起堆在光秃秃的床垫一边。她塞在枕头下的那本书原来是《圣经》,字里行间都是她五年以来的愤怒、绝望,还有希望,动物折纸分给花园里所有的女孩子后还会多出几个。那天下午我们把折纸连同黑裙一起发给每个女孩。最后坐下来吃晚饭的时候,利昂奈特的痕迹已经在屋里再也找不到了。

那天晚上,墙降下来了。我和福佑一起蜷在我的床上,床上除了缝好的床单,现在又多了些床上用品。我们因为听话,不惹麻烦,也不互相厮杀,才能像现在这样待在一起,我现在也有床单和毯子了,跟我后背前翅膀下方的玫瑰色和紫罗兰色颜色一样。墙落下把我们困住了,福佑又哭又骂。几个小时之后,墙又升起来了,刚升到离地一英尺,福佑就拽着我的手一起挤过去,去走廊里找。

但是我们只走了几步,发现花匠就站在那儿,倚在靠近花园那边的墙上,观察着玻璃里面的女孩。她的头躬着,几乎贴到了胸前,腋下用U型铁固定住,让她保持直立。长袍在周围的透明树脂里飘荡着,像是在水中一般。她后背的图案几乎紧贴着玻璃,那明亮的翅膀上的每个细节都看得一清二楚。利昂奈特的所有特征——她凌厉的笑,她的眉眼——都不见了,翅膀成了唯一的重点。

他转过身来,用手轻轻地梳理我的乱发,把缠在一起的轻轻拉开。"你忘记把头发梳起来了,玛雅。我都看不到你的翅膀了。"

我开始扎头发，想随便绾一下，可他抓住我的手腕，直接把我拉走了。

带到我的屋里。

福佑哭了，然后骂着追过来。

花匠坐在我床上，用手指一遍一遍地梳着我的头发，梳到它像绸缎一样顺滑。然后他的手开始往别的地方游走，嘴也上来了，我紧闭着眼，在心里默默背着《不安的山谷》。

※

"等等，那是啥？"埃迪森插嘴问，脸上还挂着一副嫌恶的表情。

她的视线从照片上移开，好笑地看着他。"《不安的山谷》，"她又说了一遍，"是爱伦坡的一首诗。'他们都去参战了，把村庄交给眼波温柔的星，夜晚，从碧蓝的塔里，守望着繁花'……我喜欢坡。他把孤僻过得明目张胆，写的东西让人振奋。"

"可是那……"

"每次花匠来我屋子，我就背诗。"她若无其事地说。"我不会反抗他，因为我不想死。但是我也不想做这事，所以我让他干他的，我自己脑子里想别的事，我就背坡的诗。"

"他给你做好文身的那天是你第一次，呃……第一次……"

"背坡的诗？"她接下他说的话，作弄似的耸起一条眉毛。维克多脸红了，但还是点了点头。"不是的，谢天谢地。几个月前我就对做爱产生好奇，想试试做爱，所以霍普就把她的一个男孩儿塞给了我。那才算吧！"

埃迪森咳了一声，维克多在心里默默感谢妻子，感谢她教给了孩子们性的知识。

※

要是换一个情景,我们大概就要叫霍普婊子了,可是有索菲娅在——她以前是真的拉过皮条,直到警察把她的两个女儿带走了——那种叫法就有点儿不太合适了。再加上霍普是找乐子,又不为钱。真求财的话,她能赚疯。男的、女的、两人、三人、还是一群人,霍普都能上。

话说回来,公寓里也没有什么隐私。除了洗手间,就只有一间屋,而且床之间的床帘又那么薄,根本挡不住什么,再加上头上没遮挡。他们办事也不会静悄悄的。除了霍普和杰西卡,其他女孩也会带人回来,只不过她俩带的次数最多,有时候一天还不止一次。

过早碰到了——没别的意思——恋童癖的人,让我基本对性没兴趣。再加上我爸妈的事。两性关系太可怕了,我完全不想有这种关系,但是跟她们住久了,我慢慢也变了。她们不去做爱,就要聊做爱,我听不懂时她们还要取笑我——要是霍普在,还会给我演示怎么自慰——所以最后我的好奇心战胜了厌恶感,我决定要试试看。嗯,我决定先想好再去试,所以一开始我有许多做爱的机会,但我都退却了,因为我还没想好,也就这样错过了。

可是,在一个我不用晚上去上班的下午,霍普带了两个男孩回来。詹森是跟我们一起工作的为数不多的男服务生之一,他朋友托弗也是公寓里的常客。不管霍普在不在,他俩都经常来玩,我们也觉得他们挺有意思,有时候他们来时会带些吃的。三个人才刚一进门,霍普就迫不及待地扒詹森的衣服,等走到床帘前,两个人的衣服就扒光了,他们一边笑一边跌跌撞撞地走到床帘后面滚床单去了。

托弗脸红了,他还是有点羞耻心,他把他俩一路脱下的衣服踢到床边。

我当时坐在沙发上看书。有了详细住址之后,我第一件事就是办借阅证,每周去图书馆几次。小的时候借读书可以逃避许多事情,长大以后,虽然没什么要逃避的了,我却依然爱看书。

托弗把他们的衣服踢到床边,然后去倒了两杯橙汁——社会服务前两天才来扫荡过,所以冰箱里还有蛮多好吃的——递给我一杯,然后在沙发上跟我躺在一起。

"怎么,不跟他们一起吗?"我故意问他,他脸更红了。

"大家都觉得跟霍普在一块,就要一起做爱。但是我不喜欢这样。"他嘟囔着说,我偷偷地笑起来。霍普的确喜欢几个人一起干,对此还很骄傲呢。

托弗是个模特,年龄大概19岁,他有时候帮吉利安送送外卖,赚点外快。他做模特时的样子好看——你知道吧,就是那种看起来平淡无奇却因为经常会看到的那种好看。不过他挺好的。我们聊了聊上个星期我们一大帮人去看的日场戏,聊了他前几天在一个博物馆临展上面的假人表演,还聊到了一个我们都认识的人,他结婚了,不知道将来会不会离婚。我俩聊天的时候,霍普和詹森就在里面又是嗷嗷叫又是咯咯笑。

嗯,或许那就是一个平常的下午吧。

最后,他们终于快结束了。"都快四点了!"我冲着那两个呻吟的人喊道,"你们该上班了!"

"好,我这就让他射精!"

说到做到,三十秒刚过,她就让詹森咕哝着起来了,十分钟后,他俩就冲好澡上班去了。那天晚上,其他女孩也都去上班了,只有内奥米和安珀去上周三的晚课了,他俩最早也要十点才能回来。托弗出去了一会儿,回来的时候带了街角塔基家的外卖。

我了解霍普的套路，她是先亲再上手，直接伸进人家裤子里，但我不是她。

"哎，托弗？"

"嗯？"

"你想教我做爱吗？"

这也算一种直接吧。换作别人，随便找个人大概脸都要吓白，不过托弗是霍普的朋友。再说他也跟我聊了一会儿天了。他只是冲我笑笑，我再次确认他不是假笑。"好啊，要是你觉得你准备好了。"

"我觉得差不多了。反正，不行的话不做就行了。"

"嗯，没错。要是不舒服，你就跟我说，好吗？"

"好。"

他把吃剩的晚饭丢到门口快要漫出来的垃圾桶上；该轮到霍普扔垃圾了，可她走的时候忘了。他回到沙发上，滑坐到垫子上来，轻轻地拉着我靠到他身上，说："我们慢慢来。"然后就亲了我。

我们那晚其实没做爱，他把这叫做适可而止。过程很舒服，也很有意思，我们一直笑个没完。想想看，一年前我搬进来前还不会笑呢。等到内奥米和安珀下课回来，我们已经穿好衣服了，但是那晚他在我的小床上跟我挤在一起，继续玩儿了一会儿，直到内奥米——她睡我旁边——笑出来，说我们要是还不住嘴就要跟我们一起玩了。几天之后，我们等没人的时候真的做爱了，也是第一次做爱，事后我并没觉出有什么好。

然后我们又做了一次，那次我才尝到滋味。

我们后面几周都搞在了一起，后来他在教堂里遇到了一个女孩，说要认真交往，我们才分开。不过一开始炮友的关系很简单，再回到朋友的关系就也很简单，没有什么尴尬或是说谁伤了谁的感情一说。

我们都没爱上对方,也没比对方投入更多。他跟教堂的妹子约会了之后,我还是喜欢他过来玩儿,但却不是因为想跟他做爱。托弗人好,我们都喜欢他。

可我还是不明白为什么我爸妈那么喜欢做爱,喜欢到对什么都不管不顾。

※

她拧开瓶子,喝了一大口水,咽的时候还摸了摸嗓子。维克多庆幸,这样可以沉默一会儿,他觉得埃迪森大概也是这么认为的,两个男人都盯着桌子不说话。伤痛的确有,但维克多却从没见过受害人能这样直白地大谈性事。

他清了清嗓子,把照片翻过来,不看走廊里那些玻璃柜里被树脂包裹的女孩子们。"你说你儿时的邻居是个恋童癖,那你什么时候还见过其他恋童癖?"

"给我外婆剪草坪的那个男的。"她不说了,眨眨眼,瞪着瓶子。维克多猜,她本打算不说出这事的,可能因为疲劳,她放松警惕,所以轻松地就说开了。他把这种想法暂时搁置起来,看看还有什么别的机会。

"你常见到你外婆吗?"

她叹了一口气,开始揭手指上的另一处痂,不情愿地说:"我跟她住。"

"什么时候的事儿?"

※

我8岁那年,爸爸妈妈终于离婚了。他们一次就把钱、房子和车等财产分好了,其他就没有别的事了,不过随后的八个月里,他们争吵不断,都认为我应该跟对方生活。

难道不是很棒吗?每个孩子都该经历一下,花八个月时间,听听看父母理直气壮地说出不想要他们的理由。

最后他们决定送我去外婆家,两个人都付她抚养费。到我要走那天,门口放了三只行李箱、两个盒子、一个泰迪熊,我的全部家当。但是没有一个人在家。

一年前,对面来了新邻居,是一对刚生了孩子的年轻夫妇。我常常过去串门看小宝宝,小男孩很漂亮,他的人生还没被毁掉,也不糟糕。他爸妈那么好,估计以后也不会被毁的。每次去,他妈妈都会给我一碟曲奇和一杯牛奶,他爸爸还教会我打扑克和二十一点。那天,是他们把我送到了汽车站,帮我用父母留在床头柜上的钱买了公交车票,还帮我把行李塞到公交车的行李箱里,跟司机交待好,还给我找了个座位。小孩的妈妈还给我准备了午饭带在路上吃,顺便拿上了刚出炉还热乎乎的葡萄干燕麦曲奇。我想要的家就像他们这样,可惜我不是他们的孩子。最后,车开了,我跟他们挥手告别,看着他们俩一起站在路牙石上,怀里抱着宝宝,一直跟我挥着手,直到再也看不见。

我到了外婆住的城市,出了汽车站还要打车才能到家。出租车司机一路上都在骂那些对孩子不负责任的父母,我问他他说的那些词是什么意思,他就教我怎么说脏话。我外婆住在一幢又大又旧的房子里,周围住着的人在六十年前都很有钱,不过六十年后的那个时候已经破旧得不像样了。司机把我送到目的地,帮我把东西都放到前门的小走廊上,我付了钱,祝他一天都他妈美好。

他笑了,拽了一下我的辫子,叫我好好照顾自己。

外婆绝经之后变得很奇怪。年轻时她是连环新娘——也是连环寡妇,但是她坚信就是那段时间把她变成了半截入土的干瘪老太婆,所以之后就一直蛰居在家里,开始往所有房间和厅堂里塞死掉的东西。

对,没错,就是*死了的东西*。就连做标本的人都觉得她恐怖,能做到这种地步也是够他妈可以的了。有些死掉的东西是她买的现成的,不管野生的还是外国的,比如熊啊、美洲狮啊这种你平时在城市里见不到的东西。她还有鸟和犰狳这种标本,以及我最恨的、邻居养的各种死法的猫啊狗啊的,她都拿来做了标本。她屋里到处是这种东西,连厕所和厨房都有,真的是每一间屋子里都有。

我拖着我的行李刚走进屋子的时候,压根就没见到她的影子。不过听到了她说话的声音:"想来强奸的话,我是个干巴巴的老太婆,所以别费劲了!想来偷东西的话,我没什么值钱的!想来杀人的话,害不害臊!"

我循着声音,穿过被标本占满了的窄窄的走道,最后在一间小小的家庭娱乐室找到了她。她坐在安乐椅上,穿着印着老虎的连体衣,裹在一件深棕色的皮草里一支又一支地抽烟。她面前的七寸电视一会儿闪一会儿冒雪花,看的是"猜价格"。

直到播广告时,她才抬起头看了我一眼。"啊,你来了。上楼去,右手第三间。走之前乖乖地帮我从酒柜上拿瓶威士忌来。"

我给她拿了——没办法——看着她把一整瓶酒倒在沙发前排着的一溜儿死猫死狗面前的碟碟碗碗里,我真是被雷翻了。再怎么想,怎么美化,这种场面也够可怕的。

"喝吧,我的小宝贝们,到死都没捞着的好处,现在有了。"

酒气马上弥漫了整个房间,混合了皮草和丢弃的烟头的臭味。

楼上右手第三间,我一开门,里面堆的死标本就滚了出来。那天，我花了一个下午和一个晚上的时间清理那些标本，找地方塞好标本，再把我的行李放进去。床单很恶心，我只能蜷着身子在最大的行李箱上面睡了一夜。第二天我把房间的上上下下都清理了一遍，把床垫上的灰啊老鼠屎啊——还有老鼠的尸体啊——都清理掉，再把从家里带来的床单铺上。我尽力把房间收拾成家里的样子，然后才下楼。

外婆还是老样子，只是连体衣换成了亮紫色的而已。

我等到开始放广告，清了清嗓子说："我把房间收拾好了。我在这儿住的时候，你要是再放什么死了的东西进我屋，我就把这房子烧了。"

她大笑起来，拍了拍我的脸，"好孩子，我喜欢你这脾气。"

就这样我跟外婆住在了一起。

生活场景变了，但是生活还是老样子。她每周让人送一次食品杂货，小费跟买的东西差不多贵，因为只有这样，送货的男孩才愿意过来，每次来男孩都很紧张。打电话叫他们加点东西倒是很容易。我上学的学校什么都不教，老师连学生的名也不点，因为不想学生因为旷课挂科留级，否则第二年又得看到他们。本来学校里是有一些好老师的，但是少之又少，反正我没遇到。剩下的都是渣渣，除了薪水什么都不关心。

学生当然都很高兴咯。在教室里就买卖毒品，甚至小学生也帮他们哥哥姐姐买卖。我升中学的时候，每个出口都有电子监控门，但是没人管，响了也没事儿人一样走出去。就算你不上课也没人知道，一连几天不上学也不会有人往学生家里打电话询问。

我试过 次，在家里待了 整个星期。回学校的时候连谎都没准备撒。回学校不过是因为实在无聊。真是可悲啊。我谁都不理，所以他们也不理我。我天黑之后绝不出门，每天晚上是伴着枪声和警笛声入睡的。给外婆修剪草坪的人每个月来两次,我就躲在床底下,怕他进来找我。

他大概二十多快三十岁,可能再大一点儿,总是穿着低腰紧身牛仔裤,很低,很紧,想露,可就是我那个年纪也不觉得哪里好看。他喜欢叫我漂亮妞儿,每次我放学回家的时候遇到他,他就想上来摸我,让我跟他干点什么。有一次我抬腿一踢,正中他的蛋,他就骂我,追我到屋里,可是他被门口的公鹿给绊倒了。外婆嫌他吵到她看肥皂剧了,也踢了他一脚。

然后,我跑到几个街区以外的加油站晃荡了一会儿,看到他的卡车开走了才回家。

※

"你父母没问过你过得好不好吗?"刚说完他就意识到,问这个问题有点儿蠢,但已经说出口了。看见她撅了撅嘴巴,他还是点了点头。

"我父母从没来看过我,没打过电话,没寄过贺卡,也没有送过我礼物,什么都没有。我妈在头三个月还寄过支票来,我爸寄了五个月,然后就都没了。到了外婆家之后,我就再也没见过他们,也没听到过他们的消息。说真的,我都不知道他们现在是死还是活。"

他们在这儿一整天了,从昨天晚饭开始,只吃了一块生日蛋糕。他能感到肚子在抗议,估计她也很饿。联邦特工到花园快一天,即二十四小时了。他们的工作时间已超过二十四小时。

"英纳拉,你按自己的方式讲话我没意见,但是我需要你直接告诉我:我们需要叫儿童福利机构的人来吗?"

"不需要,"她立刻回答,"真的。"

THE BUTTERFLY GARDEN 053

"这个真离撒谎有多近？"

这回她切切实实地笑了，嘴角微微上翘，她的面部表情因此变得温柔了。"我昨天 18 岁了。祝我生日快乐！"

"你去纽约的时候才 *14 岁*？"埃迪森追问道。

"是。"

"到底为什么？"

"外婆死了。"她耸耸肩，伸手去拿那瓶水。"我放学回家的时候她已经死了，香烟一直烧着，把手指头都烧了。我真是很奇怪，那个鬼地方满是威士忌酒气，怎么没烧着。我猜是她心脏不好还是怎么的。"

"你跟人说了吗？"

"没有。剪草坪的或者送杂货的来要钱的时候就会发现的，我不想再听任何人说怎么处理我的事了。也许他们会查到我爸或者我妈的地址，强制把我送过去，或者直接把我送进福利院，或者查到我爸那边的哪个叔叔阿姨家的地址，再转手把我送到另一个不想要我的亲戚家去。这些我都不喜欢。"

"那你怎么办？"

"我收拾了一只旅行箱，装满了一只露营包，然后把外婆藏的东西拿走了。"

维克多不知道他会不会后悔问这个问题，但还是问了："藏的什么东西？"

"现金。外婆不是很信银行，所以每次她拿到支票，就兑一半现金放到德国牧羊犬的屁股里。狗尾巴上有个链子，手伸下去就能把钱拽出来。"她喝了口水，把噘起的嘴唇塞进瓶口，用水润一润裂开的嘴，然后把瓶子拿开，又继续说道："里面大概有一万块吧，我分开放在两个包里,在房间里又睡了一晚,第二天早上起来没去学校,直接去了汽车站,买了张票就去纽约了。"

"你跟你去世了的外婆在屋子里待了一晚。"

"这样的一晚跟别的晚上有什么不一样吗?她还没被做成标本呢。"

他很庆幸,这个时候有个声音传进耳朵里,是观察间里伊芙在说话:"我们帮你们三个人点了点儿吃的,过几分钟就会送到。拉米雷兹打来过电话了。有几个女孩也开口了,不过她们还没说出多少,她们好像更关心那些死掉的女孩。金斯利参议员在从麻省赶过来的路上。"

嗯,刚开始还是好消息。现在再去祈求天气突变,让她在什么地方迫降,估计也没那么走运了。

维克多摇摇头,躺在椅子上,脸面朝上。参议员现在还没来;一旦她来了,他们就得去应付她了。"我们马上就休息,吃饭了。现在问最后一个问题。"

"只有一个?"

"告诉我们你怎么到的花园。"

"这根本不算问题。"

埃迪森不耐烦地拍了下大腿,还是维克多会问话:"你怎么到的花园?"

"我是被绑架去的。"

三个正值青春期的女儿锻炼了他敏锐的感觉,他甚至听出了,女孩的话后面没有说出口的"废话"二字。"英纳拉。"

"你真挺有一套的。"

"得了吧。"

她叹了口气,把脚跷到桌子边上,缠着纱布的双手抱在了胸前。

※

　　晚星餐厅布置精致漂亮，顾客一般都是提前预订，不过碰到晚上人不多时，也可直接坐下点餐。这里价格比较贵，因此一般人也不是说来吃就能来的。晚上的时候，男服务员都穿燕尾服，女服务员穿黑色露肩长裙，领子和袖口是另外加上去的，这样穿看起来就像穿着礼服。我们还得打黑色的领结，领结很难弄得服帖——因为不允许我们戴扣状领结的。

　　吉利安深谙迎合那些有钱的蠢人的那一套，如果有事情想搞活动，可把整个餐厅租下，服务员也可以穿他们提供的服装。不过他制定了一些基本规则——当然也设了底线——但还是有很多变通的地方，客人提供了服装，我们就穿着，等服务完了还能自己留着。他总是告诫我们，如果我们没有别的办法处置这些服装的话，我们可以以物换物的方式交易给他。

　　离我的16岁生日还有两周——也就是女孩们以为的我的21岁生日——餐厅租给了一个剧院搞募捐活动。他们第一场准备出演蝴蝶夫人，所以我们也就那样打扮了。客户提出只要女服务员，所以我们就都穿了黑裙子，戴一副铁丝和丝绸做的翅膀。翅膀要用不干胶和乳胶黏上——他妈的，黏的时候真是——还要求我们都要把头发梳理起来，盘到头顶。

　　我们都认为，这次的服装比以前的牧羊女装或者内战主题的婚礼彩排装要好，那些裙撑堆在公寓的一个角落里实在碍事，我们顺势把那些裙撑做成了圣诞吊灯。因为要装那些鬼翅膀，因此得提早几个小时上班，除此之外也没什么特别烦人的地方，况且裙子还可以继续穿。不过戴着大翅膀上菜还是太扯了，上完主菜，我们就能退回厨房,等着募捐表演结束。我们都不知道是该骂还是该笑,好多人又骂又笑。

领班瑞贝卡叹了口气,坐到凳子上,又把脚抬起来放到旁边的箱子上,她怀孕了,穿不了高跟鞋,自然也就不用装翅膀。她咕哝着说:"这个东西快点出来吧。"

我戴着翅膀挤到凳子后面,帮她按摩僵硬的肩膀和后背。

霍普透过一个小缝偷看外面。"你们觉得那个剧院的老男人怎么样,是不是还可以打一炮?"

"他还没那么老,还有你说话注意点儿。"惠特妮回答道。吉利安不准我们上班的时候说有些词,就算是在厨房也不能说,包括"打炮"这个词。

"呵呵,他儿子看起来都比我老,你说他老不老。"

"那你去勾搭他儿子。"

"还是算了吧。倒是很性感,不过怪怪的。"

"他没看你?"

"他看太多了,把我们都看了。他就是不对劲儿,我宁愿视奸老头儿。"

我们聚在厨房里聊天,编排那些客人,到表演中场休息时,我们才出去添酒添食物,上甜点。去主桌的时候,我特别观察了一下霍普说的那老头儿和他儿子,立刻明白了她说的不对劲儿是什么意思。他是帅,肌肉发达,相貌出众,长着一双深棕色的眼睛,一头暗金色头发跟他爸爸的一模一样,倒跟他的小麦色皮肤也很相称。

即便这小麦色看上去有点儿假!

他的外表下面隐藏着很多东西。他看着我们一个个在屋里走来走去的时候,迷人的微笑下其实露出了残忍的一面。坐他旁边的老爸就只是迷人而已,我们每每为他服务时,他就微微一笑表示感谢。老头儿用两根手指挡住我手腕,拦住了我,不像套近乎,也不像威胁:"文身很可爱嘛,亲爱的。"

我瞥了一眼裙子露出的小缝。几个月前,我们公寓的所有人,连同凯瑟琳,一起出去搞了集体文身,虽然事后觉得很可笑,根本就不明白为什么要那么干,大概当时大多数人都醉醺醺的,霍普又一直吵着要做,我们就妥协了。文身在我右脚踝的外侧,脚踝骨上面一点,黑线描得挺雅致的。图案是霍普挑的。索菲娅当时还清醒,她不同意蝴蝶图案,觉得太夸张,而且也太常见了,可是霍普非要。只要她想,她就能变身成一只巨型蜜獾;她把这文身叫做部落蝴蝶。一般在工作的时候我们都会用衣服或者化妆品挡住文身,但是因为那晚的主题跟蝴蝶相关,吉利安就说可以不用掩盖。

"谢谢。"我给他的杯子里续了气泡酒。

"你喜欢蝴蝶吗?"

其实不喜欢,可是考虑到他派对的主题,我那么说好像不太好。"蝴蝶挺好看的。"

"是啊,不过美好的事物都很短暂。"他浅绿色的眼睛从我脚踝上的文身开始往上扫视,一直看到我的眼睛。"你身上不止有文身这一处可爱的地方。"

我心里记下要告诉霍普老头儿和他儿子一样变态。"谢谢您,先生。"

"你这么小就来这样的餐厅工作了。"

从没有人告诉过我,我太小了不能做什么事。我盯着他看了一会儿,却看到他浅色的眼睛里闪过了类似满意的神色。最后,我说:"有些人会比实际年龄成熟一些。"然后马上在心里骂自己。我不能让一个有钱顾客告诉吉利安，说我在年龄上撒了谎。

我再去给他添酒的时候，他没再说话，但是我能感觉到他的目光一直跟着我到厨房。

下半场表演开始了，我偷偷溜回员工休息室，从包里拿出卫生棉塞，等我转身要去洗手间的时候，看见老头儿的儿子已站在走廊里。他大概二十五六岁，但单独跟他在小房间里时，他身上散发出一股咄咄逼人的老练劲儿。我从未夸过霍普敏锐，不过这次她说对了，这个人确实很不对劲儿。

"对不起，这里是仅供员工出入的地方。"

他没理我，还是挡在路中间，伸出一只手弹了一下我背后的翅膀。"我爸品味很好，你不觉得吗？"

"先生，请你离开。顾客不该来这里。"

"我就知道你会这么说的。"

"我也会这么说。"勤杂工桶哥站出来，用肩膀撞了他一下。"我知道老板不愿意把你赶出餐厅，但是如果你还不回去的话他肯定会这么办的。"

他上下打量着桶哥，桶哥又高又壮，轻而易举地就能把人拎起来像扔个啤酒桶一样扔出去，"桶哥"这个绰号就是这么得来的。那男的皱了下眉，点了点头，走了。

桶哥看着他转过拐角处，径直走到了主餐厅，才问我："你还好吗，小不点儿？"

"还好，谢谢。"

我们都叫桶哥"我们的"，主要是因为吉利安总是把他安排到我们这组，他也把我们当成自己人。不管桶哥晚上上不上班，他都会把最后下班的女生送到地铁站，看着我们安全上车才走。不知出于什么原因,他是唯一一个违反吉利安不准文身和打洞规定的人。没错,他是个杂务工,不是服务员,所以他不能跟顾客打交道,不过顾客还是能看到他。他的耳朵上打的是扩耳洞,眉毛、嘴唇和舌头也都穿了洞,两条花臂文满了帮会刺青,在白衬衫外面也看得一清二楚,可是吉利安从来不说他。从袖口到手背的刺青会露出,长发有时也遮不住他脖子背后的刺青。要是他把头发扎起来,你都能看到脑袋上面的刺青盖住了半个脑袋。

他吻了我的脸颊,把我送到卫生间门口,一直守着,然后等我出来再送我回厨房,还跟里面的所有女孩说:"小心主办人的儿子。"

"我就说吧。"霍普咯咯地笑起来。

那天晚上,桶哥一直把我们送回了公寓。第二天,吉利安皱着眉头听完整件事,让我们不要太担心,因为客人回马里兰了。当时我们也是那么以为的。

几周后的一个下午,内奥米和我一起从图书馆出来,路上遇到了她的两个同学。我让内奥米跟她同学待一起了,还跟她说,剩下的路我自己就能走回去。

我走了三个街区,然后就被不知道什么东西扎了,我还没叫出声来,腿就没劲了,眼前也突然发黑。

※

"大下午的,在纽约街头?"埃迪森半信半疑地问。

"我之前说了,纽约人都不会管闲事的,那父子俩想要装绅士能迷倒一大片人。他们肯定对周围的人说了什么合情合理的话。"

"然后你醒了就在花园里了?"

"是。"

门开了,女分析员的屁股还顶在门把手上,两只手上拿满了吃的和喝的。她把东西往桌上一堆,向帮她稳住咖啡杯盘的维克多说了声"谢谢"。

"有热狗,汉堡,还有薯条。"伊芙说,"我不知道你喜欢什么口味,我就让人把调味料都分开放了。"

英纳拉一时没反应过来,过了一会儿才意识到,于是只顾回说声"谢谢"。

"拉米雷兹有什么新消息没?"埃迪森问。

她耸耸肩,"没什么重要的消息。又有一个女孩确认身份了,有几个报了名字和住址,有的是地址不详细。有个女孩的家搬到巴黎去了,真可怜。"

维克多分好了吃的,看着英纳拉研究调料。她的供词有问题,可是问题出在哪儿他又说不清楚。过了一会儿,她摇了摇头,伸手拿了一小包番茄酱。

"参议员呢?"埃迪森又问。

"还在飞机上;因暴风雨,改线路绕道儿了。"

好了,维克多的愿望基本实现。"谢谢啦,伊芙。"

分析员指了指她的耳朵,"有任何有用的消息,我会立刻报告的。"她冲英纳拉点点头走了。几秒之后,观察室的门关上了,单向镜也跟着轻颤了几下。

维克多一边往热狗上挤芥末倒调味料,一边看了英纳拉一眼。他不知道该不该问这个问题。他从没对这间房里的问话对象这么没把握过,起码跟受害者从没这样过,不过她也算不上典型的受害者,不是吗?这就是个大问题了。他冲着晚餐皱眉头,不想让女孩察觉到,他皱眉是因为她。

埃迪森帮他掩饰住了。

不过他确实想弄明白:"你听到金斯利参议员一点儿也不惊讶。"

"我该惊讶?"

"那就说明你们知道对方的名字。"

"不知道。"她把番茄酱挤到肉饼和薯条上,然后扔了根薯条到嘴里。

"那你怎么……"

"有些人会不住地说自己的家庭,我猜是怕自己忘了,不过不提名字,拉文纳说过她妈妈是个参议员。我们只知道这些。"

"她真名叫帕丽斯。"埃迪森说。

英纳拉耸了耸肩,"一只蝴蝶既进不了花园,也无法飞出去,你们怎么称呼这只蝴蝶?"

"嗯?你们呢,怎么称呼她?"

"我猜想,这要看她妈妈是不是参议员了。如果她还没准备好,就要被迫放弃拉文纳这个名字,而被迫变成帕丽斯,你觉得这对她的伤害会有多大?"她咬了一大口汉堡,闭着眼睛慢慢嚼,喉咙里轻轻地发出类似咕哝的声音,脸上的表情因为享受了美食变得柔和了许多。

埃迪森无奈地笑了:"有一阵儿没吃垃圾食品了吧?"

她点了点头。"洛兰只准我们吃健康食品。"

"洛兰?"埃迪森抓起笔记本,翻了几页。"护工接收到一位自称洛兰的女人。她说她是在那里干活儿的。你刚才的意思是她知道花园里的事儿吗?"

"她就住在里面。"

维克多盯着女孩,任凭调味汁慢慢从热狗滴到箔纸上。英纳拉慢慢吃着,等吃完了最后一根薯条,才继续说道。

"我刚才说了有些女孩很会巴结吧?"

※

洛兰以前很会巴结人,为了让花匠高兴,他让她做什么都行,对别人也是什么事都做得出来,唯一目的就是想让花匠爱上她。她被带进来之前,大概也受过伤害。花园里像她这样的女孩一般都会有其他的标记,也就是另一副翅膀,翅膀文在脸上,表示她们喜欢做他的蝴蝶。但是花匠对洛兰有别的打算,因此让她出去了。

他把她送到了护校,还让她去读烹饪课,她被摧残得基本上没有自我了,所以为了他,她什么都会去做。她真是全心全意爱他,所以从没想过逃跑,也没跟任何人提起过花园、死掉的蝴蝶、以及还是有那么一*丁点儿*可能活着出去的蝴蝶们。她上了课,回到花园就仔细研究,自己练习,到 21 岁生日那天,他把她所有的黑色露背裙都收走了,换了一套普通的灰色制服给她穿上,然后她就成了花园里的厨师兼护士。

可是那以后他再也没碰过她了,除了交代工作也不跟她说话,所以她终于开始恨他了。

我猜她恨的程度还不算太深,所以并没有向别人说起过花园。

天气好的时候——虽然不多——我几乎觉得她有些可怜。她现在大概四十多岁了?算是第一批蝴蝶,她这辈子三分之二的时间都是在花园里过的。有些时候,可能你就是会毁了自己。她的方式起码帮她逃脱了泡在玻璃里的命运,不管后面她有多么后悔。

我们都很烦这个厨师兼护士。就是那些一样跪舔的女孩也看不起她,因为她们觉得如果做到她那种程度的话,她们就会逃出去,找机会叫警察来帮剩下的我们逃生。至少她们跟自己是这么说的。如果她们真有机会了,可能也……我也不知道。我的确听到过各种说法,说有一个女孩逃出去了。

※

"有逃出来的人?"埃迪森追问道。

她咧嘴一笑。"有这种传闻,也没人知道是不是真的。我们这一群里反正没有,利昂奈特那一代也没有。其实挺假的,不过我们大都会信,不是真的信,只是因为需要相信活着出去是有可能的而已。当然有洛兰这样有选择还是留下来的人,要相信能活着出去也是很难的。"

维克多问:"你有试过逃跑吗?"

她意味深长地看了他一眼。

※

我们这些女孩跟三十年前的她们大概不同。福佑可能看洛兰木讷,所以特别喜欢作弄她。洛兰本可以在饭菜或者药物里面做点手脚,可这样的话,花匠又会发怒。她骂我们也没用,因为那些骂人的话对我们根本不起作用。

负责维护花园的人应该不知道我们的存在,他们在温室里的时候,我们都被藏在墙后面,从来不准出来被人看到,也不会让人听到。墙不仅挡住了视线,而且隔音。我们也听不到他们说话,跟他们听不到我们一样。据我们所知,洛兰是唯一知道我们在这里的人,但是又不能让她帮我们做事或是传消息出去,她不仅不帮忙,反而会直接去花匠那里告密。

然后,走廊的玻璃柜里就会又多出一个裹在树脂里的女孩了。

有时候看着洛兰那么赤裸裸地嫉妒玻璃柜里的女孩,我都觉得难过。她很可怜,可是也很可恨,老天爷啊,妈的她居然会嫉妒那些被杀死的女孩,因为花匠*爱*着那些女孩,所以他会专门过来看她们,记得她们每个人的名字,走过时跟每一个女孩打招呼,说她们是他的。我有时觉得洛兰很想加入她们的行列,她很想念以前花匠爱她的那些时光。现在他爱的是我们。

我觉得她还不知道她再也不会进玻璃柜了。玻璃柜里的女孩都是在她们最美的时候被保存进玻璃柜的,她们背上的翅膀颜色绚丽,皮肤柔嫩,光洁无瑕。花匠根本不会保存一个四十好几的女人的——也不会管她死的时候多大了——那种美早在几十年前就消失了。

美好的东西都是短暂易逝的,他第一次见我的时候就跟我这么说过。

他深信这点,所以努力让他的蝴蝶们获得一种奇异的永生。

※

维克多和埃迪森都默不作声。

没有人会没事找事主动要求调到儿童伤害刑侦科的。来这儿总是有缘由的,维克多也清楚手下人为什么来这里工作。埃迪森盯着自己砸在桌子上的紧握的拳头,维克多知道,他在想着他那8岁走丢的妹妹,至今还没有找到她。残酷的案情总像在他心口打了一拳,让家属等消息的说辞基本就是无望的。

维克多想起了自己家里的女儿。她们没事,但是他清楚,她们一旦有事,他心里会是个什么滋味。

但是,在儿童伤害刑侦科,这些案件会让人想起自己的事,加上探员们工作起来都很投入,他们往往也会是最容易崩溃、最容易失去希望的人。在这个部门摸爬滚打了三十年,维克多亲眼看到许多探员多多少少出现过这样的状况。有一次,因案件现场情况恶劣,他们没能救出孩子们,结案后,在葬礼上看着那么多小小的棺材,他也几乎崩溃了。但是女儿们称他是"超级英雄",就为这名号他还是留在了这里。

这个女孩从没有过她心目中的"超级英雄",他也不清楚她有没有想过要一个"超级英雄"。

她看着面前的两个人,脸上没有露出任何表情;他不安地感觉到,她能够看穿他们,她从他们身上看出的东西远比他们能从她身上看出的东西要多得多。

"花匠来找你的时候,带上他儿子了吗?"他想拿回一点房间里的控制权。

"*带*他儿子来?没有。但是艾弗里基本上是想来就来,想走就走的。"

"他有没有……跟你那个?"

她耸耸肩回答道:"我在他的关注下背过几次坡的诗,不过艾弗里不喜欢我。他在我身上得不到想要的东西。"

"什么东西?"

"恐惧。"

※

花匠在三种情况下会杀女孩。

第一种是当女孩年龄太大的时候。"上架"时间截止到21岁,过了这个时间,那!美就会在须臾之间从指缝溜走了,因此他得在能抓住的时候紧紧抓住。

第二种与健康有关。如果女孩病得太重,或者伤得太厉害,还有就是到了怀孕期。嗯,就是怀孕。怀孕到了后期跟病入膏肓差不多,无可救药。他讨厌怀孕这样的事。洛兰每年给我们打四次避孕针,免去怀孕的麻烦,不过没有哪种节育方法能确保万无一失。

第三种,与完全不能适应花园里的生活有关。如果她过了几周还是哭个不停,或者绝食自杀的次数超过了"允许"的范围,还有就是反抗得太过,女孩就完了。

艾弗里以杀女孩取乐,虽然有时候不是故意的。只要他杀了人,他老爸就不准他在接下来的一段时间里来花园,不过过了一段时间他还是会来的。

我去了花园之后,大概过了两个月,他就来找我了。利昂奈特当时陪着一个新来的还没取名字的女孩,福佑正在对付花匠,所以我就跑到瀑布上面的小悬崖上去,想要重读坡的《仙境》。如果不是想要跳崖的话,大多数女孩是不会来这崖上的,所以我一般都是一个人过来。一个人在上面很安静。上面很安静,不过话说回来,花园里总是很安静的。有些女孩适应了这样的环境,即便她们玩起追逐或者捉迷藏的游戏,也不会大声嚷嚷。一切都被克制着,压抑着,我们也不知道是花匠喜欢这样,还是我们出于本能就这样了。我们是一伙的,我们的言行都是学先来的蝴蝶们,她们也是模仿先于她们的蝴蝶们,因为花匠干这一行已经有他妈的三十多年了。

他不会绑架 16 岁以下的女孩子,当不能确定女孩年龄的时候,他宁愿找年纪大一些的,所以一个蝴蝶的最长生命周期也不过五年而已。不算上重叠的时间,怎么的这里也有过六*代*蝴蝶了。

我在餐厅遇到艾弗里的时候,他跟他父亲一样穿着燕尾服。但是这次他穿的是牛仔裤和敞着扣子的衬衫。我背靠着岩石坐着,书放在我的膝盖上,透过玻璃屋顶,我享受着温暖阳光,一抬头却看到他的影子挡住了我的视线。他的胸口有抓痕，脖子上还有像是咬痕的印子。

"我父亲想要一个人独享你，"他说，"他完全没有提过你，连你的名字也没说过。他是不想让我惦记着你。"

我翻过一页书页，继续看着。

他一只手扯住我的头发让我仰起头来，另一只手使劲儿地打我的脸，疼得我龇牙咧嘴。"这回可没有勤杂工来救你了，你这全是自找的。"

我抓着书，什么也没说。

他又打了我一下，血从裂开的唇滴在我的舌头上，溅到我的眼前，是明亮的红色。他一把把我的书抽出来扔进水里，我不去看他，只是看着书消失在瀑布的尽头。

"你跟我过来。"

他扯着我的头发拉我进去，福佑给我编得好看的法国扭辫被他扯得乱七八糟。只要我没跟上他，他就转过头再揍我。从其他女孩身边走过的时候，她们都把头转过去不发一声，有一个女孩哭了，她旁边的女孩赶紧制止了她。她们都怕哭声惹得艾弗里更加兽性大发。

他把我扔进一间我从没进过的房间。房间就在文身室旁边，离花园前门很近。这间平时都是锁上的，只有用的时候才打开。屋里已经有了一个女孩子，她的手腕被很沉的铁环绑在墙上。腿上、脸上，满是浓稠的鲜血，胸部的一边还有一个可怕的咬痕，她头向前伸着，角度很诡异，就连我砰的一声滚到地上，她都没抬眼看一下。

她已经没有呼吸了。

艾弗里的手摸着女孩鲜亮的红头发，手指弯曲着伸进她的头发里，然后把她的头向后一拽，只见女孩脖子一圈儿都是手印，一边的骨头戳进皮肤。"她不像你那么强硬。"

他低下头看我,明显是在等着我反抗他。但是我没有,我什么都没干。

不,也不完全是。

我背坡的诗,把我知道的所有诗句都背了一遍,然后就这么一遍一遍又一遍地在脑子里背着那些诗,直到他又把我扔到墙边,嫌弃地冲我咆哮了一声,连裤子都没穿好就迈开步走了。我觉得这该算是我赢了。

那个时候其实也没什么胜利感。

我等自己不再感觉到屋子旋转的时候,就站起身来,想找到钥匙,或者闩扣也可以,我想帮那个可怜的女孩子卸下那副大手铐,但是什么都没有找到。我发现了一间锁住的小屋,使劲拉门把手,才拉开一条细缝,只见里面有鞭子、连枷、棍子和夹子,还有那些我一想到就会发抖的刑具。我虽然发现了那么多东西,却没找到任何东西可维护那个女孩最后的一丝尊严。

所以我找了裙子被撕扯后剩下的布片,找了各种方法把她的主要部位围住,然后吻了她的脸颊,在心里把能想到的道歉的话都想了一遍,跟她道了歉。以前我可从没跟任何人道歉过。

我对着浑身是血的她轻声说:"他不能再伤害你了,吉赛尔。"

然后我就光着身子走进了走廊。

身上到处都疼,每个女孩路过我身边都同情地发出嘶嘶声,却一个都不上来帮我。一般遇到这样的事情,我们该去找洛兰哭诉,她会把各种伤进行归类,再跟花匠报告,但是我不想看她那张铁石心肠的脸,也不想让她再按上那些已经瘀血的伤口。我在池塘里找到了我的书,回到自己的屋子,坐在窄窄的淋浴间里,水要到晚上才有——每个人都有固定的洗澡时间,不过你如果刚刚是跟花匠在一起的话,那就另当别论。有些女孩在这里待得时间久了，学会了控制水龙头的本领；还有些女孩给自己争取到了特权；但是我什么都没有。我要到几个月之后才会有。

我真得很想哭。我看到过大多数女孩一次又一次地哭过，有些女孩哭完之后会觉得好受一点。我自从 6 岁遇到那该死的旋转木马事件之后，就再也没有哭过，那时候我被困在绘制精美的旋转木马上，坐了一圈又一圈，眼睁睁地看着我父母一个一个地离开，完全把我抛在脑后。我在淋浴间坐了好几个小时，结果到底还是没流一滴泪。

福佑找到了我，她刚洗好澡，水从她身上滴下来，她用湛蓝的毛巾包住了头发，跟她后背的颜色一样。"玛雅，怎么……"她马上哽住了，直愣愣地盯着我，"他妈的，怎么回事儿？"

我连说话都疼，被扇了那么多下，我的嘴唇肿了，下巴疼得不行，其他的就不提了。"艾弗里。"

"你在这儿等着。"

好像我还能去什么地方似的。

但是她回来的时候，带回了花匠，他的头发少见地乱蓬蓬着。她带他进了房间，一个字都没说，放下他的手，就走了。

他的手在颤抖。

他慢慢地走过来，每看到一处伤，一处咬痕，一处抓痕，还有那些深深的淤血和指印，他脸上的恐怖就拉长一分。最恶心的是——虽然很多地方都很恶心——他是真的关心我们，或者至少是关心着他眼中的我们。他跪在我面前，帮我检查伤口，眼睛里满是关爱，指尖全是柔情。

"玛雅，我……我真是太对不起了。真的，对不起。"

"吉赛尔死了，"我轻轻说，"我没能把她弄下来。"

他痛苦地闭上了眼睛,是真的痛心。"先不管她了,我们先把你的伤处理一下。"

在那之前,我不知道他在花园里还有一间套间。他带我穿过文身室,吼着洛兰的名字让她出来,我都能听到她从隔壁的医疗室里连滚带爬地跑出来的声音,盘好的银棕色的头发都乱了,掉下的头发在脸的两旁摆动着。

"给我拿绷带,消毒剂,还有消肿的东西。"

"怎么——"

"快去。"他打断了她,瞪着她,直到看不见为止。过了一会儿她回来了,拿着一个小网兜,鼓鼓囊囊塞了一堆临时装好的东西。

他用力按着墙上的垫子,输了一串密码,然后墙上的一块地方就移开了,映入眼帘的是酒红、深金和红木点缀的房间。有一张看起来很舒服的长椅,高高的吊灯下面是一张活动躺椅,墙上挂着电视,他急匆匆地带我走了进去,我只看到了这些。穿过另一扇门,是一间浴室,里面有一个比我的床还大的内嵌式涡流浴缸。他扶我坐到浴缸边上,打开水,然后沾湿一块布帮我擦血迹最多的地方。

"我不会让他再对你下手了,"他小声说,"我儿子……他缺管教。"诸如此类。

我让他做着一切,也随便他说着些对我宠爱有加的话。他处理好我的所有伤口,送我上床,帮我掖好被角,又从洛兰手里拿过一只托盘。我没想到我能睡着,但是我真的睡着了,他也一晚上都睡在我身边,一边摸着我的头发和身体,一边贴着我的脖子呼吸着。

第二天下午,我在自己的床上醒来,福佑陪着我,洛兰看我醒了,扔给我一个包裹。福佑叽叽咕咕地数落着这位坏脾气的女人,说她该把自己的头塞烤炉里,我打开包裹,看见一个棕色的平装书,就笑了起来。

是一本坡的书。

※

"所以花匠是不同意他儿子那样做的?"

"花匠很珍惜我们,也真的觉得杀了我们可惜。艾弗里就……"她摇摇头,双腿在椅子下夹紧,身子突然缩了起来,一只手按着肚子。"不好意思,我*真的*要去一趟洗手间。"

技术分析员立刻打开门,英纳拉起身跟着她,还瞄了维克多一眼,像是问他同意不同意。见他点了头,她们就走了,顺手把身后的门也关上了。

维克多翻看起一堆走廊的图片,想数一数究竟有多少副蝶翅。

"你觉得他绑架的所有女孩都在这里了吗?"埃迪森问。

"不是,"维克多叹了口气,"我希望能说是,但是如果一个女孩像刚才说的那样受伤了,毁了翅膀或者后背呢?估计他不会展示这种女孩,展示出来的都是完好的。"

"可她们死了。"

"但是完好的保存了起来。"他拿起一张最近的照片。"她说这是玻璃柜和树脂;让现场的技术人员确认了吗?"

"我问问看。"埃迪森猛地从桌子旁站起身,从口袋里掏出手机打电话。自从他们成搭档以来,维克多就没见过他打电话时能站在那儿一动不动。电话号码刚拨完,他就开始在窄小的房间里来回走动着,像是一头被困住的老虎。

维克多拿起别在埃迪森笔记本上的笔,潦草地在装身份证的袋子上,写下一些单词的大写字母,又把袋子打开,把所有的塑料卡片一股脑儿倒在桌子上。这些卡片让埃迪森好奇,他在卡片里翻找着,终于找到了他想要的那张。卡西迪·劳伦斯。

利昂奈特。

在她被绑架的三天前,她办好了驾照,照片上的她满脸兴奋,这张脸彰显着微笑和喜悦。他极力想象着,时间如何让这样挂着微笑和喜悦的女孩变得目光那么凌厉,而且还是她在花园迎接英纳拉。他实在无法想象出这样的画面。就算他把身份证和一张玻璃柜里的南瓜色翅膀照片放在一起,他还是无法把二者联系起来。

"你觉得哪个是吉赛尔?"埃迪森问,把手机塞回裤兜。

"这么多红头发,猜不到,除非英纳拉告诉我们她的蝴蝶是什么样。"

"他干这个已经三十多年了,我们怎么一点儿都没发现端倪呢?"

"如果警方没接到那通电话,或是没注意到我们在一些失踪人口名字上作的特别警示标志,你觉得他还能继续这样悄无声息地做多久?"

"真他妈的问到点子上了。"

"技术员那边怎么说?"

"他们今天的现场勘查快收尾了,晚上会让警卫转一圈儿。他们说明天准备开那些箱子。"

"收尾了?"他转了转手腕,看了下手表,快十点了。"我的天。"

"维克……我们还不能放了她。她随时都可能再消失。我不信她没参与到这件事里来。"

"我知道。"

"那你为什么不逼紧点儿?"

"因为她太聪明了,她会把问题甩给我们,"——他突然大笑起来——"而且她还很喜欢耍这种小聪明。让她用自己的方式说吧;无非是多花点时间，这个案子也是少有的不必限时侦破的案子。"他身子向前，双手扣在一起放在桌面上。"犯罪嫌疑人状况不好，可能连今晚都熬不过了。她是我们了解花园里基本信息的最佳人选了。"

"在她说实话的情况下。"

"她实际上也没跟我们说过谎。"

"我们都知道，一个带着假身份证的人通常都不是什么好人，维克。"

"她应该会告诉我们为什么她要用假的。"

"不管怎样都是非法的，我还是不信她。"

"给她点儿时间。也能给*我们*一点时间，看看其他女孩恢复了之后会说些什么。我们把她留在这儿越久，其他女孩可能说话的几率就越高。"

埃迪森皱着眉头，但还是点了点头。"她真气人。"

"有些人愿意将破坏保持原状。而有些人会把他们的碎片捡起来拼在一起，露出锋利的那一面。"

埃迪森翻了个白眼，把身份证又倒回证物袋里。他把每张照片都正面朝上整齐地摆好，在桌边整了整，排齐。"我们已经连续奋战三十六个小时了。我们需要睡觉休息啊。"

"是……"

"那我们拿她怎么办？我们又不能让她消失，可是带她回医院，让参议员看到了又……"

"她待在这儿，我们找几块毯子来，看能不能找到个简易床，等大亮了再继续。"

"你觉得这样好吗？"

"总比让她走了好。如果我们让她待在这里，不把她放拘留室里，那就还算是审问期间。就算是金斯利参议员到了,她也不能在审问期间插手此事。"

"我们就这么耗着?"他把饭后的垃圾收起来,一股脑儿塞进一个袋子里,塞到纸袋都撑爆了,垃圾沿着撕裂的缝隙冒了出来。他走到了门口,说:"我去翻翻看有没有简易床。"猛地拉开门,就看到英纳拉和伊芙回来了,他皱着眉头大步走开了。伊芙冲维克多点点头,回了观察室。

"真是一个让人开心的人。"英纳拉干巴巴地说,到桌子那头的凳子上滑坐下去。脸上的煤烟痕迹和脏东西都清理掉了,头发也干干净净的了,在脑后盘了一个大髻。

"他有他的用处。"

"那你的意思,不会让他也去跟受害的女孩子谈话吧。"

"他处理犯罪嫌疑人更有一套。"他默认了。女孩脸上浮现出微笑的影子。维克多想找点儿东西拿在手里,可是埃迪森已经硬是把桌上所有的东西都打包带走了。"告诉我们在花园里是什么样的。"

"什么意思?"

"一天一天的,也没什么特别的事发生。感受怎么样?"

"无聊死了呗。"她干脆地回答。

维克多捏了捏鼻梁。

※

不,说真的,就是很无聊。

一般情况花园里大概会有二十到二十五个女孩,不包括洛兰,她算什么?除非他外出了,否则花匠每天至少"临幸"我们中的一个,要是他不用工作或者不用花时间陪家人和朋友的话,一天可能要两到三个,也就是说一周的时间一遍都轮不过来。艾弗里对我和吉赛尔做了那件事之后,他只准他一周来花园里一次,还要在他的监督下,虽然他总是藐视这条,找机会就想摆脱他爸。持续的时间反正也不长。

厨房七点半开始提供早饭,我们要在八点前吃完,好腾出时间让洛兰打扫干净。想不吃都不行——她会盯着我们吃饭然后跟花匠汇报——但是一天里会有一顿饭是可以"吃不下"的。如果你第二次说吃不下的话,她就会到你房间去搜查。

早饭后——除了一周两次早晨的维护时间,我们是躲在墙后的——到十二点之前我们都可以随意,午饭也是半小时的时间。一半的女孩会回到床上去,好像白天睡觉能让她们快点走似的。我一般都是跟利昂奈特学,就算是她去了玻璃柜后,也还是跟那些需要聊天的女孩聊一聊。瀑布下面的山洞成了办公室。到处都有摄像机,麦克风,不过瀑布虽小,水流的撞击声还是可以让外面听不清楚里面说了什么。

※

"他能让你们这样?"维克多觉得难以置信。

"我跟他解释了之后,就没问题了。"

"跟他解释了?"

"对。有一天晚上他跟我一起吃饭,问了我这事,大概是揣测我们是不是要搞反抗起义什么的。"

"你怎么跟他解释的?"

"我说出于一些女孩的精神健康考虑,她们需要一些类似隐私的东西,只要能让蝴蝶们都健康,又有什么鬼关系?嗯,我当时说得更文雅一点。花匠喜欢优雅的。"

"你跟那些女孩聊天——都聊什么？"

※

有一些就是发牢骚的话。她们听了很不安，也很害怕，还有的就是很生气，她们需要和人聊天，这样可以帮她们把情绪都排解出来。她们会走来走去，要么发脾气，要么冲着墙捶打，但最终，即便打得手疼和心痛，至少可以让她们暂时不会毁掉自己。她们跟福佑很像，不过没她那么有种。

福佑想说什么就说什么，不管什么时间，什么地点，想说就说。就像我第一次见到她的时候她就说过，花匠从来不要求我们爱他。我猜他想让我们爱他，只是从不这样说。我觉得他很珍视她的诚实，就像他也很看重我的直白一样。

有些女孩需要安慰，这点我很在行。她们偶尔哭一下，我能忍耐，或者来到花园的第一个月，她们哭也没问题，但是要是一直哭一直哭，周周哭，月月哭，年年哭……呃，那我基本就没耐性了，只会告诉她们自己去解决吧。

或者，如果我哪天特别宽宏大量，我会把她们送到艾薇塔那里。艾薇塔是美国人，她背后的翅膀是浅橘色和暗黄色，翅尖有精细的黑色花纹。艾薇塔很贴心，但人不是很聪明。我不是讽刺她，事实就是这样。她的理解能力大概只有 6 岁的样子，所以花园对她来说每天都很新鲜。花匠半个月或者一个月才来找她一次，因为她不明白他想干嘛，每次又都很害怕，艾弗里根本就不准靠近她。每次花匠来了，我们就很担心她是不是要去玻璃柜里了，但是花匠很是珍惜她单纯的贴心。

她贴心到，你去找她，哭喊到眼珠都爆出了，她还是会抱住你抽

THE BUTTERFLY GARDEN 077

泣,发出笨笨的声音,直到你不哭了;她会听你说着掏心窝子的话,自己却一句都不说。对那些女孩来说,能看到艾薇塔阳光的微笑,心情就会好了一半儿。

对我来说,在艾薇塔身边只会让我难过,但是当花匠来找她后,她就会来找我,她是唯一一个即使流泪我也总会原谅的人。

※

"要我们找一个专门服务特殊人群的律师去医院吗?"

女孩摇了摇头,"她半年前就死了。事故。"

※

"办公室"十一点一刻关门,有一群女孩会在走廊里跑过来跑过去。要是洛兰在的话她就会恶狠狠地盯着,虽然她也不反对,因为这是我们唯一的运动了。花匠不会给我们哑铃单车之类的东西,怕我们用来自残。然后是午饭,下午直到晚上八点都是我们的自由时间。

可是那个时候也是无聊的时间。

与瀑布下的山洞相比,我更常去的地方是崖顶,很少有像我这样的,喜欢爬到靠近玻璃顶的地方,那也是自由活动范围的尽头。大多数女孩都更想要假装天空遥不可及,这样我们生活的世界就会大一些,我们去外面也就没什么可能了。如果她们能从中获得心理安慰的话,我是不会跟她们理论的。但是我自己喜欢上面这块地方。有时候,我还会爬到树上,伸出双臂用手按着玻璃顶。我喜欢提醒自己,在这笼子外面还有一个世界在等着我,即使我可能再也见不到它了。

之前,利昂奈特、福佑和我有时候会在下午一起四仰八叉地躺着晒太阳、聊天、读书。利昂奈特会折会儿纸动物,福佑会玩花匠带给她的黏土,而我则朗读戏剧、小说和诗歌。

但是有时候我们也会走到主层去,水流到了那里被分开了,形成像是丛林里那样的雨林瀑布,我们跟其他女孩一起待在那里。有时候我们一起读书,或者聊一些没那么敏感的话题,但是无聊的时候也会玩游戏。

那些天大概是花匠最开心的时候了。我们都清楚,到处都有摄像头,晚上你会看到那些闪着红光的小眼睛,但是我们玩游戏的时候,他就会进来,在瀑布边的石头旁看着我们,露出温和的微笑,一脸美梦成真了的样子。

我觉得大概是因为我们实在太无聊了,所以就算是看到了他,我们也不会马上分开回房间自己玩自己的。

半年之前,有一次我们大概十个人在一起玩捉迷藏,轮到了丹妮拉捉人。她得站在花匠旁边数一百个数,因为只有那个地方没人想去藏,也是唯一一个她不会轻易听到我们躲藏时发出声音的地方。我不知道他明不明白这中间的逻辑,但是他好像就算这样跟游戏沾了点儿边,也高兴得不行。

轮到我躲藏时,我每次几乎都是爬到树上去,主要是因为我有两年爬防火梯的经验嘛,所以我会比别人爬得更高更快。她们可能很轻易地发现我,但是却没办法抓到我。

艾薇塔很怕高,也很怕密闭空间。墙落下来的时候她总要有人陪着,一个人她就很害怕。艾薇塔从来不爬树,但那天是个例外。我不知道她为什么想爬,特别是我们都能明显看出她爬到六英尺高的时候有多害怕,但是就算我们在下面一直对她喊没关系的,去别的地方藏也行,她还是坚持,说:"我可以勇敢起来,我可以像玛雅一样勇敢。"

花匠站在丹妮拉旁白看着,很担心,每次有谁做反常的事他都会

THE BUTTERFLY GARDEN 079

这样。

丹妮拉数到九十九个数，就停了，给艾薇塔更多时间藏起来。如果听到了她的声音，我们每个人都会等的。丹妮拉没有转过身，也没把手从文着图案的脸上拿下来，默默地等着大家藏好。

艾薇塔大概花了十分钟，最后还是勉强爬到了十五英尺高的地方，找了一处树枝坐好。我在她旁边的一棵树上，看到她的眼泪大颗地往下掉，但她看着我，脸上带着颤抖的微笑，说："我可以勇敢起来。"

"你很勇敢，艾薇塔。"我跟她说，"你比我们所有人都勇敢。"

她点了点头，然后看了两脚之间的地面，好像很高。"我不喜欢在这上面。"

"想让我帮你下来吗？"

她又点了下头。

我小心地从树枝上站起来，转身开始往下爬，只听到身后的拉文纳大声地喊："别！艾薇塔！等着玛雅来！"

我立刻转头，只看到艾薇塔在树枝上摇晃得厉害，完全站不稳，然后树枝也弯曲了，随后就是啪的一声，树枝断了，艾薇塔尖叫着掉了下去。大家赶快跑出来，她的头在掉落时撞到了一根树枝，只听到"砰"的一声，就再没声儿了。

她掉进了池塘里，溅出来很多水，可是人没动。

我用最快的速度摇摇晃晃地爬下树，树干划破了我胳膊和腿，没看见一个人走近她，连花匠也没动。她们都盯着池塘里的女孩，看着血从她浅金色的头发上渗出来。我跑进水流中，拽着她的胳膊，把她拉到我身边。

花匠终于跑了过来，顾不上他的华衣美服，帮我把她从水里拉上岸。艾薇塔那双可爱的蓝色眼睛睁得大大的，可是抢救已经没意义了。

砰的那响声，也是她脖子折断的响声。

死亡是花园里一件奇异的事，明明时时刻刻都在威胁着我们，但我们却不会亲眼看到。女孩子们被带走了，走廊里的展示柜又多了一副翅膀。对大多数女孩来说，这是她们第一次亲眼看到死亡。

花匠用颤抖的双手抚平艾薇塔脸后的湿头发，撞到树枝的后脑，发丝乱糟糟的，我们都静静地盯着他看，不是艾薇塔，是他，因为他哭了。那种哭叫抽泣，他整个身体都跟着抽动，闭着眼睛，不看这突如其来的痛苦，他把艾薇塔紧紧抱在胸口，身子前后摇动，血染红了袖子，水湿透了他的衣裤。

那个时刻，他像是把我们的眼泪都哭干了。听到尖叫声，其他房间里的女孩，还有在花园别处的那些都跑了过来，一共二十二个，都眼睁睁静悄悄地看着捉到我们的人，为那*不是他杀的*女孩而哭泣。

※

她拿起那堆走廊里拍的照片，一直翻到想要的那张，放在桌上给维克多看。"他把她的头发重新梳了，盖住伤。接下来的一整天都不知道他在做什么，也没人见过他，然后墙就落下了，墙落下的第二天她就出现在玻璃柜里，而他也直接睡在了她面前，眼睛又红又肿。他整整一天都没有离开她。就在前几天，他从她的玻璃柜旁走过时还上去摸一摸，连他自己都没意识到，他每次经过都会习惯性地摸一摸。就算玻璃柜被盖上了，他也会在那个部位摸一摸。"

"她不会是唯一一个意外死亡的吧？"

她摇了摇头。"不是，从长计议的话就不是。但是艾薇塔……她太甜了,也太天真了,她完全不能理解这件事情的恶处。那些事就算是发生在她身上,对她的影响也不大,她依然那么纯洁。我觉得,她算是我们当中最幸福的一个人,因为她完全不知道除此之外还能怎样。"

埃迪森冲进来,一只手拖着简易床,刮擦声刺耳,另一只手抱着毯子和薄枕头。他把东西放到靠里面的一个角落里,喘着气冲搭档说:"刚接到拉米雷兹的电话,那个儿子死了。"

"哪一个?"

这几个字说得轻飘飘的,轻柔但飘忽,还掺杂着一种莫名其妙的情绪,维克多都不确定他是否真听清了她说的话。他看了眼女孩,女孩的眼睛则盯着埃迪森,一直用指甲抠手指上的纱布,直到上面又渗出一朵红花。

埃迪森也同样被震惊了。他扫了一眼维克多,见他耸耸肩,不知所措地回答说:"艾弗里。"

她抱着自己,把头埋在臂弯里。维克多猜她大概是哭了,可是过了一会儿,她抬起头,脸上没有一滴泪。她这种表情从未见过,也无法说清楚是什么表情,但绝不是悲伤。

埃迪森冲维克多做了耐人寻味的表情,但是维克多猜不透女孩究竟在想什么。折磨她的人死了,不是该开心吗?或者,起码该松口气?也许她开心,但掩饰住了,不让这情绪流露。她看起来的的确确是一副认命的样子。

"英纳拉?"

她浅棕色的眼睛扫到了简易床,两只手开始都缩到纱布下面了。"这是让我睡觉的吗?"她无精打采地说。

维克多站起来,示意埃迪森出去。埃迪森没说话,默默把照片、证物袋都收走了,不出一分钟,屋里只剩下维克多和那个他可能永远也看不懂的受伤的孩子。他也不解释,把吱嘎作响的简易床打开,在离门最远的角落放好了床,不管谁进来,女孩的床和门都隔着一个桌子,又把毯子当成床单铺好,把另一张毯子放在床脚,枕头堆在床头。

铺好了床,他蹲到女孩的椅子旁,一只手轻轻放在她的背后。"英纳拉,我知道你累了,所以现在你睡觉吧。明早我带早饭给你吃,还有更多问题要问,也许还会给你带来点儿关于其他女孩的新消息。但是,我走之前——"

"一定要今晚问吗?"

"小儿子知道花园的事吗?"

她咬着嘴唇,直到血滴到了下巴上。

他深深地叹了一口气,从口袋里拿了一张纸巾给她,然后走向门口。

"戴斯。"

他一只手还在门上,转身看到她紧闭着双眼,脸上表情痛苦不堪,不知如何描述是好。"你说什么?"

"他叫戴斯,戴斯蒙德。他知道花园里面的事,也知道我们的存在。"

她哽咽得说不出话来,维克多清楚作为特工,他应当利用这个机会,在她最脆弱的时候乘胜追击。但是他想到如果自己的女儿们痛苦地坐在那里,他是不会再追问的。"技术室里会有人值班,"他轻轻地说,"需要什么,就告诉他们。好好睡吧。"

突然爆出一个破裂般的声音,可能是笑声吧,反正维克多不想听第二遍。

他把身后的门轻轻的"咔哒"一声关上了。

THE BUTTERFLY GARDEN 083

II

　　女孩子——知道了她的名字其实不叫英纳拉后，再叫她英纳拉就有点儿怪怪的——还在睡着，脸埋在他的夹克衫里。维克多到了警局后，跟值夜班的技术员办交接，技术员一边打着哈欠一边跟他交代着。其中一个技术员把一堆材料交给他：有昨晚从医院送来的报告，也有从现场的探员那里发过来的报告，还有所有涉案人员的背景信息。他一边喝着自助餐厅里的咖啡——这咖啡勉强比警队厨房里喝剩的可疑液体味道好上一点儿——一边翻看了这些材料，试着把女孩提到的名字跟照片一一对上号。

　　伊芙进来的时候才刚过六点，她昨晚明显没睡好，眼睛肿肿的。

　　"汉诺威警探早上好。"

　　"你不是八点上班嘛，怎么不多睡会儿？"

　　她摇摇头，"睡不着。我在女儿的房间里，待了一整夜，睡不踏实，翻来覆去盯着她看。要是有人敢……"她再次摇了摇头，用得劲儿比刚才大，仿佛要把没有说出口的话摇掉。"我等婆婆醒了，到了宝宝的房间，就马上过来了。"

　　他想让伊芙找个地方再睡会儿，可转念又觉得，昨晚估计警队没人睡好。他自己昨晚也没睡好,梦里全是走廊里那些女孩的照片,还有他女儿小时候穿着蝴蝶翅膀的衣服在院子里嬉戏的场景。人只要安静下来,就会被恐惧包裹住。

维克多把脚边的帆布包拎起来,说:"帮我个忙,请你吃刚出炉的肉桂卷。"她好像一下子来劲了,腾得一下站得笔直。"霍莉给英纳拉带了些能穿的衣服,你能把她领到储物柜那边,让她冲个澡吗?"

"你的女儿真是个小天使。"她看了一眼玻璃后面熟睡的女孩。"可我真是不想吵醒她。"

"让你去总比让埃迪森去强。"

她静静地走出技术分析室,过了一会儿,通往审讯室的门吱呀一声被轻轻地推开了。

这点儿动静还是把女孩吵醒了。女孩顶着一头乱糟糟的头发从凌乱的毯子里坐了起来,直到背靠上墙,直到认出了站在门口张着手的她。两人大眼瞪着小眼,互相看着,最后伊芙挤出一丝微笑,说:"反应真快。"

"他以前常站在门口;要是你没发现他,他就会很失望。"她打了个哈欠,伸了个懒腰,关节因为在不舒服的简易床上窝了一夜而卡卡作响。

"我们想,你很想洗个澡吧,"伊芙说着拿出了那个帆布包,"我们拿了些衣服过来,这些衣服你穿应该差不多会合身的,还拿了肥皂什么的过来。"

"要真是这样的话,我恨不得现在就亲你一口。"她走向门口,敲了敲玻璃柜,"谢谢你,联邦特工头头维克多·汉诺威。"

他一笑置之,没有答话。

女孩被带出去了。他走进审讯室,继续审读新送过来的信息。昨

THE BUTTERFLY GARDEN 085

晚死了一个女孩，其他女孩，加上英纳拉，活着的总共有十三个，即十三个幸存者。不过，或许是十四个，这得看英纳拉怎么跟他们交代那个男孩的事儿了，如果他真是花匠的儿子，他是否参与了他爸爸和哥哥做的事呢？

英纳拉还在储物室，没有回来，这时埃迪森走进来。今天他的脸刮得很干净，还穿了套西装，他把一盒丹尼斯糕点扔到桌上，问道："她人呢？"

"伊芙带她去洗澡了。"

"你觉得她今天能说点儿什么吗？"

"会用她自己的方式说点吧。"

埃迪森用鼻子哼了一声，算是回应了我。

"啊，好了。"维克多把刚看过的那沓材料交给埃迪森，然后，房间里只剩下不断翻动纸张和偶尔喝咖啡的声音。

几分钟后，埃迪森说："拉米雷兹说金斯利议员已经在医院走廊里安营扎寨了。"

"料到了。"

"还说她女儿不想见议员，她说自己还没准备好。"

"也料到了。"维克多把材料扔到桌上，揉了揉眼睛。"能怪她吗？她是在镜头前长大的，她做的所有事都要仔细考虑她妈妈的立场。她知道——可能比其他所有人都更清楚——媒体的闪光灯一直盯着她们呢。见到她母亲就是个开始。"

"你有没有想过我们到底是不是好人？"

"别被她带跑了。"他冲着同伴惊讶的表情咧嘴一笑。"我们的工作完美吗？不。我们*做*得完美吗？不，完美本来就不可能，但是我们尽到了自己的职责，最终我们积的德要比造的孽多多了。英纳拉很会忽悠人，你可别让她牵着你的鼻子走。"

埃迪森没说话，又读了一篇报告："帕利斯·金斯利——拉文纳——跟拉米雷兹说过，想在决定见她母亲前跟玛雅谈谈。"

"想听听别人的建议？还是让别人帮她做决定？"

"没说。维克……"

维克多等他说完。

"我们怎么知道她不是洛兰那样的？她也照顾那些女孩，我们怎么知道她这么做不是为了花匠呢？"

"我们不知道。"维克多承认说。"但是，不管怎样，我们最后还是会搞清楚的。"

"在我们老死之前？"

资深的警探翻了个白眼，转回头去看报告。

她跟伊芙回来的时候，像换了个人一样，头发像瀑布垂到腰部。牛仔裤不大合身，臀部太紧了，有几粒扣子没法扣上，不过被圆领背心的底边盖住了，不太看得出，青苔绿的毛衣衬托出了身材的曲线。她走起路来，人字拖轻轻地敲击着地面发出声响，绷带被拆掉了，维克多看到她手上有一圈紫色的烧伤，吓得颤抖了一下，伤口旁边还有逃出时被玻璃渣和其他碎屑割伤的痕迹。

她顺着他的视线看向自己手上的伤痕，在桌子那头坐下的时候又仔细检查了一遍伤痕。"看起来很惨，实际感受更加惨，不过医生说了，只要我不傻，就不会有什么功能损伤。"

"其他地方呢？"

"还有几个可爱的小淤紫，缝线的地方比别的地方红点儿，边上有点疼，但没肿起来。什么时候该找个医生来瞧一眼。可是，不管怎么说我活着呢，比其他很多我认识的人都好多了。"

她准备好回答他关于男孩的提问了,他也能从她的举动里看出来她的意图,如脸上的表情、肩膀的张力、指尖摸着另一只手上的伤疤。她有备而来,所以他不问,把剩下的一杯饮料推过去——看她昨天不喜欢喝咖啡,就换成了热可可——再把肉桂卷的锡箔包装纸都打开。伊芙接住维克多递过来的一个肉桂卷,轻轻地道了声谢,就走回观察室。

英纳拉看到食物,刹那间眉毛拧到了一起,像小鸟伸头一样仔细打量起来。"什么面包店会用铝箔纸包吃的?"

"妈妈牌面包店。"

"你妈妈还给你做早餐?"她嘴角露出了微笑,脸上吃惊的表情经她这么一笑,就看不太明显。"她是不是还用小牛皮纸袋给你装了午饭?"

"还写了一张纸条呢,上面说今天要做个好好的选择。"一本正经地胡说八道。她咬了下嘴唇,不再笑了。"不过,你没收到过这样的东西吧?"他轻轻地问道。

"有过一次。"这回她也没开玩笑。"街对面的那对夫妇不是送我去公交车站了嘛。她给我做的午饭里头,有这么一张纸条,说他们很高兴认识了我,会很想我的。还给了我他们的电话号码,叫我到了外婆家,给他们打电话报个平安。还说不管什么时候给他们打电话都行,可以随便聊聊。两个人画了拥抱的表情,也都签下了各自的名字,连宝宝也在纸袋下面用蜡笔乱涂了些什么。"

"电话你打了没有?"

"打过一次。"声音轻得像蚊子的嗡嗡声。手指在伤口的四周摸着。"我到了外婆家附近的车站之后,就给他们打电话,说我到了。他们还要跟外婆说话,但是我说她正在找出租车。他们跟我讲,我随便什么时候打电话过去都可以。我站在车站的路牙石上等出租车,盯着小纸片,觉得好可笑,过了一会儿,我就把纸片扔了。"

"为什么?"

"因为留着它,对我自己是一种伤害。"她在椅子里坐直身体,跷起二郎腿,用手肘撑着桌子。"你好像把我想象成一个迷失了的孩子,好像我像垃圾一样被扔在路边了,还是说我像是只路边被撞死的小动物。但是像我这样的孩子,才不是迷失的,我们这种是唯一不会迷失的孩子,我们永远知道自己在哪里,能去哪里,不能去哪里。"

维克多摇摇头,不愿与她争辩,也争辩不过她。"为什么纽约的那些女孩没有报案说你失踪了?"

她翻了个白眼。"我们不是那种关系。"

"但你们是朋友啊。"

"对,但只是自顾不暇的朋友。我没去之前,住我床位的那个女孩突然就收拾东西走了。她前脚刚走,后脚就跟来一个怒气冲冲的大叔,问我们她把孩子怎么了。那个孩子是他三年前强暴她之后她生下的,不管你怎么小心,躲得多么隐蔽,总有人能找到你。"

"只要他们想找。"

"或者只要你够倒霉。"

"什么意思?"埃迪森问。

"怎么,你觉得我想让花匠绑架我吗?那么大的城市想藏起来何其容易,可是他找到了我。"

"那也不能说明——"

"能说明。"她干脆地说,"如果你就是这种人的话。"

维克多喝了口咖啡,不知该不该继续追究这个话题,还是到此为止,追究的话也不一定能带出什么新信息来。"英纳拉,是哪种人?"他最终还是问了。

"有种人想被忽视,想被遗忘,当有人记起他的时候,他就会有点小惊讶。这类人总是不理解为什么有些奇怪的生物会想要别人记得他们,然后又回来找他们。"

她慢悠悠地吃起了肉桂卷,但是维克多知道她话还没说完。也许是还没想好——他的小女儿也会这样,只要耐心等她想好后面要怎么说就行了。他不知道这是不是英纳拉的情况,但是他还是知道有这样一种说话习惯,所以当埃迪森刚要张嘴的时候,他马上用脚在桌子底下踢了他一下,让他不要说话。

埃迪森没说话,瞪了他一眼,把椅子提起来挪开了几英寸。

"索菲娅的女儿还等着她回来。"她轻声说道,舔了一下受伤手指上沾的糖霜,然后抖了一下。"她们跟着养父母已经……嗯,我被掳走的时候她们已经去那儿四年了。如果她们放弃希望了,所有人都能理解,但是她们没有。不管发生了什么事,也不管事情变得多么糟糕,她们都知道她在奋斗,在为她们努力。她们永远,永远都知道妈妈会回来找她的。我不明白,我大概永远也不会明白这些。不过,可能是因为我没有索菲娅在身边吧。"

"可是她在你身边啊。"

"曾经在,"她修正说,"而且这怎么能一样呢,我又不是她女儿。"

"可你也是她的家人啊,不是吗?"

"是朋友,完全不一样。"

他不知道自己是否相信了她的话,也不知道她信不信自己的话,大概对她而言,骗自己比较容易。

"你的女儿们都相信你会回家,毫不怀疑吧,汉诺威特工?"她捋着毛衣软塌塌的袖子。"她们担心有一天你可能在执行任务的时候牺牲,但她们觉得除了死别,不会有生离。"

埃迪森猛地说:"你别提她女儿。"可她却笑嘻嘻的。

"每次他看我,或是看到那些照片,我就能看出,他在想着他的女儿呢。她们才是他工作的意义所在。"

维克多回答说:"没错,她们是我工作的意义所在。"喝完咖啡,他又继续说道:"我女儿让我给你带了点东西。"他伸手从口袋里取出一管深莓色唇彩,"这是我大女儿给你的,你穿的这身衣服也是她的。"

她惊讶地露出了笑容,很真实的笑容。刹那间,她的整个脸上容光焕发,眯起琥珀色的眼睛,望着远处的角落,说道:"唇彩。"

"她说这是女孩用的东西。"

"可不是嘛;涂在你嘴上可就不好看了。"她小心地拧开盖子,挤了一下,一串晶莹鲜艳的颜色流了出来。她先涂了下嘴唇,然后涂了上嘴唇,在涂唇彩的时候,她没有朝单向镜看,但动作熟练,既没有涂错地方也没有地方被遗漏。"以前我们上班的时候,都是在火车上化妆。我们多数人连镜子都不用看,整套妆就这么化出来了。"

"不得不说,这我可没试过。"他平静地说。

埃迪森把那一堆材料理了理,与桌子的一条边对齐,放好那堆材料。维克多虽然知道他做事有强迫症,但看到眼前他的举动,还是觉得好笑。埃迪森看到他在笑,皱起了眉头。

"英纳拉,"维克多终于说道,她不情愿地睁开眼。"我们得开始了。"

"戴斯。"她叹了口气。

他点点头,"跟我说说戴斯蒙德。"

※

只有我一个人喜欢去花园的高处,所以只有我一个人找到另一座花园。在小悬崖的上头,有一小丛树——说是一小丛,其实也就五棵而已——都冲着玻璃天花板长。我一周至少有二到三次会爬到树上,一直爬到最高的树杈上,然后把脸贴在玻璃上。有时候我会闭着眼,想象着我是在公寓的防火梯上,贴着公寓的窗户,听着索菲娅讲她的两个女儿,听着从另一栋楼里传来的男孩子拉小提琴的声音,而此时凯瑟琳就坐在我身边。在我的前方和左手边,我能看见整座花园,只有走廊——我们被藏起来的那些走廊——被悬崖的边沿挡住了。下午的时候,还能看见女孩子们相互追着,跑着,玩着捉迷藏的游戏,有一两个女孩在小池塘里漂着,或者坐在岩石和灌木丛中看书、玩填字游戏什么的。

我的视线还能看到花园外面,不过只能看到那么一点点。我观察后发现,被我们称作花园的这座温室的外面其实还套着一座更大的花园,像俄罗斯套娃那样。我们住的这座坐落在一个中庭广场上,属于最中心的,高得出奇,不可想象,被走廊环绕着。我们房间里的天花板不是特别高,但是围墙把悬崖边的树都能挡住了,成了座黑色平顶的建筑。在另一边,还有一个玻璃天花板,架在另一个温室上头,样子不太像座广场,更像是个边界线。中间有宽宽的走道——从我坐的地方看过去是这样的——上面还有一些花花草草什么的,就算爬到树顶上也很难看清。我左看右看,差不多能看到的就是这样了。*那个温室里有真实的世界,那里的花匠不会让人害怕,那里的门通向外界,那里四季分明,那里的人生不会到 21 岁就戛然而止。*

在那个真实的世界里,没有这个花匠,而是那个在其他人眼中懂艺术还做慈善的男人,他还会做一些风险投资——各种各样的风投,有时候他会提到。他在花园周围有一处房产,但是在树上看不到。他还有妻子,有家庭。

嗯，他有艾弗里，明摆着的，这个混蛋是有来头的，的确可能是有来头的。

花匠有一个妻子。

几乎每天下午的两点到三点，她跟花匠都会在外层的温室里散步，她总是挽着他的手。她瘦得不成型，可以说弱不禁风，头发颜色很深，发型完美，无懈可击。因为离得很远，我只能看到这些。他们会慢慢地走过广场的角落，时不时地停下来赏赏花，看看树，然后又慢悠悠地走着，后面我就看不见了。每天他们这样来回两三次地散着步。

散步时，他总以她为中心，只要她没跟上，他就会殷切地回到她身边。那种殷切和细心跟照顾蝴蝶一样。一想到他那副温柔认真的样子，我就浑身起鸡皮疙瘩。

那副温柔的神情——在他抚摸玻璃柜时是那样，在他抱着艾薇塔哭时也是那样，在他看到艾弗里对我实施强暴之后，他双手颤抖，脸上的神情也是那样。

这就是爱，就是他以为的爱。

一周里总有两三次，艾弗里会跟他们一起散步。他跟在他们后面，基本上不到一个小时就会溜走。基本上他转了一圈之后，就进了里面的花园，找个天真可爱的女孩，满足自己窥探他人恐惧的欲望。

花园每周有两个上午做维护，这个时候，他们散步时，小儿子总会跟着。他长着深色的头发，跟他妈妈的一样，也跟他妈一样瘦。因为隔得远，许多细节看不清，不过看得出妈妈明显宠溺他。他们三个一起散步时，妈妈就会在丈夫和儿子之间来回走动。

就这样过了几个月，没有人发现我。终于有一天，我正看着呢，花匠抬起了头。

THE BUTTERFLY GARDEN 093

他直视着我。

我依然把脸贴着玻璃,在高高的树枝上把自己缩进树叶丛里,一动不动。

之后,六周过去了,我们才在一个新来的,还没变成蝴蝶的人的床边,说起这件事。

※

听完女孩的述说,维克多深深地吸了一口气,想摆脱那些离奇的画面,而这些画面对他们来说是再正常不过了。他抓到的那些人,大部分人精神上都有问题,但看起来都很正常。"他又绑架其他女孩了吗?"

"他一年要抓好几个,前面一个的记号完全做好了,差不多适应了,再抓下一个。"

"为什么?"

"他为什么一年要抓好几个?而且为什么他要等前一个做好了?"

"对。"维克多说,她又嘻嘻地笑起来。

"第一个问题——因为损耗。他不会在花园的承受能力之外再添东西,所以一般都是有女孩死了他才会出去'采购'。当然也不总是这样,但是大多数情况下就是这样。第二个嘛……"她耸耸肩,把手掌平摊在桌子上,打量着手背上灼烧的伤痕。"进新人的时候也是大家最紧张的时候。因为每个人都会想起自己被绑架的经历,想起自己第一次在这里醒来的情景,大家都在崩溃的边缘,止不住的泪水只能加速崩溃。一旦新人适应了,大家就会好一段时间,直到下个女孩死掉,新的蝶翅上架,新的女孩来到。花匠总是——通常都是——很留意花园里的主流情绪的。"

"因为这样所以他才叫利昂奈特扮演引导的角色?"

"是,因为确实有效。"

"那你又是怎么成了这种角色了?"

"因为总要有人来做,福佑太容易生气,其他人又太容易紧张。"

※

我帮的第一个女孩不是在我后面进来的那个,而是她后面的那个,因为当时艾弗里把流感带到花园里来了,传染了一大批姑娘。

利昂奈特病得不轻。面色惨白,流汗不止,蜜棕色的头发贴在脖子和脸上,抽水马桶成了比我更亲密的好友。福佑和我都让她待在床上,让花匠自己处理自己的烂摊子,可是只要墙升起来,她就披上了衣服,跌跌绊绊地赶到走廊里去了。

我赶快也系好裙子,一路小跑着跟上她,一边责备她,一边把她的胳膊搭到我肩上,搀扶着她。她晕得厉害,不扶着墙根本走不了路。那次,她也不像平时那样见到玻璃柜就害怕,五年来,她一直怕玻璃柜。"为什么一定要你去?"

"因为必须得有人去啊。"她小声说,一边忍着不让自己呕吐,紧接着又一次让自己憋住。在前面十八个小时里,她差不多一直跪在马桶旁呕吐,现在还是。

我当时不愿意去,根本不愿意去做接待。

也许,我永远不愿做接待。

花匠对猜年龄一事很有一套,真的很有一套,比我耳闻过的那些在集市上占卜什么的人强多了。一些女孩进来时是17岁,但是大多数进来时是16岁。他不会绑架那些小于16岁的女孩子——只要他认为女孩子大概只有15岁或15岁不到,他就说另选吧——但是如果女孩子年龄再大一点的话，他也不要。我估摸着，他是想尽量让女孩子们在这里待上五整年。

跟他俘获来的女孩谈这些事，他觉得很舒服……也有可能他只是跟我聊这些事很舒服。

新来的女孩还在我刚来的时候醒来的那个房间里，身上一丝不挂。我是慢慢醒过来的，当时还有人在旁边，而她当时只有一张淡灰色的床单陪着，其他什么都没有。她肤色较深，再加上她的长相，大概是混血。后来才知道她是墨西哥和非裔混血。她比福佑高不了多少，可是胸围实在令人叹为观止，是绝佳的成人礼礼物，可她又那么虚弱，像一根纤细的芦苇。一边耳朵上打了一圈的耳洞，另一边也差不多。鼻孔边和肚脐上也有穿洞。

"他为什么把环都拿掉了？"

"他大概常得俗气吧。"利昂奈特呻吟着说，顺着马桶边沿倒在了地上。

"我来的时候两边耳朵上都打了洞，现在还有。"

"他可能觉得你这种档次比较高。"

"右边耳朵还有软骨环呢。"

"玛雅，别招人烦行吗？我已经够难受的了"

奇怪的是，她这么一说，我就立马不再说话。我不说话不只是因为同情她的悲惨状况，我同时察觉到她情绪不好。想弄明白花匠为什么做这档子事根本就是白搭，而且也实在没有必要。我们只要知道自己该做什么就可以了，没必要知道为什么。

"你现在哪儿都去不了，还是待在这儿吧。"

她挥了下手，就闭上了眼睛。

餐厅旁边的厨房里有两个冰箱，一个冰箱里装着食材，因此一直上着锁,钥匙在洛兰身上。另一个冰箱里装着饮料和零食什么的,是我们两餐之间的点心。我给利昂奈特拿了两瓶水,给我自己拿了一瓶果汁,然后又从图书馆拿了一本书。我一边读书给她听,一起等着新来的姑娘苏醒。

※

"那里还有图书馆?"埃迪森惊讶极了。

"嗯,有啊。他想让我们开心点儿,也就是让我们有点儿事做。"

"他给你们看什么书?"

"只要是我们想看的书,那里都有。"她耸耸肩,躺在椅子靠背上,双手随意交叉着抱在胸前。"刚开始都是些名著之类的,但是有些真心喜欢读书的在门洞边贴了心愿书单,然后他就会时不时地拿过来十几本新书什么的。还有一些人有自己的私人藏书,是他送的礼物,可以放在自己的房间里。"

"你就是那些喜欢读书的其中之一。"

她回了他一个厌恶的表情,然后想了想:"哦,对了,刚刚讲的时候你不在。"

"讲什么?"

"讲在花园里待着有时候无聊到死。"

他低声说:"*那里还无聊,肯定是你的打开方式有问题。*"她听了却大笑起来。

"是我自己选的话就不无聊,"她附和着说,"但是那是在进花园之前。"

维克多清楚,他这时应该把话题拉回到刚开始的问题上,可看到这俩人好不容易同频了,还挺有喜剧效果的,他就不再坚持,也刻意忽视了女孩撒谎的神情。

"我猜你最喜欢的是坡?"

"啊,不是,读坡是有目的的:用来分心。我喜欢读童话。不是那种掺水的迪士尼类的破烂,也不是儿童版本的佩罗童话。我真正喜欢的,是每个人都遭受厄运的那种,那种童话故事孩子们绝对接受不了。"

"没幻想的那种童话故事?"维克多问道,她点点头。

"没错。"

※

新来的女孩过了很久才恢复意识。利昂奈特等得不耐烦了,吵着要把她送到洛兰那儿去。我劝止了,才没送去。就算那女孩快死了,送到护士那里也起不了作用。如果换做我的话,我也根本不想一睁眼,看到的就是她摆出的那张臭脸。利昂奈特听了我的话,顺势把我推到女孩跟前,让她一睁眼就看到我。

看着利昂奈特奄奄一息的样子,我也没什么好说的了……

下午过了一大半,女孩终于醒了,我把《雾都孤儿》合上,过去看看她是否真的醒过来了。我又读了两个小时的书,她才能跟我对上话,即真正醒过来了。我遵照利昂奈特的指示,倒了杯水放在她旁边,又用几块湿布盖在她头上,缓解头痛。在我给她脖子下面垫布的时候,她挥手用力打掉我的手,然后用西班牙语骂我。

痛快!

最后她攒足了力气,把额头上的湿布拽了下来。她想坐起来,但一阵恶心让她整个身体都晃得厉害。

"小心点啊,"我轻轻地说,"给你水,喝了会好点儿。"

"离我远点儿,你这个变态!"

"不是我绑架你的,你就省点力吧。你要么喝水,把阿司匹林吃了;要么去吃屎,去死,自己选吧。"

利昂奈特冲我咕哝:"玛雅。"

女孩看着我,眨了眨眼,然后乖乖地接过我手中的药片和杯子。

"好了,你被一个名叫花匠的人劫持了,他会给所有被劫持的人起个新名字,所以你也不用告诉我们你的名字。你要记住,但不必说出来。他们叫我玛雅,那位得了流感的是可爱的利昂奈特。"

"我是——"

"你没有名字,"我立刻打断了她的话,提醒她,"等他给你取名字吧,别没事找事了。"

"玛雅!"

我看了一眼利昂奈特,她脸上的表情既悲哀又恼怒,还有种被骗后的情绪。你—他—妈—对—我—做—甚的表情,这表情是她专门对付艾薇塔的。"那你来啊,你又不是她第一眼看到的人,哈哈哈!要是你不喜欢我这样子的接待方式,那你现在接着来吧。"

我把索菲娅对待小孩的态度当作母性榜样。可是新来人已经不是小孩,而我也不是索菲娅。

利昂奈特闭上眼睛,默默地祈祷说"耐心点吧"之类的话,可是她话还没说完,就又趴到马桶边去吐了。

新来的手开始发颤,我把她的手拉过来,放到我的手心里捂着。花园里除了瀑布后面的山洞里有时候会冷,其他地方都很暖和,但我明白,她发抖不是因为冷,是因为震惊和害怕。"现在要是跟你讲明白的话,很吓人,你会受不了,这事本身也不可理喻,但事情就是这样:我们都不是自愿来的,都是被一个男人'请'过来的,他有时候会来找你,可能是做爱,也可能不是。有时候他儿子也会来找你。你现在是他们的人了,他们想对你做什么就做什么,包括在你身上做标记,把你标成他们的所有物,只有死才是唯一逃出这个地方的方法。是我们现在这样好还是死了的好,这你可以自己决定。"

"自杀是不可饶恕的罪恶。"她默默地说。

"好,那就是说你不太可能自我了结了。"

"天啊,玛雅,你直接给她一根绳子算了。"

女孩强忍着情绪,但——上帝就因此才爱她——还是轻轻地捏住我的双手,"你在这里多久了?"

"大概有四个月了。"

她又朝利昂奈特看。

"快五年了。"她喃喃地说。如果我那个时候知道……但是也没用了。我又不知道。知道了也无法改变。

"你们还活着,妈妈总是说,留得青山在不愁没柴烧。我还是抱有希望的。"

"留心你的希望,"我警告她,"你可以抱点希望,太大了就麻烦了。"

"玛雅……"

"好了,新来的,想要转一圈吗?"

"我还光着身子。"

"在这里算不了什么,你会适应的。"

"玛雅!"

"你带裙子来了吗?"我冲着利昂奈特问道,利昂奈特苍白的脸透出了一层红晕。"我也不能让她借你的穿;估计你身前的那层都被吐湿了。"

她没有,但她穿的是曳地黑色长裙。那个小个子女孩怎么可能穿她的。要是可以的话,我也能把我的借给她。

"你等着,"我叹口气,"我去福佑那里拿。"

我到她房间的时候,她人不在,我就随便抓了件衣服回去了,像往常一样,其他蝴蝶都会刻意回避这间房间。她见到黑色布料做了个鬼脸——不过我也要承认她穿黑色确实不适合——但是在花园里,其他颜色的衣服都是可怕的。

一旦你拿到的衣服颜色不是黑色的话,就意味着你得死了,因为那是花匠想让谁去死时才给穿的衣服。

我叫她不要看走廊,她答应了——即便是我这种麻烦精,也不想让她立刻见到那个场景。她住的方向跟我正好相反,在花园的另一头,顺着利昂奈特房间往下走的方向,紧挨着无人地带,即靠近那些不准我们进去的房间,那扇门通往*外面*,我们都该装作不知道有"外面"存在才是。从她住的房间,可以横看整座花园:所有那些蓬勃生长着的植物,那些争奇斗艳的花朵,还有白色的沙径、瀑布、水流,以及池塘、悬崖、小丛的树木、植物周围逡巡的蝴蝶,以及高不可及的透明玻璃天花板。

她突然间哭起来了。

利昂奈特伸出手想将身体向前倾过去,可突然又收回了手,并开始剧烈地颤抖起来。流感可不是欢迎刚到葱郁鸟笼里的新人的好方式。我⋯⋯嗯,我只不过是没什么母性而已。很明显吧,我就看着女孩倒在地上,缩蜷成一个球,双手紧紧地搂抱着自己,也只觉得这一切似乎不过是一场大风,挡过去就好了。

她一开始哭得喘不上气、连心都哭碎了,最终变成慢慢地低声抽泣。看她这样子,我蹲下身来,跪在她旁边,把手放在她还没被标记的后背,尽量温柔地跟她说:"这还不是最痛苦的,但这大概是最让人惊讶的。从这里开始,你可以稍微有一点点期待。"

一开始我都不知道她到底听没听到,因为她啜泣的声音接连不断。听了我的话,她转过身来,用手拦腰抱住我,把脸埋进我的膝头。这回是哭得又伤心又惊讶,再次放开了嗓子哭。我没拍她也没摸她,手一动不动——等她接触了花匠,她会恨这种动作的——但是我一直把手贴在她温暖的皮肤上,让她知道我在她身边。

※

"你还有走廊的照片吗?"她突然开口问,探员们听到这话都摇了摇头。埃迪森把手里一沓照片递给她,双手握拳紧紧贴在自己的大腿上,看着她翻看照片。她抽出一张,盯着看了一会儿,放在了桌上,然后直视着探员们。"一只奇利卡瓦白蝴蝶。"手指描着对比鲜明的黑白轮廓。"他给她取名叫乔安娜。"

维克多眨了眨眼。"乔安娜?"

"我不知道他按什么标准来给我们取名字。我觉得他就是看一遍,觉得哪个合意就随便选。她明显*看*着就不像是什么会叫乔安娜的人,随便吧。"

维克多逼着自己去观察照片里的那对翅膀。她说的没错,虽然从她的姿势无法准确猜出身高,但女孩确实看起来个子小小的。"她怎么了?"

"她……太喜怒无常了。一般情况下,她看上去都挺适应的,可是不知道什么时候她就突然闹起情绪来,然后搅得整个花园里的人都不安生。后来利昂奈特也死了,再然后花匠又带来一个新女孩。"

他见她没说话,清了清嗓子,问道:"她后来怎么了?"只听到英纳拉叹了口气。

"花匠要给新来的女孩文身,就把墙降下来了,可是她想办法留在了花园外面。墙升上去的时候,我们就看到她在池塘里了。"她突然情绪失控,一把抓起照片,把照片的正面翻过去扣在金属桌子上。"这是致命的过错,下场不可饶恕。"

维克多默默翻看着另一堆照片和文件,他翻到了要找的那张,挑了出来。一个年轻男人,外表看上去可能比实际年龄稍大一些,头发是深棕近黑色,发型凌乱,但有文艺范,浅绿色的眼睛在瘦削苍白的脸上特别突出。他长得很好看,就算是相机的像素很低也无法掩盖其脸上的风采。这种男孩——仅就外表来说——他不会介意霍莉带回家来见父母。他该把话题引回到男孩身上了。

但还不是现在。再等一会儿。

他不知是在为她着想,还是在为自己着想。

"那时花匠注意到你躲在树上。"

"怎么了?"

"你说他跟你是在一个新来的女孩床边谈话的,也就是在乔安娜之后的那个女孩旁边吗?"

她笑了一下,这笑不像微笑,更像是苦笑。"是的。"

又过了一会儿。"那这个女孩最后取了个什么名字?"

她闭上了眼睛。"她没有名字。"

"为什么——"

"时机。有很多事最后都是败在时机上。"

※

她的皮肤散发着乌木的光泽,经浅灰色的床单一映衬,极像是蓝黑色,头发剃光后,脸型像是活生生从埃及金字塔的墙壁上拓下来的。利昂奈特去世后的那几天,我发狂一样地想要找点事来做,不管什么事都行,但是我和福佑和利昂奈特不同,我不想也不会做什么东西。我读书,读很多书,但是我自己写不出东西。福佑埋头做软陶,炉子里都是她塞进去的小雕像,后来有一半儿都在她发脾气的时候毁了,可我连这种发泄渠道都没有,不管是做东西还是毁东西。

三天后,花匠带来一个新的女孩,再没有人像利昂奈特那样和蔼与优雅地给她作介绍,其他女孩看她还不适应,也不想搭理她,我不知道利昂奈特做这件其他人想都没想过要做的事有多久了。

乔安娜去世之后的几天里,我在想我要——如果有的话——对她的选择负多大责任。如果我给她介绍现状的时候再婉转温和一些,如果我同情心强一点,再多安慰她一下,或许她可能会继续守着她妈妈说的那种希望。也许不会。也许第一眼看到花园,第一次意识到*无法改变事实*,就已经意味着她生命的结束。

可是我已经没机会问她了。

所以我一直跟着新来的女孩,用我最大的耐心陪着她,收起所有尖刻的冷言冷语,可是她哭的次数太多了,我的耐心也都用完了,有时候福佑会在我撑不住的时候过来帮帮我。

福佑不是自己过来——完全反过来——她把艾薇塔送过来。我很希望自己能在很多方面变好点儿,变成艾薇塔那样又甜又真诚的人。

她做完第三套文身之后那天,我陪了她整整一夜,一直等到饭里的安眠药起了作用。平时,我会直接走掉的,但是那天我发现了一些不对劲儿,我想在她不知情的时候查验一下。所以听到她发出沉稳的呼吸声,看到她身体完全放松时,我并没动作,等药效再发挥一会儿,我要确保她睡熟了。

大概在她睡着一小时以后,我把书放在了一边,把她的身体翻过来。她喜欢仰躺着睡,但是文身的时候她会侧卧,以免刚受伤的地方被压到。图书馆里的那本蝴蝶书——上面有利昂奈特在书的边角空白处留下的笔迹,有蝴蝶名称的目录,以及各个蝴蝶在大厅里的具体位置——让我知道了花匠给她选了镰刀橘尖蝶。这种蝴蝶的翅膀大部分是白色的,两个前翅的尖端是橙色。不知道为什么,他喜欢给肤色较深的女孩子选白色或浅黄色的蝴蝶,我猜想大概是担心深色不显色吧。女孩文身的橙色部分已经完成,现在在做白色的部分,但是我总觉得哪里不太对。

我现在不用惊动她,就能好好地低着头仔细看。她的背上有很多地方肿起来了,像是文身底下长了鳞片一样,白色的部分有很多可怕的大水泡,橙色的翅尖部分也一样可怕。我发现,她的脊椎骨旁边,连着黑色的边框和脉络的部分也起了泡。我取下一个耳钉——花匠没收走——然后小心地戳破了一个小水泡,流出来的大多是无色液体,但是我再按了一下,一种奶白色的东西就流了出来。

我在洗手池里把耳钉洗干净,再把耳朵上的另一只耳钉也取下来,我想这该怎么办。我不确定她这是对墨水起反应,还是对针头起反应,但这肯定是过敏反应。当然这不像花生过敏那种即刻要人命,但文身部分好像也不会自己愈合,继续感染下去可能也会像组织胺反应那样导致死亡,反正洛兰心情好的时候是这么跟我们说过。

当然了,她心情好时,就肯定是我们受苦的时候,那次她是在给福佑拨脚上的碎片,福佑那个疼啊,她当时肯定爽。

我想不出好办法,只能回到女孩身边,想看看各个部位的反应到底有多严重。我才仔细查看了橙色部分和白色部分的一半,然后我就觉得有点不对。

花匠来了。

他斜倚在门洞旁，拇指搭在压纹卡其裤的口袋上。女孩们睡觉的时候，花园里的灯就全关了，大家都不知道晚上会不会被捕蝶人临幸。利昂奈特安慰新来的女孩的时候，他从没动过她，不过，我不是她。

"你看起来很担心啊。"他没打招呼，直接来了这么一句。

我指了指女孩的后背。"她恢复得不好，好像无法愈合了。"

他一边往房间里走，一边开始解袖扣，然后把墨绿色的衬衫袖子挽到胳膊肘，浅绿的眼睛在墨绿的映衬下散发着宝石般的光芒。他温柔地用手按了按女孩的后背，发现了背后的水泡，脸上的表情慢慢由关心变成了深深的悲伤。"每个人的文身反应都不同。"

我本应该感到悲伤、愤怒，或者困惑。

可我只剩下麻木。

"你要对没做完翅膀的女孩怎么样？"我静静地问。

他立刻给了我一个体贴的表情，不知道我是不是第一个问这个问题的人。"她们都被好好地葬在房子下面。"

※

埃迪森咆哮出来，抓过笔记本问道："他说没说在哪里？"

"没说，但是我猜想，那地方挨着河。有几次他来花园的时候，鞋子上有泥，脸上挂着哀怨的表情，他还会给福佑带河边的石头过来，给她的雕塑做底基。不过我从树上看不到。"

他把铝箔纸团成一团，扔向单向镜。"找人到河岸边去搜，看看有没有坟墓。"

"你可以说'请'吗。"

"我交代他们任务，又不是请他们帮忙。"他咬牙切齿地回答道。

她耸耸肩。"吉利安干任何事都会说请,瑞贝卡也是,就算是给我们分派工作区域。不过,那大概就是我喜欢给吉利安打工的原因。他让整个工作环境都变得很舒服而且受人尊重。"

她还不如直接一巴掌打在他脸上。维克多看到埃迪森的怒火从领口一路烧上脸,便扭开头去,免得笑出声来,或者说免得让他看到自己在笑。"光是那些没做完翅膀就死了的姑娘吗?"他很快问。

"不是。如果她们意外死了,翅膀也毁了,他就不会展示翅膀,尸体也就进不了玻璃柜,艾弗里会把她们埋了,那之前还会用鞭子抽,抽到伤疤把文身盖住了才罢休。"她轻轻地摸了摸脖子。"吉赛尔。"

"你们就谈了那么多,是吗?"

"不是,不过你已经知道后文了。"

"没错,不过我还是想听你说下去。"他的回答跟对女儿们的手段如出一辙。

她扬起了一条眉毛。

※

跟利昂奈特一样,我常从医务室借个高脚凳过来守在女孩旁边。坐在床边大概也可以,不过这样能给她多腾点空间,给她留一点自己的领地。花匠从不能理解什么领地问题。他会坐在床头,背靠着床头板,把女孩的头放在大腿上,然后用手摸她剃光了的头。就我所知,在女孩文身完全做好之前,在女孩没有被他先强奸之前,他从不去她的房间。

毕竟,只有做了,她们才是他的。

不过那个时候,他不是来看新女孩的,而是找我谈话。

他看起来也并不着急。

我把脚拿到座椅上来,在小小的高脚凳上盘着腿,把书摊开放在膝盖上,靠读书填补这空荡荡的空间,等他伸过手来慢慢合上我的书,我才拿正眼瞧着他。

"你观察我家人多久了?"

"差不多从翅膀做好的时候开始吧。"

"可是你什么都没说过。"

"没跟你提过,也没跟其他人提过。"就算是利昂奈特和福佑也没有,虽然我想过,但是不知道为什么没说。也许把他想成我们的捕获者更容易吧,加上个家庭就……呃,就好像错得更离谱了。光是错上加错这点已经够烦人的了。

"你看到我们的时候在想什么?"

"我觉得你妻子病了。"我几乎没跟花匠说过谎;我也只会说真话。"我觉得她怕艾弗里,但是又不想表现出来,我还觉得她更偏爱你们的小儿子。我觉得她很珍惜你们一起散步的时间,只有那时候她才会得到你的全部关注。"

"从那几棵树上就得到了这些结论?"谢天谢地,我觉得他看起来像是觉得好笑,没别的意思。他换了个坐姿,让靠着床头柜的背更舒服些,一只手垫在脑后当垫子。

"我说错了?"

"没错。"他低头看了眼腿上的女孩,又回头看我。"她得了心脏病,有好几年了,目前还没严重到要做心脏移植的地步,但是生活质量大大下降了。"

所以她妻子也是某种蝴蝶了。"这是其一。"

"她确实偏爱小儿子。她特别喜欢他,他成绩很好,对人和善礼貌,钢琴和小提琴也演奏得很好听。"

"其二。"

"我忙着照顾花园和生意,她忙着慈善项目和筹划,我们经常不在一块儿。只要在市里,我们就会腾出下午的时间一起散步,这对她的心脏也有好处。"

"其三。"

除此之外,剩下的一个理由总是最难的,哪个父母都不愿承认这一点。

所以他也没有。他没说,也就是用沉默证明了事实。

"玛雅,你对所有事都如此细心观察吗?不管是对人、对图案、还是对事情。你能比其他人解读到更多的涵义。"

"只是注意了而已,"这我承认,"但我没读出什么更多涵义。"

"你观察了我们在温室里散步,然后就得出了那么多结论。"

"我没*想*着有什么涵义,不过是注意了一下身体语言而已。"

靠着身体语言,我才在邻居还没有动手动脚的时候就发现他是个恋童癖,才早在他摸我或是让我摸他之前就知道了。我观察他看我和周围小孩的方式,观察到跟他住一起的那个领养的孩子脸上的淤青。我对他要下手这件事早有准备,因为我知道自己躲不过的。身体语言也告诉我要警惕给外婆除草的那个人,警惕我学校里那些想打人就会上来打人的孩子。身体语言比警灯好用多了。

身体语言也告诉我,虽然他当时极力想表现出放松的样子,但是他没做到。

"不要告诉任何人,知道吗。"

他这才好了。虽然还不是彻底放松,但是他体内的那分紧张大部分都消失了。除了精虫上脑的时候,他称得上是个很自制的人。

"我们不知道他们……那他们也不知道我们,是吗?"

"嗯。"他小声说。"有些事……"他没有继续说下去,思绪也似乎中断了。"我永远不会伤害埃莉诺。"

我连他的名字都不知道,可我现在知道他妻子的名字了。

"那你儿子呢?"

"戴斯蒙德?"他好像一瞬间愣住了,然后摇了摇头。"戴斯蒙德跟艾弗里不一样。"

那个时候,我脑子里只剩下"*感谢上帝*"这几个词。

他抬起女孩的头,从床上下来,向我伸出一只手:"我想请你帮个忙,可以吗。"

我不明白他为什么问我话还要移动身体,但是我老老实实地站在那儿,牵住了他的手,把书留在高脚凳上。女孩到明天早上才会醒,我其实没必要一直守在她床边。他带我走过走廊,随意地摸着路过的每个展橱。如果我有心想问,可以让他说出每个女孩的名字,每一个名字,每一只蝴蝶,他都熟悉,都记得清清楚楚。

但我永远都不想知道。

我以为他要把我带回房间,但是他转了个弯,带我进了瀑布后面的洞穴里。除了玻璃顶上透过的月光,和水落下时折射的点滴光芒,洞穴里一片漆黑。

哦,还有摄像机一闪一闪的红眼睛。

我们在黑暗和寂静中待着,只听到瀑布、水流撞击在装饰的岩石上发出的声音。根据早我一年过去的皮娅的猜测,池塘下面有管道,一边抽水一边注水,让水平面一直保持同样的高度,同时又把水输送到悬崖上的小池塘去,然后形成瀑布。她的话是对的。我不会游泳,所以也没去池塘底下查看过究竟。皮娅喜欢捣鼓东西,研究里面的原理。墙升起来露出玻璃柜里的乔安娜的时候了,皮娅去了池底,回来说边上现在也有感应器了。

过了一会儿他说:"我很好奇什么东西吸引你来这里,去崖顶我还能理解。开阔、自由、高度给你带来的安全感。不过这个地方……这个洞能给你什么?"

在这里,我完全可以信口开河,他妈的想说什么就说什么,根本不用担心报复的事,因为瀑布的水声能掩盖里面的声音,外面的麦克风捕捉不到。

但是他想要的是我个人的东西,想要找到他所谓的我赋予涵义之类的东西。我想了大概一两分钟,差不多还是实话实说,我说:"这里没什么隐含的意思,没有郁郁葱葱生机盎然,也没有朝不保夕萎靡不振。只有石头和水而已。"

在这里,我跟女孩们面对面,膝碰膝,更容易想象我们没遇上蝴蝶这些事。那些巴结的人,眼睛旁会文上像狂欢节面具一样的翅膀图案,不过她们到了潮湿幽暗的洞穴里,也会觉得这一切无非是梦幻泡影。我们会把头发放下来,背靠着岩石,不去想什么鬼蝴蝶的事。就这么静静地待着。

所以这里也是有幻想的,不过是*我们自己*的幻想空间,而不是他创造出的幻想牢笼。

他松开我的手,把我头上编发的发卡都取了下来,头发蜷曲着落到我的腰间,盖住了翅膀。他从没做过这样的事,不过他给我们梳头的时候不算。可之后,他任凭我的头发就那么散开着,把我的发卡子塞进了他衬衫胸前的口袋。

最后他说道:"你跟别人都不一样。"

这话不全对。我的脾气跟福佑一样,只是我忍着,不发作而已。

我跟利昂奈特一样没耐心，但是我尽力不表现出来。我读书的时候像扎拉，跑步的时候像格莱妮丝，跳舞的时候像拉文纳，编出的头发像海莉。每个人身上都有我的一点点影子，只有艾薇塔的天真和单纯在我身上没有。

我唯一真正特殊的地方是，我从未哭过。

没有人能做到这点。

他妈的旋转木马。

"你只在单子上写你要的书，从没过分要求其他东西。你帮助其他女孩，听她们倾诉，安慰她们。你替她们保守秘密，也答应保守我的秘密，但你自己没有什么让人保密的事。"

"我的秘密已经是我的老朋友了；如果现在出卖它们，我会觉得自己是个很差劲的朋友。"

他低沉的笑声回荡在洞穴里，然后消失在瀑布中。"我不是想听你的秘密，玛雅；你之前的生活只属于你自己。"

※

她瞧着埃迪森，眼神犀利，他忍不住笑了。"我不会道歉的。"他直率地说，"这是我的工作，我必须要查证所有的事实，组成一个对付他的利器。医生说他准能撑到审判的时候。"

"可惜了。"

"审判意味着正义。"他猛地说。

"某种程度上，算是吧。"

"某种程度？这——"

"难道'正义'能够改变他做过的事吗？我们经历的哪一点能改？能让玻璃柜里的女孩起死回生吗？"

"是不能,但是可以防止他继续这样。"

"他死了就不会了,也不会引起轰动或是浪费纳税人的钱。"

"回到瀑布。"维克多见埃迪森还想申辩,马上下了指令。

"扫兴。"女孩小声说。

※

"求我一件事,玛雅。"

他眼睛露出挑战的神情,声音里也是。

他期待我跟他提出个无理的要求,比如说自由;他或者期望我像洛兰那样,跟他提出要走出花园,但那根本不是什么自由。

我很明白。不要提不该有的要求,像扔掉搭讪人给的电话号码一样,不要抱希望。

"这个摄像机能撤掉吗?别装新的了。"我马上提问,然后看到他阴郁的脸上闪过一层讶异。"不要摄像机,不要麦克风?"

"就这样?"

"能有个实实在在私人的空间就好了。"我耸耸肩,解释了一下。好久没有过让头发披在后背和肩膀的感觉了,一种挺奇怪的感觉。"我们去哪里都被你看见,哪怕想看我们上厕所都能办得到。只要在一个地方不装摄像头就够了。这样能让我们缓解一下紧张的神经,对精神健康大有帮助。"

他盯着我看了很久,然后才说:"对你们都有好处。"

"对的。"

"我让你求我一件事,可你求的是对你们都有好处的事。"

"对我也有好处啊。"

他又大笑起来,伸手一下把我搂到胸前亲起来。然后就是解我的扣子,把我放到一块较低的被水雾弄湿的石头上。我闭上眼,思绪飘到《安娜贝尔·李》上,想到她在海边那个王国里的墓。

我想天使不会嫉妒我的。

※

她回答问题的时候可以讲那么多话,多得吓人,可是完全没有回答问题。维克多心里涌上一个有点邪恶的想法,如果现在把这姑娘放到法庭上,看着双方律师互撕该是什么场景。虽然她说得很直接,可她总是绕圈子,避重就轻,答非所问。问她男孩的事情,她好像就从那开始说,可是不知怎么就绕到别的事情上了,说来说去,关于男孩的事提了就过。律师肯定会恨她的。他克制住自己的冲动,把男孩的照片找出来,正对着她放在桌上。

一开始她故意不看,眼睛一会儿瞅镜子,一会儿瞅地面,再看看烧伤的地方,摸摸割破的伤口,然后用了浑身力气叹了口气,直视着照片。她轻轻地拿着照片的边沿,仔细看着从驾驶证上揭下来的因放大而有点模糊的照片。拿着照片的手开始发抖,但是没人说话。

"你会习惯于花园里的生活,"她焦虑地说,"就连有新的女孩进来也会习惯,有人死了就会有新人新来。可是,突然有一天,一切都变了。"

"什么时候?"

"就在正好半年前。艾薇塔去世后的几天。"

※

也许是因为艾薇塔是那种你不得不爱的人,也许是因为她死得太突然了,大家都没思想准备;也许是因为花匠的反应,那么赤裸裸。

不管到底是什么原因，在艾薇塔事件之后，整个花园都弥漫着一股绝望的腐臭。大多数女孩都躲在自己的房间里，洛兰只能把三餐放在托盘上给我们送过来，老天，差点没把她气疯了。当然了，她也跟我们的心情差不多，不过理由不同。我们是为艾薇塔哀悼。她哀悼的却是另一副展示橱依然没有她。

妈的变态。

晚上的时候，我受不了光秃的四壁和死寂，从房间里走出来。还没到周末，所以也不用担心有维护的人，或者墙降下来什么的。我出来闲逛也没什么不对的。有时候，幻想自己是自由的，幻想自己可以做出选择，这种幻想比被困本身更令人痛苦。

这样并不会在花匠想找我时找不到我，而他当时恰好跟别人在一起。

晚间的花园寂静无声。虽然有瀑布的哗哗声、水流的潺潺声，还有机器的嗡嗡声、习习的微风声，以及四周零零散散的姑娘们低声捂着嘴的哭泣声，期期艾艾的，但跟白天比起来，这时候几乎就是悄无声息了。我拿了书和灯，走到崖上的一处大石头上坐了下来。我把那块石头叫做日沐石。

福佑说该叫狮子王石，我说你去找一个狮子来举啊，她只有大笑了。

她真的用软陶做了一头狮子，我看着快笑死了，等我笑得缓过劲儿来，她就把捏好的小狮子递给了我。狮子王从此就在我床头的架子上坐着，跟我其他最珍贵的东西在一起。我猜它现在还在那儿，或者在那之前它还在……

午夜的时候，福佑来崖顶找我了，扔给我一个小雕塑。我把小雕塑放到灯下一看，原来是一只盘龙。深蓝色的龙，头弯在肩膀上，大大的黑眼睛,眼睛上的骨形状让我觉得它是天底下表情最丧的雕像了。"它怎么哭丧着脸啊?"

她瞪了我一眼。

好吧。

龙的家就在辛巴旁边,狮子是开玩笑捏的,但这条龙是切切实实有寓意的。

但是那天它刚成形,样子很伤心,福佑也是又气又伤心,所以我把它放在膝盖上,接着读我的《安提戈涅》了,直到她又开口说话。

※

"如果我的房间还没被动过,你觉得我还能拿回那些小雕塑吗?还有那些纸折的小动物?还有……嗯,所有的那些东西。行吗?"

"我们可以请示。"维克多没直接回答,她叹了口气。

"为什么读《安提戈涅》?"埃迪森问。

"我一直觉得她很酷。她既强壮又勇敢,而且机智过人,也不会受情绪影响,她死了,但是她坚持了自己的原则。她被判要在墓穴里度过余生,但是她才不管那一套,自己悬梁自尽了。还有她的未婚夫,爱她那么深,听到她死的消息也差不多要死了,还想把自己的父亲给杀了。后来他当然也死了,因为是古希腊悲剧嘛,古希腊人和莎士比亚都很喜欢杀人的。不过写得很好。每个人都要上这一课,知道最后都会死。"她把照片放下,用手捂住男孩的脸。维克多不知道她是不是故意的。"不过如果我知道福佑会跟我一样的话,我可能会选本别的书带上了。"

"嗯?"

"那本书好像启发了她。"

※

我读书的时候,她就在旁边走来走去,从树上摘叶子,然后又撕碎了撒在地上,光是看地上撒落的碎叶,你就知道她怎么走的。每走一步,她都又是嚎又是骂的,所以我一直没答理她,一直到声音听不见为止。

她走到人造悬崖的最边沿上,站在岩石上踮起脚,双手大大地张开。及膝黑裙的缝隙间露出的苍白皮肤,似乎在月光下闪闪发光。
"我可以跳下去。"她小声说。
"可你不会的。"
"我会的。"她非这么说,我只有摇头。
"但你不会。"
"我会的!"
"不,你不会。"
"我他妈为什么不会跳?"她转过脸来,叉着腰问我。
"因为你不能保证跳下去就能死,如果只是受伤,可能还不至于要他杀你的地步。这个高度摔下去不一定。"
"艾薇塔摔的地方还没这高呢。"
"艾薇塔摔下去的时候脖子碰到树杈了。你跟我运气差不多,你要是试试的话,估计就只会受伤,等伤痊愈了,不过是多了几处淤青而已。"
"去他妈的!!"她重重地坐到我旁边,把脸埋在臂弯里抽泣。福佑比我早三个月到花园的,那个时候她已经待了二十一个月了。"为什么没有更好的选择?"
"乔安娜把自己淹死了。跳崖不知道自己会不会死。她那样是不是比跳崖少了点儿痛苦?"

"皮娅说跳崖也不管用。他在岸边装了感应器,如果水位涨高了,他就会收到警报,然后他就会查看监视器。她说不管是谁,离她最近的摄像头都会跟拍。"

"你等到他不在花园的时候,或者出城的时候再一心求死,就有充足的时间淹死自己了。"

"我不想被淹死。"她叹了口气说,然后做起身子,用裙子抹了抹眼泪。"我不想死。"

"每个人都会死的。"

"那我不想现在死。"她吼出来。

"那还跳什么?"

"你真是一丁点儿同情心都没有。"

不完全对,她也知道,不过也是对的。

我合上书,关了灯,把灯和书都放到地上,再把哀伤的小龙放在书上面,然后蜷缩起身体,跟她躺在一块儿。

"我真是烦死这地方了。"她小声说,即使我们没在洞穴里——那是我们唯一的私人空间——我觉得她也是刻意小声地说,免得被麦克风捕捉到。我们都不知道他会不会回看录像,就算是他没坐在监视器前也不知道说话到底安全不安全。

"所有人都是。"

"为什么我就不能像你这样,随遇而安。"

"你家庭挺幸福的吧?"

"嗯。"

"所以你没办法随遇而安。"

我在公寓里也挺幸福的,那里最终成了我的家,但是在到那个家之前我经历太多烂事了,所以我去之前就有很多烂事经验。福佑从没有过,或者至少没有这种程度的经验。她有的都是好的经历,云泥之别。

"跟我讲讲你之前的事。"

"我不会讲的,你知道的。"

"也不是非得你自己的事。就……随便什么事。"

过了一会儿,我开始说:"有一个邻居在楼顶上种了个大麻花园,我搬过去的时候还只占了一个角落,但是过了一阵儿,他发现没人举报,就丧心病狂地种了半个屋顶的大麻。有一些住在低层的小朋友还会在里面捉迷藏。最后有人给警察通风报信了,他看见警察来就慌了,把整片草都一把火烧了。那味儿,我们之后一个星期都有点儿嗨,还得把所有东西洗个五六七八遍才能去味。"

福佑摇摇头。"我做梦都想不到有这种事。"

"这还不是什么坏事。"

"我快把家里的事都忘了,"她跟我坦白说,"先前我想回忆家里的街道地址,可是怎么都想不起到底是小路、街道、大道还是别的什么。我现在还是想不起来。1—0—9—2—9—西北第58……什么的。"

原来是这件事让她心烦。我换了个姿势,握住她的手,假装我也不知道能说什么。

"每天早上醒来,还有每天晚上睡觉的时候,我都会在心里默念自己的名字,家人的名字,不断提醒自己他们长什么样子。"

我见过福佑的家人,用软陶做的家人。她做了很多软陶塑像,所以其实那几个一点儿也不起眼,不过如果仔细看就会发现,那几个被磨得很光滑,而且摆在她每天起床后和睡觉前一定能看到的地方。

这大概就是花匠说的,我解读出的事情涵义吧。

"如果这样还是不够呢？"

我跟她说："一直提醒自己。不断地想，总会记住的。"

"你就是这么记住的吗？"

我没记住过纽约的地址。要是填表的时候要写地址，我就问其他女孩，每次她们都笑我，让我记住。我也没改过假驾照上的地址，怕警察的审看，或者车管局的严查。

但是我记得索菲娅断瘾之后发了虚胖，记得惠特妮金红的头发，记得霍普的大笑，记得杰西卡神经质的咯咯笑。我也记得内奥米从印第安黑脚族爸爸和切罗基族妈妈那里继承来的漂亮骨架，记得凯瑟琳稀有的微笑可以照亮整个房间。还记得安珀那些鲜艳闪光的衣服，很奇怪的混搭，但是因为她那么喜欢，也就不奇怪了。我没有提醒自己记住她们，也没有把她们绑在自己的脑海中，因为她们已经深深地镌刻在我的记忆里了。

我也想忘掉爸妈的脸，忘掉外婆的弹力连体紧身衣，所有来纽约之前遇到的人都想忘了。可我忘不掉。我还能隐约记起以前见过的叔叔阿姨和表亲，跟他们一起玩过的至今搞不懂的绕圈游戏，还摆姿势拍一些再没见过的照片。我就是会记住这些事和人。

虽然我不想记，可偏偏还是记住了。

一道门突然开了，一条光柱从花园的远处照过来，我们俩同时用胳膊肘撑着坐起来。

"这他妈怎么回事？"福佑小声骂，我默默点头同意。

花匠在丹妮拉的房间里找安慰，看起来好像也安慰了丹妮拉，因为她是在艾薇塔最后一场捉迷藏游戏里倒数的人。就算要离开，他也用不着手电筒。也不会是艾弗里，他伤了皮娅的胳膊，被禁足花园外两周。洛兰也不是，晚上这个时候她要么睡了，要么在哭，哭累了就睡。医务室里有个按钮，有人需要她处理照顾的话，她房间和厨房里的铃就会响。

来人穿着一身黑，夜行人都该穿黑衣的，可是他走到白沙小路上就暴露了。他小心翼翼地走着，每走一步都要先用手电照着前面一步，可从他的姿势看，他好像对周围的一切目瞪口呆，吃惊不已。

我第一眼就认出是个男的。大概是因为他走路的姿势吧。而且哪个女孩会白痴到晚上举着手电偷偷跑出来？

"是看他究竟是谁，还是装没看见？"福佑在我耳边悄悄问，"哪个会惹更大的麻烦？"

我这才意识到这个不速之客是谁，但是之前又跟花匠保证过不跟别人说。对一个连环杀手的承诺虽然算不上重要，但总归还是个承诺。我以前从不承诺事情，就是因为我觉得一定要遵守诺言。

可是花匠的小儿子到里间的温室迷宫里来又是要搞什么鬼？这件事又会——能对我们——怎么样呢？

第一个问题刚在我脑海中浮现，答案就跟着冒了出来。他跑到这里来，原因应该是跟我每天下午爬树看一眼外面的真实世界一样。好奇，我主要是好奇，也许对他来说也是好奇。

第二个嘛……

有的女孩就是因为做错了选择才死掉的。如果他只是进到花园里了，还好——这是个花园里的私密空间，谁会管？——但是如果他发现了走廊里的东西……

也许他看到死掉的女孩就会报警。

但是也许他不会，然后福佑和我就要站出来，解释为什么见到了不速之客还什么都不做。

我在心里默默地骂着，从石头上滑下来，趴在地面上。"待在这别动,盯着他。"

"要是他干点什么怎么办?"

"叫?"

"那你——"

"交给花匠办。"

她摇摇头,但也没有阻止我。我从她的眼神里看得出,她也明白我们是被困住了。我们不能因为这个男孩有可能比他家里的其他人好,而把大家的性命都寄托在这一线渺茫的希望上。

我不是第一次见到花匠跟别人在一起了。他一般都在房间里,不过有时也……嗯。我说过他是个很自制的人,但是也有克制不住自己的时候。

我差不多爬到了悬崖的另一面,那是一个斜坡,不是近乎垂直的面。下面的沙子盖住了我的脚步声,我慢慢把脚伸进水里,所以也没有溅起水花。然后到瀑布后面猫起来,快速跑到中庭后面,去丹妮拉的房间。

花匠已经把裤子提上了,但衬衣和鞋还没穿,他坐在床边,给丹妮拉梳头,赤褐色的浓密卷发蓬松着。丹妮拉比我们其他所有人都更烦他梳头的这个小癖好,因为他梳完了更难打理。

我溜进房间的时候,他俩一起抬起了头,丹妮拉满脸困惑,花匠也是满脸困惑,接着就发起怒来。"对不起。"我小声说。"这事很重要。"

丹妮拉挑起一条眉。四年前她刚来花园的时候以为跪舔花匠就能回家,所以她脸上文了红紫色的翅膀面具。不过经过了这几年,她成熟了一些,已经深谙"让他随意,不参与就好"的套路。我知道她想问点什么,但是我只能耸耸肩。这事能不能跟她讲,还要看接下来会发生什么样的事情。

花匠把脚塞进鞋里，抓起衬衫跟我走进了中庭。"如果——"

"有人在花园里。"我用最快的速度打断他。"我猜那是你小儿子。"

他的眼睛瞪大了。"他在哪儿？"

"我来找你的时候就在池塘旁边。"

他套上衬衫，示意我帮他扣上，自己则用手打理好乱糟糟的头发。不过他闻起来像是喝醉了，身上臭烘烘的。他迈开步子走向走廊，我也跟着，因为他没让我留下。我一直跟着他走到一个门洞边，亲眼看到了小儿子还在那摇着傻乎乎的手电转悠。他盯着儿子看了很久，什么也没说，我也看不到他的表情。然后他的手在我肩上按了按，意思大概是坐下或者留下别动。

我才不会像狗一样听话地坐下，所以我就待在那里，他也没再跟我说什么了。

站在走廊里，我看着他光明正大，毫不犹豫地大步走进花园。近乎无声的空气中像枪响一样突然冒出了一声："戴斯蒙德！"

男孩立刻转头看，手电也吓掉了，落到一处石头上，塑料外壳发出一声脆响，然后滚到沙子上，灯光闪了一闪就死于横祸了。"父亲！"

花匠把手伸到口袋里，然后我周围的墙就落了下来，把房间里的女孩和玻璃柜里的那些都藏了起来，只剩下石头上的福佑和中庭里的我还留在外面。我还没跟花匠讲她也在外面。妈的。

我靠在墙上等着。

"你在这儿干嘛？我跟你说过里面的温室不准进。"

"我……我听艾弗里说到过这里，我就……我就只是想来看一看。

对不起我没听话,父亲。"

光凭声音很难听出年龄。他的声音略高,所以听起来挺年轻的。很明显,他不太开心,很难堪,但是声音里没有恐惧。

"你怎么进来的?"

那蝴蝶能不能这样出去呢?

那个男孩——也就是戴斯蒙德吧——犹豫了一会儿,最后还是说:"几周之前,我看到艾弗里拉开过一个维修门的嵌板。他看到我在就关上了,但是我已经看到了那个面板。"

"那你又是怎么知道密码的?"

"艾弗里所有的密码都用那三个,我试了就进来了。"

我感觉艾弗里马上就要有第四个密码了。花匠不准我们在主入口周围闲逛,锁住的大门旁边不远就是洛兰的房间,在她房间前面是艾弗里的游戏室,现在已经拆掉了,然后就是医务室和餐厅兼厨房,文身室通向花匠的套间,还有我们不知道什么用途的几个房间,不过大致也能猜到。不管他在那些房间里做什么,我们都会死在那儿。除了厨房,我们不会特别关注其他地方。平时无论是花匠还是艾弗里,没有离开的时候,总会有蝴蝶陪伴左右。

"你觉得你能发现些什么?"花匠问。

"一个……花园……"男孩吞吞吐吐地说。"我就是想知道为什么它这么特别。"

"因为它是私有的,"他父亲叹口气说,我不知道这是不是他把瀑布后的山洞旁的摄像机和麦克风撤掉的原因。因为他珍视隐私,所以他让我们以为我们也有隐私。"如果你真的想要成为心理学家的话,戴斯蒙德,你要学会尊重别人的隐私。"

"但是当隐私构成了毁坏精神健康的壁垒的时候,我就有义务从专业角度介入，以这些秘密为突破口。"

真有意思，惠特妮讲她的心理学讨论课的时候可没说过这种伦理术语。

"那你就要从专业角度保守秘密，烂在肚子里。"花匠提醒他说。"好了，咱们走吧。"

"你在这里睡觉吗？"

"有时候吧。咱们走吧，戴斯蒙德。"

"为什么？"

我咬住嘴唇不让自己笑出来。花匠这么狼狈的样子也很难见到。

"因为我在这里觉得很平静。"他这么回答。"把你的手电拿起来。我陪你走回家。"

"但是——"

"但是什么？"他猛地说。

"你为什么要那么小心地守住这个秘密？不过是座花园而已。"

花匠没有立刻回答，我知道他一定想找个最合适的答案。是告诉他儿子真相，希望他帮忙保密，还是对他撒谎，等着将来哪一天儿子又不听话，然后发现了真相？还是他想的是更可怕的事情，觉得这个儿子和蝴蝶一样是可以由他任意处置的？

最后他说："如果我告诉了你，你一定要保密，一个字都不能说出去。对你哥哥都不可以说。一个字都不行，听明白了吗？"

"嗯—嗯！听明白了。"声音里依旧没有恐惧，但是仿佛多了一些锋芒，又裹着一丝绝望。

他想让父亲以他为傲。

一年前，花匠跟我说过，他妻子很为自己的小儿子骄傲，他自己却没有。他听起来也不是失望，但是跟孩子母亲的那种一目了然的骄傲相比，孩子父亲的情感似乎不形于色。也可能父亲只是按捺住了心里想要表扬的话，等到确实看到该表扬的地方才显露出来。可能有很多种借口，但是这个孩子很明显想要让父亲以他为傲，想要感到自己有些成就。

傻孩子，太傻了。

然后是脚步声，越来越轻，最后在远处消失了。我只能待在一直站的地方，等墙升起来。过了一两分钟，花匠从中庭的另一边走了进来，冲我招手。我顺从地走过去，我一直就这样，然后他开始胡乱地摸我的头发，脑后的结被他揉成乱糟糟的一团。我猜他是想找点安慰。

"请你跟我来。"

他等我点了头，才把手放在我背后，推我进了中庭。文身室的门开着，机器上都蒙着塑料布，静静等着新的女孩来一进到房间里，他就从口袋里拿出一个黑色的小遥控器，按了按钮，然后身后的门关上了。房间那头对着他私人套房的门也应声而开。门关上的时候，控制面板嘀了一声，站在书柜前的小儿子听到落锁声就把头转了过来。

他吃惊地张大了嘴巴，一直盯着我。

现在离得近一些了，能很清楚地看到他长了一双跟他爸爸一样的眼睛，但整体还是像他妈妈，身材修长，手指白皙纤长。音乐家的手，我记得他爸爸是这么说的。还是很难猜出他的年龄，可能跟我一样大，也可能比我大几岁。我不像花匠那么会猜年龄。

花匠指了指台灯下的扶手椅对儿子说："请坐吧。"他自己则在沙发上找了位子拉我挨着他坐好，全程没让儿子看到我背后的风光。我在沙发上盘好腿，后背舒舒服服地倚在靠垫上，双手交叉放在膝盖上。他儿子还站着，一直盯着我。"戴斯蒙德，坐下。"

他的腿像是突然没力，一下子瘫坐在躺椅上。

要是我给这个受了惊吓的男孩讲一讲这里发生的恐怖故事，他会不会在他爸杀死我之前把警察叫来？他爸会杀他灭口吗？这种反社会的人，难办就难办在，你根本不知道他的底线到底在哪儿。

我不确定到底值不值得一试，最后，我想着其他的女孩子，还是打消了这个念头。花园里的空气是从一个中心系统里输进来的，花匠只要在空气里放点杀虫剂之类的，我们这群人就完了。再说，他为了照顾温室存了各种各样的化学试剂。

"玛雅，这是戴斯蒙德。他今年在华盛顿学院读大三了。"

所以他只有周末才跟父母一起散步。

"戴斯蒙德，这是玛雅。她就住在这内花园里。"

"住……住这里？"

"住这儿，还有一些其他人。"花匠坐到沙发前面，手轻轻放在膝头。"你哥哥和我把流落街头的她们救了回来，提供吃的穿的，照顾她们，给她们更好的生活。"

我们里面没有几个是流落街头的，更别说什么救回来了，不过其他的描述也不完全错。花匠从没把自己想成过坏人，完全没有。

"你母亲不知道这件事，她也不能知道。让她知道了也就是让她平添许多烦心事，她哪能照顾得过来那么多人。"他听起来既热心又真诚。我都能看到，他儿子对他的信任。刚刚大概还以为他爸爸金屋藏娇，现在脸上的惊骇消失得无影无踪，明显松了一口气。

傻孩子，太傻了。

他本可以明白的。只要听到女孩的哭声，只要看到女孩背后的文身，只要瞥到墙那边玻璃柜里的女孩，他就会明白。可是现在，他完

THE BUTTERFLY GARDEN 127

全相信了他父亲的话。等到他明白的时候,他会不会已经深陷其中,不分对错了?

我们在一起坐了大概一个小时,花匠给他解释这里的来龙去脉,时不时地朝我看看,我只有含笑点头。其实肚子里早都恶心得翻江倒海了,但是我跟福佑一样怕死。我没有乔安娜的母亲那样信奉的希望,但是如果我的余生还剩几年的话,我希望就像现在这样。我有太多次机会可以放弃、投降,但我坚持了下来。如果我没有自杀,那么我也不会轻易赴死。

最后花匠看了看手表。"都快凌晨两点了,"他叹了口气,"你九点还要上课呢。走吧,我送你回家。记住,一个字都不能说,对艾弗里都不能提你来过这儿。如果我确定你值得信任,我们会给你设置一个密码的。"

我也想站起来,但是我刚落脚,他就悄悄做了个手势让我坐好。

我觉得我还是当一条听话的狗吧。

他叫我们蝴蝶,但实际上我们只是训练有素的狗。

他走了,我就这么坐在沙发上,动也不动,连套房的其他地方也不想逛。因为没窗也没门,所以没必要看。当然了,我之前就看过了,但是这次没有伤,没有吃惊,意识也很清醒。对他来说,这个地方比花园更私密。就算是蝴蝶也不该来这儿。

那又他妈的带我来这干嘛?还留我一个人在这儿?

他大概半小时后回来了。"转身。"他声音喑哑,开始拉自己的衣服,脱了随意扔在地毯上。我听话立刻转了过去,跪坐在脚踝上,背对着他。他跪下来,颤抖的手指和嘴唇拂过我背后的线条。我知道,他这是承受了告诉他儿子真相的压力,以及可能让小儿子也加入进来的激动之情。他会比哥哥更温柔吧。他笨拙地解裙子上的扣子,一次不行，两次不行，索性把裙子撕了了事，我身上只剩下了黑绸布条。

如果希望流走了，在夜间，在白天，或在虚无，那还会有存留吗？我们眼中所见，心中所生，无非是镜中花，水中月。

可是，那时候我到花园已经一年半了，坡的诗已经从帮助分心的事变成了习惯。我越来越感到自己开始喜欢他做的事，喜欢从他胸口滴到我脊柱上的汗，喜欢他每次把我拉得更近时的呻吟。我太清楚他每次为了寻求我的回应而做的各种手法，却清楚自己顺从的同时身体对我的反叛，因为我不够怕，而他不够狠，所以该发生的还是发生了。

他好像完事了，但身子没动，开始沿着翅膀的外沿轻轻地吹气，一遍过后又沿着线条轻轻地亲吻起来，轻到像在祈祷，然后又是一遍，我觉得太不公平了，有那么多东西可以选，他偏偏把我们做成了蝴蝶。

真正的蝴蝶可以飞上无人可及的地方。

而花匠的蝴蝶只能往下落，连落到哪里也不能有自己的选择。

※

她把唇彩从口袋里拿出来，用颤抖的双手擦上嘴唇。维克多眼看着她用唇彩把自己已经失落的尊严重新包裹起来，心里只能感念女儿的体贴和心细。虽是一件小事，却是他怎么也不会想到的。

过了一分钟，她说："我就是这么遇到戴斯蒙德的。"

埃迪森皱着眉头盯着那堆照片和文件，"他怎么——"

"极度想要相信一件事的话，自然就相信了。"她轻松地说，"他想从父亲那里得到一个正面的、合理的解释，得到了，自然就会相信。他信了一段时间。"

"你说你那时在花园待了一年半了,"维克多喃喃说,"你得到什么特权了?"

"一开始没有。可是等到周年的时候,我收到了一份令人惊喜的礼物。"

"福佑给你的?"

"艾弗里给我的。"

※

他爸爸为他对我和吉赛尔干的那事狠揍了他一顿,那之后艾弗里只碰过我两次,还是在他爸爸的特别同意和警告之下,警告他如果对我做了什么,他也会对他做同样的事。所以他没打我,也没掐我喉咙,更没把我手绑在背后,但他也知道怎么用其他方法弄疼我。

艾弗里碰过我之后,我一个星期都处于脱水状态,因为我知道,只要小便就会痛,所以就尽量减少小便的次数。

不过他还是一直盯着我,就像戴斯蒙德一直盯着内花园入口的各种提示直到最终找到这条进门之路。我是不该被触碰的,所以我在他眼里变得更加迷人,更有魅力。

我要第四次忍受他的强暴。刚开始和之前一样,都是花匠过来跟我说,艾弗里请示过了想要跟我一起,但是他有限制,跟上两次一样。这就是花匠安慰人的方式了。我们又不能拒绝,拒绝的话会惹他不高兴的,但他觉得他警告了艾弗里犯事一定追究,我们就能安心了。

可事实上,只有被强暴得残废了或干脆被他杀了,花匠才会追究他,这怎么能让我们安心?可他却不明白这道理。又或者,他明白,不过不放在心上而已。毕竟,他打心底里觉得,是他给了我们更好的生活，比起我们在外面的日子，他觉得是他把我们带进来，并且照顾我们的。

虽然我心里疙疙瘩瘩的，忐忑不安，可还是乖乖地跟着艾弗里进了他的游戏室，看着他关门，听他的话把衣服脱了，任凭他把我锁在墙上的镣铐里，随他紧紧蒙住我的眼睛。那次我转向了坡的散文，因为比起诗歌的韵律，散文更难背，我重温了《泄密的心》里面还能记住的部分，准备好了在心中默念。

艾弗里和花匠不一样，他才不管什么前戏，也不问我们准备好了没，甚至连润滑都没有，他就是喜欢让我们疼。所以他就像往常一样直接开始了。

奇怪的是，我的散文只背到四分之一的时候，他还没完就出来了。我听到他去了房间的另一边，放他玩具的地方，但是过了一会儿也没回来。然后，我渐渐闻到了一种淡淡的味道。不知是什么，有点儿像过了夜的咖啡，又像是炉子上的水烧干了。最后冰冷的金属地板上传来他沉重的脚步声，然后操他妈的在我屁股上按了个什么东西，把我的皮都烫得撕开了。跟我之前受过的所有痛苦都不同，那次真是疼得抓心挠肺，好像是把我整个人都揪起来然后再狠命地扔到地上一样。

我大叫，嗓子喊到破音。

艾弗里就笑了。"周年快乐，你个傲慢的小婊子。"

门砰地打开了，他闪到一边去，可就算烫我的东西拿开了，身上还是疼得要死，我连呼吸都困难了，尖叫也没力气了。房间里有声音，但我都无法分辨了。我大口地吸气，想要吸进点空气，可是肺都好像不会运转了。

然后有一双手摸上锁住我的手铐和脚镣，我吓得缩住。

"是我，玛雅，是我。"我听出是花匠的声音，感到一双熟悉的手把蒙住我面的东西撕开，然后看到了他。他身后的艾弗里四仰八叉地倒在地上，很不优雅，脖子上还有个注射器在微微发颤。"我真的太抱歉了，我没想到……他能这么……我很抱歉。他再也不会碰你了。"

刚刚的不知名的工具落在艾弗里身边。我看到的时候，咬住了舌头，胃里排山倒海也没吐出来。花匠把我身上最后的束缚解开了，我刚想迈开步就要大叫出来。

他把我横抱起来，趔趄着走出艾弗里的游戏室，半路转到了医务室。几乎是把我扔在小床上，然后猛拍洛兰的呼叫按钮。接着他跪在我身边，握住我的双手，一遍又一遍地跟我说抱歉。洛兰上气不接下气地跑过来，开始处理伤口，可他还是跪在旁边道歉。

往好的方面想，我以后至少可以很久不被艾弗里碰了，他的游戏室也完全被拆了。但是，他老爸不能完全禁止他——花园算是唯一一个可以拴住艾弗里的地方——所以他还是有办法伤害其他的女孩。用银线之类的垃圾。

※

他不想知道。他真的，从心底里不想知道这些细节，他也从埃迪森的眼里看到了同样的感受。

但是他们又必须知道。

"医院什么也没说。"

"医院打算收集最近被强奸的证据，但还没有做，你们就把我拽到这里来了。"

他感到了不安，深深地吸了一口气，呼出的声音像在吹口哨。"英纳拉。"

她没说话，只是站了起来，把毛衣和背心拉起来，露出了肚子上的烧伤、割伤，还有侧面一条缝针的边缘。牛仔裤的扣子本来就没扣，所以她直接拉开拉链，用拇指把左侧的裤子和绿条纹内裤往下拉，露出伤疤给他们看。

胯骨上面有一条隆起的淡粉色伤疤。翅膀的底端也褪成了浅粉色和白色。她嘴角弯了弯，"都说好事成三嘛。"

身心破碎的女孩拥有三只蝴蝶：一只代表个性，一只代表被占有，还有一只代表卑微。

她穿好衣服，又坐下来，从盒子里拿了块芝士饼干，刚才只顾吃自制肉桂卷，忘了吃一块饼干。"我能喝点儿水吗？谢谢。"

玻璃那边的门响了一声，表示听到了。

维克多猜是伊芙敲门，手头一时急的话，这样子比较简单。

门开了，进来一个男分析员，低着头扔给埃迪森三瓶水，然后就出去了。埃迪森给了维克多一瓶，把另一瓶的盖子拧开放在英纳拉面前。她看了看自己受伤的手，又看了看塑料瓶盖上的棱角，点了点头，喝了一大口水。

维克多把男孩的照片放到桌子的正中间，"给我们说说戴斯蒙德和花园的事，英纳拉。"

她用手掌底部按住眼睛，过了一会儿，眼睛周围的粉色、红色和紫色组成了一个面具一样的形状。

就像一只蝴蝶。

维克多抖了一下，但还是把手伸过去把她的胳膊拉下来。他用手按住她的手，轻轻地，怕压着烧伤的地方，等着她酝酿好词汇。静静地，几分钟过去了，她把手翻过来，握住了他的手腕，他没让她那么做，反而握住了她的手腕。

"戴斯蒙德刚开始不知道花园究竟是做什么用的,"她对着他的手说,"但是过了很长一段时间之后,他大概猜到了。他爸爸也承认了。"

※

花匠没有立刻给小儿子入园的密码。刚开始的几周里,他都是跟戴斯蒙德一起逛花园,看什么说什么都是他定好的。比如说,福佑就是他后来介绍给儿子的,事先他提前跟她谈了好几次,交待什么能说什么能看,事无巨细。

戴斯蒙德看不到那些整天哭着,或是曲意奉承的女孩子们,我们这几个能见到他的,也都拿到了能盖住后背的新裙子。

福佑看到她房间外面叠得整整齐齐的新裙子的时候笑得快背过气了。洛兰送衣服过来的时候好像也很高兴。她不知道戴斯蒙德的事,也不知道这些只是暂时的。

她还以为我们跟她一样,都被打入冷宫了。

新裙子简约优雅,跟我们衣柜里的其他衣服同样的风格。她很清楚我们每个人衣服的尺寸,这些衣服大概是让洛兰出去买的——虽然她一旦听到要她离开花园这个安乐窝,就惊恐万状——不管怎样,我们很快就拿到新衣服,我想不出除了让洛兰去买之外,他还有什么别的办法买到裙子。当然了,裙子依然是黑色。我的裙子就跟一件无袖衬衫差不多,扣子到腰中间,腰里是条皮带,下面就成了及膝的小裙子。其实我心里还挺喜欢这件的。

虽然背后的蝴蝶都被裙子盖住了,但是蝴蝶的小翅膀还是露在外面,花匠很喜欢我这个样子。连我右脚踝上和公寓里的女孩子一起文的那个文身,当时也很清晰地显露出来。只要我们穿着不露背的衣服,花匠就允许我们想怎么弄头发就怎么弄。福佑把头发放下来成了大波浪，看上去其实挺乱的，我就只在脑后编了个辫子，感觉特别放荡不羁，很是自由自在。

开始的两周，戴斯蒙德都跟在爸爸身后做影子，特别尊敬他爸，连问问题都特别有礼貌，特别留意爸爸的脸色，怕他爸什么时候没耐心了又把他赶出去。我们每个人回答的话都是花匠精心编排过的。如果他问我们之前的生活，我们就要低下眼睛，轻声地说，痛苦的事就让它过去吧，不要再回忆了之类的话。这种话听到第五第六遍的时候，他才觉得有点儿什么不对劲。

他居然察觉出来了，我刚开始大概还是低估了他的智商。

不过他也只是察觉出了一点异样，他终究还是会信他爸爸的那套说辞。

他晚上的时候才会进园子待上几个小时，但不是每天来，不过来的频率挺高的。下课之后，如果他没什么作业就会过来。这段时间里，艾弗里被彻底禁足了，花匠也不会在戴斯蒙德在的时候碰我们。他会在他儿子走后或来之前碰我们，总之不会让他儿子看到。玻璃柜里的女孩子们也看不到了，不光是她们外面的墙，我们房间侧面的墙也都会放下来。有*好几周*的时间我们都看不到那些死去的女孩，虽然心里很过意不去，不想忘了她们，不想忽视她们，但是这样我们似乎就不用一直被提醒着：我们马上会死。这种状况下，我们像是暂时成了不死之身，也挺好的。

给戴斯蒙德介绍就像是利昂奈特带女孩进花园一样。刚开始照顾感情，做好准备。然后一次一件事，慢慢讲给他听，让他看。不能一开始就把蝴蝶文身给他看、把做爱的事告诉他。要先让他适应了一件事，然后等他不再排斥这件事了，再继续讲下一个。

这也是我刚开始做引入的时候没利昂奈特那么顺的原因之一。

不管戴斯蒙德在不在花园里，我基本都是照做自己的事不误。每天早上就在山洞里跟女孩子聊天，午饭前跑几圈，下午要么在悬崖上读书，要么跟她们在地面上做游戏。不管他们父子俩下午从哪里开始逛，最后基本都是以在悬崖上跟我聊天为结束。福佑有时也在。

但更多时候，她看到他们两个人从小路走上来了，就会换条路下去，不见面。

虽然花匠很喜欢福佑的脾气性格，但她这么做还是对的。多张嘴就多了些危险，在他没给儿子做好充分的思想准备之前，还是小心为妙。

花匠直接监督戴斯的最后一晚，他带着他上来跟我聊天，说了几句就抽身下去，进了走廊。只剩下我们俩。毕竟玻璃柜已经被墙盖住很久了，我猜他是在想念那些女孩。但是我俩一会儿就没话聊了，他找不到话说的时候——反正我也没义务找话题——我就看我的书了。

※

"《安提戈涅》？"埃迪森问。

"《吕西斯特拉忒》，"她微微一笑，"我想看点稍微轻松些的。"

"没读过。"

"不奇怪；等你的生命中的那个女人出现的时候，就懂得欣赏这本书了。"

"你怎么——"

"我怎么会知道？你那么喜欢打断人，又老是大吼大叫的，跟人打交道也不注意点儿形象，你还想说你有妻子有女朋友了？"

他有点难堪，脸上泛起一层红晕，不过——他已经明白她的套路了。他才不会上当呢。

她笑了一下,"真没劲。"

"我们都要工作。"他回嘴说,"要是你的工作是需要随叫随到的,你试试看,一边工作一边谈恋爱的感受。"

"汉诺威就结婚了。"

"他上大学的时候结的。"

"埃迪森在大学的时候光顾着被抓了。"维克多说。搭档脸上的红晕一直延伸到了颈子后面。

英纳拉来了精神,"喝醉酒还闹事?还是好色占人家便宜了?"

"骚扰。"

"维克——"

但维克自己止住了。"校警和地方警在全校范围调查一个系列强奸案。可能是故意嫁祸的——嫌疑人是警察局长的儿子。最后没起诉,学校也没处罚他。"

"埃迪森去追查那个男孩。"

两个人都点头。

"义务警员啊。"她靠在座椅靠背上,脸上一副若有所思的表情。"所以你得不到正义就自己去找。"

"那是很久以前的事了。"埃迪森喃喃说。

"是吗?"

"我还是相信法律。虽然法律不见得健全,但现实就是这样。没有正义的话,就没有秩序,就没有希望。"

维克多看见女孩在仔细地听,似乎在反复咀嚼刚才那句话的意思。

"我喜欢你对正义的理解,"她说,"我只是不知道正义到底存在不存在。"

"这里,"埃迪森说,敲了敲桌子,"这也是正义的一部分。是我们开始找真相的地方。"

她嘴角挂着浅笑。

耸了耸肩膀。

※

我们在石头上坐着,沉默了很久,他坐立不安,玻璃天花板反射过来的光有点热,他扯了扯身上穿的毛衣。我没怎么搭理他,但是他清了清嗓子,表示想说话。我就合上了书,看着他。

他吓了一跳。"你是个,呃……很*直接*的人,是吧?"

"这样不好吗?"

"不是……"他慢吞吞地说,好像自己也不确定。然后深吸了一口气,闭上了眼睛。"我爸跟我说的那些话里有多少是骗人的?"

看来要拿书签了,估计要解释好一会儿。我夹好书签,把书小心地放在身后的石头上。"那你为什么觉得他在胡扯?"

"他太刻意了。而且……嗯,而且说这件事涉及隐私。我小的时候,他带我进他办公室,给我看周围环境,跟我说他每天怎么辛苦工作,要我再也不要去那里打扰他。他带我*看*了全部。可是这个地方,他没有。所以我知道这很不一样。"

我正视着他,在太阳晒得暖烘烘的石头上跷着二郎腿,把裙子理好盖住了重点部位。"怎么个不一样法?"

他按我的方式坐了,近到我们的膝盖快要碰到一起。"他真的救了你吗?"

"你不觉得这个问题应该问你爸吗?"

"我宁愿问一个愿意告诉我真相的人。"

"那你觉得我能告诉你真相?"

"为什么不行?你是很直接的那种人。"

我只能皮笑肉不笑了。"直接不代表诚实,也可能意味着我就是光明正大地说谎啊。"

"那你打算对我撒谎吗?"

"我打算叫你去问你爸爸。"

"玛雅,我爸爸到底在这里干什么?"

"戴斯蒙德,如果你觉得你爸爸在做不好的事,那你会怎么办?"他有没有想过问题的答案可能会带来什么结果?

"我会……呃,我会……"他摇了摇头,抓了抓已经长长的头发。"我觉得要取决于他干的到底是什么样的坏事。"

"那你觉得他在干吗?"

"除了背叛我妈以外?"

没错。

他又深吸了一口气。"我觉得他找你们来都是为了做爱。"

"那如果他就是呢?"

"他就是在出轨。"

"那该是你妈妈担心的问题,不是你要担心的。"

"他是我爸。"

"不是你的配偶。"

"你为什么不直接回答我?"

"为什么你来问我,不直接问他?"

"因为我不知道他的话能不能信。"他脸红了,好像质疑他爸爸说的话是什么丢人的事。

"那你觉得我的话就能相信了?"

"其他人的话都能信。"他用手指了整座花园,里面只有几个女孩子被允许在戴斯蒙德在的时候出来活动。

但是墙都落下来了,遮住了那些想要靠讨好换取逃生希望的女孩子,遮住了她们脸上的翅膀文身。也遮住了那些哭哭啼啼无精打采的——除了福佑——她一直哭丧着脸。还遮住了玻璃柜里的几十个女孩,她们身边还有零零散散的几个空橱,也装不下现在所有的女孩,不知道他用完了会怎么办。

"你跟我们不一样。"我冷漠地说,"因为你的身份,你的地位,你也永远不会跟我们一样。"

"因为有钱有势?"

"超出你能想象的极限。她们相信我,是因为我在她们面前证明了自己,我值得她们信赖。而我没兴趣证明给你看。"

"如果我问他,你觉得他会是什么反应?"

"我不知道,不过他要上来了。请你别在我面前问他,谢谢。"

"要从他那儿问出结果,是不容易的。"他小声说。

我知道为什么他愿意相信了。他的轻信明显是出于胆小怕事。

然后他爸走了过来,面带着笑容站到我们中间。"聊得挺好吧,戴斯蒙德?"

"是的,父亲。玛雅很会聊天。"

"很好很好。"他动了一下手,仿佛是想摸我的头发,但伸到一半,又抽了回去,摸了摸自己的下巴。"该去找你母亲吃饭了。我晚点再来看你,玛雅。"

"好的。"

戴斯蒙德站起来,吻了吻我的指关节。来真的?"谢谢你陪我。"

"好的。"我又说了一遍。我看着他们走出花园,很快他们就会跟埃莉诺和艾弗里一起坐在餐厅里,像所有正常的家庭一样吃饭聊天,尽管饭桌上笼罩着雾气一样的层层谎言。

过了几分钟,我听到福佑上来的脚步声,她坐到了我身边。"就是个工具而已。"她哼了一声。

"大概吧。"

"他会去找警察吗?"

"不会,"我也不愿这样。"我觉得他不会去。"

"那他就只是个工具。"

有时候跟福佑说理是说不通的,她总能找到歪理。

但是有些时候,工具也能起别的作用。

※

"你为什么说他不会去找警察?"

"因为他都不敢问他爸那些重要的问题。"她耸耸肩说。"他肯定很害怕。万一他去找了警察,结果他爸的话被一一验证是真的怎么办?或者,万一真的有阴谋他不是会更怕?他可能想做对的事,但他只有 21 岁。这个年纪的人能有几个懂得是非的?"

"你自己都还没到 21 岁呢。"埃迪森接话说,女孩只是点点头。

"我也没说我自己就能明辨是非了。他想要相信自己的爸爸。我却从没有能够那样深信的对象。也从没有让别人为我骄傲的需要。"

她突然笑了,温柔又苦涩,带着一丝悲伤。"不过洛特为此深受困扰。"

"洛特是谁?"

"索菲娅的小女儿。我记得有一次,我们凌晨三点才下班,索菲娅早上八点半要到女儿的学校看她班上的小朋友做游戏。她回来打了个盹，起来后告诉我们的。"说到这里，女孩脸上的笑意明显加深了，笑容在女孩的脸上荡漾开来，维克多一瞬间里觉得他看到了真正的英纳拉·莫里西，以那个奇怪的公寓为家的女孩。"吉莉特别有自信，天不怕地不怕，做什么事都能一头扎进去，一点儿不犹豫。洛特就……不这样。有像吉莉这样姐姐的女孩大概都不会这样。"

"反正我们当时就围着咖啡桌坐着，在地板上吃着塔基家的大杂烩，索菲娅觉得累，懒得穿衣服了，就用内衣遮一下，重点部位还可以用头发挡一挡，胸部却遮不牢，她一屁股坐下来就开吃了。洛特为台词发愁，好几周的时间里，她每天都在不停练习，最后我们和她妈妈都去看表演了，就是好奇她到底会不会忘词。"

维克多去过这种表演展示课，问说："忘词了吗？"

"忘了一半儿吧。吉莉在观众席把忘掉的部分给吼出来了。"笑容模式切换，转瞬即逝。"我从没羡慕过什么人，觉得羡慕也没什么用。但那些女孩子，她们一起相处的样子，她们对索菲娅的态度，都让我很是羡慕。"

"英纳拉——"

"在塔基家什么都能吃到，"她马上打断说，用烧伤割伤的手指打了个响指，像是要把多愁善感的一面打消掉。"那家店就在我们那栋楼和车站之间，从不关门，什么都能做，就算是你从隔壁的杂货铺里买来的东西都能给你做出花样。我们几个都在餐厅工作，所以没人想要自己做饭什么的。"

他想要追问的时机来得快去得也快，不过他不会忘记要问的话。他还没天真到认为她会相信他们，但他也知道她不是有意流露出自己的真情实感的。不管她想要掩盖住什么东西——他同意埃迪森的话，她肯定瞒住了什么重要的事——她太专注于掩饰，只会让其他事情开始露出马脚。"

他心里是喜欢英纳拉的，每次看到她都像是见到了自己的女儿们，但他的工作更重要。"花园的事呢？"他的语气里没有任何情感。"你刚才好像说过洛兰一定要按指示做健康的食物给你们吃？"

她做了个鬼脸。"自助餐式的。排成一排，拿饭，然后在固定的那种长条凳和餐桌前吃饭，跟小学生没有两样。如果想自由点儿，用托盘拿回房间吃也可以，只要在下一顿开饭前把餐具送回去就行了。"

"要是吃的东西不合胃口怎么办？"

"盘子里有你能吃的就吃。如果真的过敏了，就没事，但一旦被发现故意饿自己，或者挑三拣四不想好好吃饭，那日子就不好过了。"

※

我刚去的时候，见过一对双胞胎。两个人一模一样，从头到脚像是一个模子里刻出来的，连背后的翅膀文身都一样，但是她们是两个完全不同的人。一个叫玛德琳，一个叫玛德琳娜。早几分钟出生的姐姐玛吉，患严重的过敏，是真的会死的那种过敏。她会因为过敏喘不上气，还没走到花园就倒下了。你要是失眠想睡的话，让她给你说说她吃哪些东西会过敏，没听一半你准能睡着。莉娜跟她姐姐正好相反，对什么都不过敏。花匠这方面有点儿迟钝，总是让她们待在一起，每次去看姐妹俩的时间也都是一样的。

莉娜喜欢在花园里跑，而且经常浑身湿漉漉，泥糊糊的，沾着花草泥点就回来了。等到她要洗澡的时候才知道自己错了。玛吉从餐厅回来，看到地上有一根草都会吓疯。花匠之前提供了二十几种肥皂，玛吉全都过敏，所以后来她抱怨说自己的皮肤多干啦、头发多细啦、还有一直讲的无法呼吸、还有什么眼睛模糊，都没人理她了，真他妈的。

玛吉在家里过着衣来伸手饭来张口的日子，父母手忙脚乱，就是为了让她过得舒舒服服的。

不过我还蛮喜欢莉娜。她从来不抱怨——就算是玛吉最惹人烦的时候也不——她跟我一样经常逛花园。花匠有时还会在园里藏些小东西让她找，因为他知道她会找到。她特别爱笑，一有机会就笑啊笑的，笑得花枝乱颤没心没肺，不明白她状况的人看到了估计会嫌弃她。她选择高兴，因为她不想被悲伤或是愤怒缠绕。

她试着跟我解释过，我大概明白，却又不完全懂，因为我不是她那种人。我不会选择悲伤或是愤怒，但我也不会选高兴这种情绪。

玛吉从不跟我们一起吃饭，她说除非是空房间，在同一个房间里待久了她都会过敏。她妹妹几乎每天都把特别准备的食物放在托盘里帮她拿回去，等下一顿开饭之前再捎走。不过，莉娜也有时间干这活儿，因为她不管什么饭菜都能在五分钟内吞完。她吃什么都行，不会抱怨。

在花园里，莉娜也是少有的几个让我真正担心的人之一，因为我们大多数都知道，如果他把双胞胎姐妹的所有事情都放在一起做，那么要死也是一起死的。

我到花园的时候，她们已经待了半年了，当时利昂奈特还小心翼翼地帮玛吉准备她在那片小天地的各样东西，幸运的是，花匠看着玛吉这些零零碎碎的特殊要求还挺开心。

可后来他态度转变了。

他态度转变的时候我在现场,利昂奈特已经不会再来处理这些事了。

每过一段时间,花匠就跟我们一起吃顿饭,像是国王召见佳丽似的;或者,像福佑说的,像苏丹召见后宫一样。他让洛兰在吃早饭的时候通知我们,当天晚上他会过来用饭,我猜他是想让我们好好打扮一下。

那天下午我在丹妮拉的房间里帮她梳头发,膝头放一碗水,每次要用梳子梳通头发,就得蘸点水。她坐床上帮艾薇塔编头发,把丝带绑进辫子里,再在脑后盘成一个金色的大发髻。我给丹妮拉编的是小辫子,在盘好的小丸子中间和下面编,然后垂在背后。辫子都很细,所以不会盖住背后的翅膀,但也算是她的小挑衅了。海莉用梳子和发卡在我背后忙着,而西蒙娜又在她身后用丝带发油帮她编扭辫。

我从没参加过学校舞会,但直觉告诉我,当时准备的情形挺像那种的,觉得好玩又神奇,有点儿期待,感觉晚上在回家的路上还能细细地回想甜蜜的片段。但是在花园里肯定不一样了。园子里到处有水,随时有可能泼溅出来,所以平时大家都只穿内衣,也没人会像去参加舞会的女孩子那样一路上说说笑笑的。

莉娜走进来的时候,身上还滴着水——也不知是水池里的水还是冲澡的水——一下就瘫倒在地了。"她说她不去了。"

"她得去。"丹妮拉说。我把最后一根辫子编完,轻轻放在她背后。

"她说她不。"

"我来搞定。"她拍了拍艾薇塔的后脑勺,手拿梳子滑下床,然后跪在莉娜身后,"坐好了。"莉娜马上坐直了。

丹妮拉到了玛吉的房间,本来这事就该这么完了,可是我们打扮好了在走廊里等候时,却听到了她们争论的声音。有什么东西砸到墙上摔碎了,紧接着,满脸通红的丹妮拉就怒气冲冲地出来了。脸上红紫相间的翅膀中还露出了指印。"她换了。走吧。"

我们到餐厅的时候花匠还没来,大家都像玛德琳[①]和她的同学一样两两搭伴儿。丹妮拉跟我排在队伍的最后,帮助其他人入场:帮这个拉拉裙子,帮那个弄弄别针。等到大家都入场坐好了,我靠到了墙上。

"她真在换衣服呢?"

她眨了眨眼睛。"妈的她最好是换了。"

"我还是去确认一下吧。"

"玛雅……"她没说下去,摇了摇头。"算了,去吧。你想怎么做就怎么做。"利昂奈特到了玻璃那边之后,丹妮拉就不再摆出一副讨厌拍马屁的冷漠表情。我还没想好怎么感谢她。

玛吉没换衣服。她正忙着把她所有的衣服——她俩共有的衣服——塞进马桶里。我站在门口清了清嗓子,她被吓得一大跳,大口喘着气,挑衅似的看着我。她和花匠还有艾弗里一样,头发都是金黄的,但现在那金发却乱糟糟地糊在脸上。淡褐色的眸子和挺直的鼻子,简直像是跟花匠从一个模子刻出来的。

这也,额,太恶心太变态了。

[①] 玛德琳是美国著名儿童作家和插画家路德维格·贝梅尔曼斯的名为"玛德琳"作品系列的主人翁。全套书共六本。书的故事以一个叫玛德琳的小女孩为主线,透过她的生活,表现了这个年龄段孩子的内心独白,内容虽然简单,却不失童趣。该书系列曾两次荣获凯迪克奖,被翻译成十种语言,全球销量超550万册。除创作儿童图书以外,路德维格·贝梅尔曼也参与电影与音乐剧创作,还为《纽约客》等杂志绘制过许多封面和插图。

"我不去。"

"你要去，不然你妹妹就完了。"

"她每次在外面滚得像条脏狗的时候，怎么没想我完了?"她气冲冲地说。

"过敏跟惹恼花匠可不一样，你不是不知道。"

"我就是不去！就不去！就不去！就不去！"

我扇了她一耳光。

声音响亮、清脆，在空旷的小房间里听起来格外的响，她脸上立即出现了红印。她用一只手捂着脸，眼睛盯着我，噙满着泪。因为她过敏，艾弗里从没被允许靠近过她，估计她之前从没被扇过，就算她反应灵敏，出手速度快，此时应该也没反应过来要回扇我。就在她被惊得不知所措一动不动的时候，我把她头发抓起来高高地弯了一个髻，用几个发夹固定了。

我紧紧地抓住她的上臂，把她拉到走廊里。"走吧。"

"我不去，"她嘤嘤地哭起来，想要掰开我的手，还抓我的手臂，"我就不去！"

"长那么大，但凡长了一丁点儿脑子，都知道要穿好衣服，冷静下来，这都快过去一个小时了，你看看你，非得像个小公主似的，矫情什么，现在还光着身子，起来打扮，你还得自己去跟花匠解释你为什么要摆一副大逆不道的样子。"

"就跟他说我病了不行吗！"

"他知道你没病，"我几乎是咆哮着回答她。"洛兰肯定已经跟他说了，你当她下午来每个人房间转一圈儿是玩儿呢？"

"那是下午！"

"你就只有过敏，莉娜才有脑子。"小声抱怨完，我把嘴边的一绺头发吹开。"抹大拉①,请你别当个*彻头彻尾*的傻蛋,行吗。不过是一顿饭。你的菜都专门备好了,咱们就老老实实地坐在桌子的那头儿,跟别人都离得远远儿的。"

"你们怎么就是不明白呢?"她想要踢我,没踢着,就想一屁股坐地上。我使劲儿拉她,最终还是纠缠着把她拽了起来。"我可能会过敏,而且过敏会很严重!我会死的!"

够了!

我转身一下子把她按在玻璃柜上,脸直冲着里面的那对文身蝴蝶。那个女孩比利昂奈特来得早,甚至比迎接利昂奈特的那个女孩还要早,没有人知道她的名字,只知道她是只海湾豹纹蝶,也是没必要知道的一点。"你不来吃饭,就会死,还要连累你妹妹。你自己想清楚。"

她哭得更凶,大串大串的珍珠泪连同鼻涕一起往下流。真恶心,可我还是抓起她的手臂,往角落里走。

花匠就站在餐厅门口,双手交叉抱在胸前,眉头淡淡地皱着。

妈的。

"有什么问题吗,女士们?"他问。

我瞥了眼玛吉,她还是赤身裸体的,脸颊上泛着粉色的手印,胳膊上那块被我抓住的地方还是淤青色。"没事?"

---

① 即 Mary Magdalene,中文译作"抹大拉的玛丽亚",《圣经》中的一人物名。《圣经》并没有花费太多的笔墨描写抹大拉的玛丽亚,而且因为她的传记在一名妓女的传记后面,而被误认为是一个被耶稣拯救的妓女,但是实际上抹大拉是当时权倾朝野的便雅悯家族成员。她不仅是耶稣的追随者,更是耶稣的妻子,她追随耶稣修道,并成为有名的圣女之一,在《旧约》的福音书中,耶稣的门徒莱维说:"他(耶稣)爱她(抹大拉)胜过爱我们",崇尚女权的耶稣甚至想让她建立和接管基督教。耶稣受难后为了逃避罗马帝国的追杀,保全皇室血脉,抹大拉隐居法国南部,在那里生下了耶稣的女儿萨拉。这位被误解的圣洁女性是许多艺术家的珍爱,成为他们心中女神的化身。

"明白了。"

很不幸,他确实明白了。整个晚饭期间,他坐在我和丹妮拉中间,一直关注着桌子那头女孩子们的一举一动,玛吉面前的特制食品被她挑来挑去,一口都不吃。他始终看着她,可她丝毫不想参与谈话,甚至连问她的问题都不回答。他看着她拿起装着冰水的杯子在脸上滚——丹妮拉只装作她自己的脸是肿着玩儿的——看着她把自己蜷成一只大虾,用餐桌挡住自己的赤身裸体。

到上芝士蛋糕和咖啡的时候,气氛变得有点儿尴尬,他清了清嗓子,靠近我。"真有必要打她吗?"

"有,她需要冷静下来。"

"冷静下来了?"

我搜肠刮肚,想着怎么回答他的问题最合适。我不想伤害玛吉——或者说,伤害莉娜,也不想让自己被拿去垫背。"冷静下来了。"

他只是点点头,什么也没说。我看到丹妮拉眼里的谄媚笑意,心已经沉到了谷底。

※

"多久?"埃迪森问。

"两周之后,"她小声说,"你听过那句话吗?看过了就没办法装作没看到。那晚过后,他一看到双胞胎,不管是哪一个,都像吃饭那天一样,皱起眉头。后来有一天,墙降下来了。再过了两天,她们俩就在餐厅右边的玻璃柜里展出了。"

维克多递给她一沓走廊的照片。过了一分钟多一点,她递回来,挑出的那张放在了最上面。"一起?"

"生死与共。"冷静里似乎还有一丝冷酷。

同一个玻璃柜里,两个女孩被并排地摆在一起,手心贴着手心。莫纳拉的一根手指抚摸着文着斑点的橘色和铜色的翅膀,默默地说:"铜翅沼泽蝶。"一个女孩的头靠在她姊妹的肩膀上,另一个也靠过来,两人依偎在一起。看起来……

"她们生前从没这样亲密过。"

她又拿过那沓走廊的照片,翻看着,脸上浮现着令人费解的表情。过了一会儿,她的面前摆了两堆照片,左边的那叠要高出许多。她把高的那些推到桌子那头,低一点的那叠则用手盖住,紧扣着十指。

"我认识这些女孩子,"她轻声说,脸上的表情还是难以读懂。"有一些我不是很熟,但有一些就像是我的一部分,总之,我认识她们。我知道他给她们所有人取的名字。利昂奈特给我们介绍了卡西迪·劳伦斯之后,还给我们交待了她进到玻璃柜之后的事情,其他人在死前也给我们讲了她们进花园前的名字。"

"你知道她们的真名?"

"你不觉得,从某一刻开始,她们的蝴蝶名已经是她们的真实名字了吗?"

"换个词,她们法律意义上的名字。"

"知道几个人的。"

"你如果早点说的话,我们现在都已经通知到家属了。"埃迪森说,"为什么不早点跟我们讲?"

"因为我不喜欢你。"她直率地回答说。埃迪森把照片从她手下抽了出来。

女孩挑起一边的眉毛,"你真的以为知道了就了解了,是吗?"维克多搞不清她说这话的口气是疑问还是嘲弄,又或者是在影射什么别的。

"家属应该知道真相。"

"应该?"

"对!"埃迪森一把推开桌子,在单向镜前来回踱步。"有些家庭等了几十年,不过就是为了等到亲人的一点消息。如果他们能知道哪怕是一丁点儿的消息——也能早点儿断了念想……"

女孩的目光跟着他,来回在房间里审视着。"也就是说你还不知道。"

"什么?"

"你们家走丢的那一个。你还不知道。"

埃迪森的脸部表情刷的僵硬了。维克多在心底里骂了一声,唉,不能不承认,这个女孩太聪明了。想要激怒埃迪森不难,但是能够看穿他的人不多。"你去看看又送了什么吃的过来,"他交待埃迪森,"看仔细点儿。"

门砰地关上了。

"是谁?"英纳拉问。

"你觉得是谁跟你有什么关系吗?"

"那你问我的这些又跟你有什么关系?"

这两件事可不一样,两个人心里都有数。

过了一会儿,英纳拉说:"我觉得就算知道了也没用,不管我父母是活着还是死了,都不能改变之前发生过的事。我知道他们不会回来了,从那个时候起,我就不会觉得伤心了,伤疤早好了。"

"你父母离开你是有意的,"他提醒她说,"但你们没人是故意让自己被绑架的。"

她低头看着自己烧伤的双手。"我觉得都一样。"

"如果索菲娅有一个女儿被绑架了,你觉得她在没得到最终答案的时候会不再寻找吗?"

英纳拉眨了眨眼。"那又能怎样?知道她们已经死了好多年了;知道她们生前被强奸被谋杀,死后还要继续被亵渎,又有什么好处?"

"知道了就不会去猜,不会去担心了。难道公寓里你的那些朋友不会为你担心吗?"

"人是会走的。"她耸耸肩。

"但如果你有机会的话,一定会回去的。"赌一把。

她没有作声。她有没有想过回去?如果有机会的话?

他叹了口气,疲惫地揉了一把脸。这场辩论他们俩谁都赢不了。

门啪的一声被打到墙上,埃迪森回来了。维克多又默默地骂了一声,站了起来,只见埃迪森摇了摇头,"让我说吧,维克。我知道分寸。"

大学的时候没拿捏好分寸,上了联邦特工的当;之后有几次没控制住,也让他吃了点儿苦头。他虽然脸上还冒着红光,似乎怒气未消,但维克多知道他心里已经慢慢平静下来了,只剩下坚定的决心了。维克多见此又坐下来。但是以防万一,他只沿着椅子的边沿坐着。

埃迪森绕到桌子对面,俯身靠近英纳拉。"你以为的是一回事,实际上是这么回事:大多数人都是被家里人惦记着的。我对你的狗屁家庭表示抱歉,特别抱歉。没有孩子应该在这种家庭长大。没人惦记你,我也觉得很难过,但是你不能为别的那些女孩做决定,你不能说没人想她们。"

他把一个相框放在桌上;维克多没看也知道里面是谁的照片。

"这是我妹妹,费丝,"埃迪森说,"她8岁的时候走丢了,我们从此再也没有她的消息,连死活都不知道。整整二十年了,我们全家都没放弃找她,就等着消息。就算最后只找到一具尸体,我们至少也知道了。我就不会再去专门看什么奔三的金发姑娘,担心我是不是就走在她旁边然后错过了。我妈就不会再去刷寻亲网页,想着什么时候她能碰上。我爸也不用把攒了这么些年的钱挂出去悬赏,能拿回家好好把破屋破墙什么的修补修补了。我们最后终于能让妹妹安息,也能在心里把她放下了。"

"不知道孩子的下落,只会让人备受煎熬。把那些姑娘从松脂里弄出来要花很长时间,再去验身份要等更久的时间。真是等不起啊!你有机会让她们的家人把心放下,你有机会让他们哀悼自己的孩子,然后再继续过他们该过的生活,你有机会让这些姑娘重回她们的家。"

照片里的小姑娘戴着亮闪闪的粉色皇冠,穿一身忍者神龟的服装——全套的眼罩还加上了粉色蓬蓬裙——一只手还拿着印着神奇女侠的枕头套。小埃迪森牵着她的另一只手,低头笑着看她。他穿着平常的衣服,可下面掉了两颗牙的妹妹还是笑眯眯地看着他,什么都不在乎的样子。

英纳拉摸了摸玻璃下面的那张笑脸。她也这样摸过利昂奈特的照片。"他会给我们拍照片的,"她终于还是说了,"文身做好之后,前后都要拍一张照。他只要拍了,肯定都会留着。不在他花园的那个套房里——我找过一次——但利昂奈特觉得,他大概是夹在某本书里面,当他不在花园的时候,就拿出来解解闷儿。"她又细看了一会儿照片,然后把相框还给埃迪森。"洛特也差不多 8 岁。"

"我去叫鉴证科,"埃迪森跟维克多说,"让他们再去检查一遍屋子。"然后小心地把相框夹在腋下,出去了。

一阵沉默过后,英纳拉轻轻地哼了一声,打破了刚才的沉默。

"我还是不喜欢他。"

"可以理解,"维克多笑着说。"戴斯蒙德看过这本书吗?"

她耸耸肩。"就算看了,也没跟我说过。"

"但是在某一时刻,他发现了花园的真面目。"

"某一时刻。"

※

戴斯蒙德在一个周四的下半夜第一次用了他的新密码。嗯,应该算是周五了。那表示他爸爸对他放心了,之后一周左右,他就进了安全系统。在那之前近一周,他还只能跟着他爸爸进园子。在他一个人进园子的时候,他从不问问题。他进园子有三周了,但知道的还只是表面而已。

那个时候西蒙娜一个劲儿地恶心想吐,我就一直待在她房间,帮她用湿布敷,用水压,可是连续三天还不见好,洛兰那里也瞒不住了,我也不知道还能撑多久。她不仅犯恶心,有些部位还一碰就疼,我预感不是什么好事,她估计是怀孕了。

这种情况有时也会发生,因为避孕措施也不可能百分百保险,但是一旦出现这种情况,玻璃柜里就又会多一个人,房间又会暂时空出一个床位。西蒙娜当时完全不明白自己的处境,还以为艾弗里又把流感带进来了。最后她终于睡着了,一手捂着肚子,丹妮拉向我保证,说陪她到天亮。

我身上还带着那股子酸臭腐败的味儿,自己闻着都快吐出来了。虽然我早就能随时洗澡了,可是一想到要在那么小的空间里待着我就浑身不舒服。我路过房间时,把裙子和内衣塞进脏衣槽里——福佑跟我说过,人进不去,太窄了——然后进了花园。

夜间的花园是光和影的世界，置身其间，设计者最初的幻想便愈加清晰。白天里的谈话声、运动声、间或的游戏声、唱歌声等等，掩盖了水管排水浇花时的汩汩声、水流入花圃中时发出的滋滋声、还有换气扇的呼呼声。晚间的花园像一只动物，剥开了虚幻的外表，露出里面的森森白骨。

我喜欢晚间的花园，跟我喜欢原版童话故事一样。不多不少，原本就好。只要花匠不来找你，花园中的黑暗是距真相最近的光明。

我穿过发出回声的山洞，走进瀑布里，让流水洗刷掉我身上恶心的酸臭和迫近的死亡气息。三天了，不仅要弯腰照顾人，还要在那个反人类的高脚凳上坐着，盯着看洛兰或花匠有没有来。我用尽最后的一点力气，捶捶身上又酸又累的地方，又让水淋了一会儿身体，我才攀着湿漉漉的石头攀上崖顶，坐到了太阳石上。我把头发上的水拧拧干，闭上眼睛，只管躺在石头上，顾不上姿势是否优雅。白天太阳的余温在背下的岩石上蒸腾，我一进一出地呼吸着，似乎能感觉到身体的肌肉慢慢地开始放松下来。

"坦白，但不庄重。"

我立刻坐起来，差点儿闪了腰，然后骂了一会儿这种不打招呼就来吓人的人。戴斯蒙德站在不到十米远的地方，手揣在兜里，伸头观察绿房顶上的温室玻璃砖。

"晚上好，"我的话听起来应该挺阴郁的。当时，我所有的衣服要么在房间里，要么该洗了，因此我蜷曲起身体想不让他看见或是找别的东西遮挡住身体都白搭，所以我干脆换了个更舒服的姿势躺着。"来看风景啊？"

"没想到还有此等风光。"

"我以为没别人。"

"没别人?"他重复了最后几个字,目光相遇,他刻意不看我的其他部位。"这个花园里不是有一群女孩子吗?"

"她们都睡了,要么就在其他房间里。"我回嘴说。

"哦。"

就一个字,然后就悄无声息了。反正我是肯定没义务搭讪什么的,我就在石头上翻了个身,往花园里看,望着水流出去的层层波纹和池面的点点涟漪。终于,传来脚步踩踏石阶的声音,一团黑乎乎的东西在我面前突然冒出来,没等我伸手,就掉在了我的腿上。

是他的毛衣。

月光下分不清毛衣的颜色,大概是酒红色的,胸口还绣着学校的饰章。闻起来有肥皂、须后水和雪松的香气,还是暖暖的,带着男性特有的、一种在花园里不会遇到的气息。我把头发挽起来,穿上了毛衣,遮好以后,他坐到了我身边。

"我睡不着。"他轻声说。

"所以你到这里来了。"

"我真的搞不懂这个地方。"

"本来就是个谜,所以别去理解。"

"那你不是自愿来这里的。"

我叹了口气,朝天翻了个白眼。"别套话了,问了你也没办法。"

"你怎么知道我没办法?"

"因为你希望他为你骄傲,"一针见血,"你也明白这件事如果走漏了风声,他就不会为你骄傲了。就这一点,你觉得我们自愿不自愿还有什么意义吗?"

"你……你肯定觉得我是个卑鄙小人。"

"我觉得你有可能是。"我看着他既伤心又坦诚的表情,觉得要冒一次险,来花园这么久,这还是头一次。"我还觉得你有可能成为一个更好的人。"

他沉默了很久。这是很小的一步,顶多算是试探一下的程度,但是对他来说,却已经是惊涛骇浪了。看来赢得骄傲的吸引力已经远远大于辨别是非了,一个家长怎么能这么深地控制住孩子呢?最后,他说了一句:"人在选择中决定人生。"

我还是不知道他到底选了哪边。

"那你选什么,戴斯蒙德?"

"我现在不做决定。"

"那你就是自动选择了错误的那个。"他挺起身,张开嘴想要辩白,我一抬手堵住了他的话。"不做选择*就是*一种选择。中立只是一种概念,才不是态度。没人能一辈子保持中立。"

"瑞士就是中立国。"

"放国家身上可能行。放个人身上呢?中立放纵的是什么后果,他们知道了难道不会懊悔吗?集中营、毒气室、人体实验,你觉得他们知道了这些之后还会想保持中立吗?"

"那你怎么不走?"他开始质问。"不说我父亲给了你食物、衣服和舒适的环境,你怎么不出去,回到你从前的地方?"

"你以为我们人人都有出门的密码吗?"

他一下子泄气了,怒火烧得快灭得也快。"他把你们困在这里?"

"收藏家不会让他的蝴蝶自由自在地飞。那就违背他的初衷了。"

"你可以试试看嘛。"

"问他要东西可不简单。"差不多一周之前他说过这话。

他退缩了。

他虽然看不到,但是不傻。可他揣着明白装糊涂,惹我很生气。

我褪下毛衣扔到他腿上，毛衣顺势滑到了石头下面。然后轻声说了一句："谢谢你跟我聊天。"我快步走过小径，走到崖边的平台上。我只听他在后面笨手笨脚磕磕绊绊地跟了过来。

"玛雅，等等。等等我！"他一手紧紧箍住我的腰，把我搂了回来，我感觉自己被凭空拉了回来。"对不起。"

"你挡着我吃饭的路了。想道歉，就对食物道歉吧。别挡道儿了。"

他放开了我，但还是跟在我后面穿过花园。过小溪的时候，他先自己跳过去，再伸出手来扶我，虽然有点儿奇怪，但又很有魅力。餐厅的大灯——连同开放式厨房里的——都暗着，但炉灶上还亮着微弱的光，方便深夜找零食吃的人。他立刻注意到一个更大的上了锁的冰箱。

我拉开小冰箱的门，看看里面有什么吃的。我是真的饿了，但是老在叨个不停地的人身旁忙碌，我也没了胃口，什么都不想吃。

"你背上是什么？"

我立刻把门关上，想挡住里面的光，但已经没用了。

他走到我后面，挤到炉子旁边，借着上面暗淡的光，仔细地观察了翅膀上精致但令人痛苦的细节。通常我都会忽略它们的存在。想看的话，他会拿镜子让我们看，但我从没要过镜子。福佑倒是想让每个人都定期看一看。

这样我们就不会忘记自己是什么东西。

蝴蝶是生之须臾的生物，这也是她想让我们记住的事。

他的手指抚过深铜色的经脉和前翅的彩色边缘，又摸过线条细分成的人字纹。他手法很轻，害得我起了鸡皮疙瘩，可我还是站着纹丝不动。他没问话，但我想，知父莫若子。他的手指慢慢滑到了翅膀的底下，粉色和紫色的地方，我闭着眼，双手在两边攥成了拳头。他没有继续向下摸,反而往里压,拇指沿着中间的黑色轴线,到了最顶部就不再摸了。

"真美,"他口中默念,"为什么文蝴蝶?"

"去问你爸爸。"

他的手突然颤抖起来,在他父亲的所有物上战栗,但他没有把手缩回去。"他对你做的?"

我没回答。

"很疼吗?"

最疼的是,只能躺在那儿,*任凭*他强暴。但我没说出口。我也没说看到新来的女孩背上出现第一条线的时候有多么疼;没说刚文的时候皮肤敏感到好几个星期不能好好睡觉;也没说我连俯卧也不行,因为会想到他在文身床上面第一次强暴我,进入我的身体,给我取新名字的场景。

我什么都没说。

"他……他对你们所有人都这样吗?"他的声音也颤抖了。

我只有点头。

"我的天。"

跑啊,我心里大声地喊。快跑啊,快去找警察,不然把门都打开,让我们自己去找警察。快做点什么——干什么都行——只要别站在这里!

但是他什么都没做。他站在我身后,手掌贴在那幅墨水和伤疤组成的地图上,让沉默变成一头会呼吸的、在喘气的野兽。我只好走开,再次打开冰箱的门,仿佛这里什么也没发生过。我拿出一只橙子,用屁股把门顶着关上,身体倚着柜台的一部分站着。柜台只有这一部分与其他地方呈垂直线,柜台称不上是座孤岛,但却把厨房和餐厅划了个界。

戴斯蒙德想过来,可是双腿无力,跌坐在我脚边,靠在橱柜上。他的肩膀擦过我的膝盖,我还是有条不紊地剥着橙子。我每次都想剥成一条完整的橙子皮,螺旋那种,但每次都不成功,总是会断。

"他为什么要这么做?"

"你觉得呢?"

"妈的。"他屈起膝盖,让身体紧贴着膝盖,双手抱住自己的后脑勺。

我掰开一角橙子,吸完了把籽又放回到皮上。

沉默的野兽还在疯长。

橙汁吸完了,我就把一角直接扔嘴里嚼。霍普以前总是取笑我这样子的吃法,说我这样吃会让男生不舒服。我就会冲她吐舌头,跟她说男生不需要看我吃。反正,戴斯蒙德也没在看。我就接着吃第二瓣,第三瓣,第四瓣。

"还没睡,玛雅?"门口传来花匠轻轻的声音。"不舒服吗?"

戴斯蒙德抬起头,脸色煞白,满脸受挫,但是既没起身也没说话。他坐在地板上,靠着橱柜,除非花匠进来走到柜边往下看,否则他是不会被发现的。花匠从来没进过厨房。

"我没事儿。"我回答说。"就是在瀑布下面冲了澡,想来吃点儿东西。"

"连衣服也懒得穿了?"他笑起来,走进餐厅,坐在他专属的带坐垫的大椅子上。到目前为止,他大概还没发现椅子背后的东西。福佑在椅背上抠了个粗糙的王冠。我得承认,那椅子是有点儿像王座,厚厚的垫子用红丝绒裹着,光滑的乌木顶端还有卷轴似的装饰。他把椅子往后推了推,因为没扶手,一只手肘搁在了桌子的边上。

我耸耸肩，又拿了一瓣橙子。"这儿又没什么好担心的。"

他看起来异常居家，身上只有一条蚕丝睡裤，坐在阴影里。炉灶上细碎的光线映出他手上的光面戒指。我看不出他刚才是在自己的套房里睡的，还是跟别的女孩睡的，虽然他不怎么会在女孩房间里过夜。除非他妻子不在家，他一般每晚至少有段时间是在花园里度过的，但是在哪间房，我从没见过，也不可能看得见，即便我爬到树的最上面也看不到。"过来跟我坐。"

我脚边的戴斯蒙德用拳头抵住嘴巴，脸上爬满了痛苦。

我把没吃完的橙子连同皮和籽放在料理台上，顺从地绕过台子，走到桌边的阴影里去。刚想坐到最近的凳子上，就被他一把拉进怀里。他一手勾着我的后背和屁股，另一只手习惯性地扣住我放在大腿上的双手。

"女孩们对戴斯蒙德是什么反应？"

要是他知道戴斯蒙德就在*这里*的话，估计不会问这种话。

"她们……都挺小心的。"我想了一会儿。"我想大家都在猜他到底像不像你或艾弗里。"

"期待什么结果？"我瞥了他一眼，结果他笑了起来，在我的锁骨上亲了一口。"她们应该不怕他吧？戴斯蒙德是最不会伤害别人的。"

"她们最后肯定都会习惯他来这儿的。"

"那你呢，玛雅？你觉得我小儿子怎么样？"

我差点儿看了看厨房，但是既然他不想让他爸爸知道他在这儿，我就不能出卖他。"我觉得他还是不明白。他根本不知道这里究竟是什么地方。"我深吸一口气，让我自己缓一缓，并且暗示自己，接下来的问题我是替戴斯蒙德问的，我要让他知道花园的真面目到底是怎样。"为什么要展示？"

THE BUTTERFLY GARDEN 161

"什么意思?"

"你已经留住我们了,为什么还要展示出来?"

他没吭声,手指在我的皮肤上随意地画着圈,过了一会儿,他说:"我父亲收藏蝴蝶,他会出去捕蝴蝶,如果他捕不到好的,就雇人帮他捕,然后再用针把它们活活钉在玻璃匣里。每一只都用黑丝绒衬底,用小铜标刻着它们的通用名和专属名,然后挂在他办公室的墙上,简直是一个蝴蝶标本博物馆。有时候他也会把我母亲的刺绣作品挂在那些蝴蝶框中间。有绣蝴蝶的,也有绣花卉的,在美丽的布料上显得特别出挑。"

他的手从我的大腿游走到了我的后背,抚摸着前翅。他不用看都知道是什么形状。"他在办公室的时候是他最快乐的时候,所以退休之后,他每天都待在那里。但是那个房间有一个小电炉,有一天,所有的蝴蝶都被烧掉了,一个不剩,他花了几十年的时间收集制作的蝴蝶,都没了。从那以后,他就变得不一样了,过后不久就去世了。我猜,他大概觉得自己的生命也被那场火烧掉了。

"办完他的葬礼,第二天,我和母亲去了独立日集市。他们要给母亲颁奖,表彰她在慈善方面的功绩,她也不想让大家失望,所以就去了。很多人都围着她,表达同情,我就一个人去逛那个小集市,然后就看见了那个女孩:她戴着羽毛做的蝴蝶面具,正在给从丝绸迷宫里走出来的小朋友发一些小羽毛和丝玫瑰花瓣做的蝴蝶。她特别明亮、耀眼、朝气蓬勃,让人觉得蝴蝶是不会死的生物。

"我进迷宫的时候冲她笑了一下,然后她也跟进来了。从那里把她带回家不难。刚开始我把她放在地下室里,直到后来我建了花园,才给了她一个像模像样的家。当时我还在上学,又刚刚接手父亲的生意,没过多久又结婚了,我就想着她肯定很孤单,就算住在花园里也没什么用,所以我又找了洛兰来照顾她,然后又找了别的女孩来跟她作伴。"他沉浸在回忆里,这回忆对他来说绝非是件痛苦的事情。对于他,这一切都很正常,理所当然。他不是把夏娃带到花园里去,而是围着她造了一个花园,像天使持着烈焰熊熊的剑,只为看守她。他拉着我,让我紧贴着他的胸口,让我靠在他的颈窝里。"她死的时候我的心都碎了,我想都不能想她的生命居然那么短暂。我不想忘记她。只要我能记住她,她的每一部分就还仍然活着。所以我造了玻璃柜,研究了保存她身体不腐的方法。"

"树脂。"我小声说,他点了点头。

"不过首先要防腐。我公司的生产部里有甲醛和甲醛树脂,用来处理织物的,信不信由你。很简单,多订一些,然后把多余的拿过来。把血换成甲醛,就能延缓腐坏,然后树脂就可以慢慢成型了。你走了以后,玛雅,也不会被忘记的。"

最令人作呕的是,他是真心觉得自己在安慰我。除非发生什么意外,或是我惹他生气了,再过三年半,他就会往我的血管里灌甲醛了。我也很清楚,他一定会全程陪在我身边,可能帮我梳头发,或是摆好姿势,等血放空,再把我放进玻璃柜里,倒满树脂,给我二次生命,不会被电火炉夺走的生命。每次他路过我的橱前,都会默念我的名字,永远地记住我。

坐在他腿上,我能真切地感受到他的情感,绝非幻觉。

他慢慢把我推下来,打开双腿,让我跪在中间,一手摸着我的头发。"告诉我你不会忘记我,玛雅。"他一手把我拉近,一手忙着解裤带。"不要等到那个时候。"

等到我早就死了冷了的时候,他看到我的身体,还会勃起。

我只能听话,因为我一直都听话,因为我还想再活三年半,即使

THE BUTTERFLY GARDEN 163

那意味着这个男人告诉我他爱我。他几乎要让我窒息的时候,我听话;他猛地把我拽回到他膝盖上的时候,我也听话;他让我对他保证,说永远不会忘记他的时候,我还是听话。

但这一次,我没有在脑子里背诵别人的诗句或故事,我在想,厨房那边的那个男孩,听了这一切,会怎样。

很久以前,我确信对门邻居是恋童癖的时候,靠的不仅仅是他的长相,我还从那些被收养的孩子们的表情、从他们身上的瘀伤、还有从他们懂的那些不堪的东西中获取的信息。他们都知道是怎么回事,知道除了自己,其他人也被侵犯了。但是他们没有一个人说出来。我看到他们脸上的淤青就知道,早晚他会把头伸进我的裙子里来,在他还没有拉我的手,把我的手放在他的膝盖上,小声说要给我礼物的时候,我就知道他是恋童癖。

他完事之后亲了我一下,然后叫我去休息。走出餐厅的时候他还在提裤子。我走回料理台边,拿起剩下的橙子,然后坐到戴斯蒙德旁边。我看到他满脸泪痕,眼中还闪着泪。他盯着我,眼中只剩呆滞。

那是受伤的眼睛。

他在找话跟我说,趁此间隙,我吃完了剩下的橙子,可他还是不知道说什么,只是把他的毛衣递给了我。我穿上毛衣,看他伸出一只手,就牵住了。

他永远不会去找警察。

我俩都明白。

刚才的半个小时不过使他更恨自己了而已。

※

"你还没问谁活了下来。"

"只有在我说出你们想知道的东西之后,你们才会让我去看他们。"

"没错。"

"那我就等完了再过去,好好地去跟她们聊聊。反正我现在过去也没什么用。"

"我突然相信你说的,你在6岁之后就没再哭过的事了。"

一丝浅笑闪过她的面庞。"妈的旋转木马!"她的声音很轻快。

※

福佑做过一个旋转木马,我提过这事儿吗?

她基本上妈的什么都能给你捏出来,一板一板地送到炉子里去烤,洛兰就在旁边盯着她。她是唯一一个有权用炉子的,也是唯一一个开口问的。

利昂奈特死前那晚,我们在她床上相拥而眠,她跟我们讲她小时候的故事。没说人名也没提地方,可说得还是一样好,她最喜欢的那个故事,一讲就笑,就是旋转木马的故事。

她爸爸是做旋转木马的,小卡西迪·劳伦斯有时会画一些形象出来,她爸爸就会跟她一起设计,让她选好木马脸上的表情和颜色,然后用到下次的工程里。有一次,她爸爸带她去一个流动嘉年华送木马和雪橇。大家合力把木马放在圆盘周围,她坐在轨道上看着他们在金色的柱子上排好管路,然后木马就能上下动了,都装好了,她就围着旋转木马跑啊跑,拍拍每个小马,在它们耳边叫它们的名字,提醒它们不要忘记。她知道所有马的名字,爱着它们每一匹。

花匠的特点不是孤例,不过是极端而已。

但是木马不是她的,到回家的时候,她不能把它们带走,因此,从此也许再也见不到了。即便如此，她也不能哭，因为她跟她爸爸保证过，她不哭，也不惹麻烦。

那时候是她第一次做折纸马。

他们搭了一辆卡车回家，一路上她折了二十多个纸马，刚开始用笔记本上的纸和快餐发票折来练习，最后终于折得像样子了，等到家的时候，她就用打印纸折了。她做了一匹又一匹，一匹又一匹，每个的填色都和那些留下的木马一样，边涂还边叫它们的名字，做好之后，她又画好细细的柱子，然后小心翼翼地在纸马中心黏好。

她给旋转木马的地板画了多彩的图案，在帐篷的内部也画上画，甚至连底座边儿上也画了精细的花朵，然后她妈妈帮她把旋转木马组装好，她爸爸帮她在底座上加了一个曲轴，让木马真的能慢慢转起来。父母都很为她骄傲。

她被绑架的那天早上，她出门去学校的时候，那个旋转木马就放在家里壁炉架上最显眼的地方。

利昂奈特死后，我让自己忙着照顾那些新来的不知名的女孩子。

福佑就做她的黏土人像。

她做的东西没给人看过，我们也不问，让她自己处理自己的伤心情绪。有一件东西她做得特别专注。说实话，只要跟亮铜蝶无关，我也不会那么担心。她为几个死掉的女孩做过蝴蝶塑像，不知怎的，我觉得这些两英寸高的蝴蝶反而比玻璃柜里的那些女孩更让人毛骨悚然，于心不安。

不过那个时候，新来的女孩身体感染特别严重——她的文身怎么都愈合不了。虽然感染的地方还不至于致她死亡，但是翅膀估计没办法挽救了，花匠是不会接受这种结果的。他选我们就是为了背后的风景。

一大早天还没亮，门就关了下来，本来文身的时间也会这样，但是再开的时候,她不在文身室了,也没在自己的床上。玻璃柜里也没有她的身影。连一句再见也没有,她就消失了。

什么……都没了。

一丝痕迹都不留,连她的名字都不知道。

我找不着她,回房间的时候福佑也在,她交叉着腿坐在床上,膝上还放着一个裹裙盖着的小包裹。她面色苍白,眼下是深深的阴影,我不知道利昂奈特跟我们告别之后,她有多久没睡了。

我坐到她身旁,一条腿压在身下,背靠在墙上。

"死了?"

"就算还没,也快了。"我叹了口气。

"那你就要一直等到新女孩来,再照顾到她文好身了。"

"大概吧。"

"为什么?"

过去一个星期,我也在问自己为什么要这样。"因为利昂奈特觉得这很重要。"

她把布拿开,露出一个旋转木马。

利昂奈特来到花园的时候,做过另一个折纸旋转木马,她死后,木马就一直放在福佑床头的架子上。福佑用她自己的材料也做了一个,复制出了所有的花纹图案和颜色,金色的柱子上还有突起的旋转花纹。我伸出手轻轻推了一下顶上的小红旗,木马转了一下。

"我一定要做,"她默默说,"可我不能留着。"

福佑突然哭得泣不成声,涕泗横流。她不知道我的旋转木马故事,她不知道我当时坐在一个红黑相间的木马上,到最后才明白我父母不爱我,或者说不够爱我。那天我终于明白——并接受了——没人想要我。

我把木马从她膝上慢慢拿起来,用脚趾头碰碰她膝盖。"洗洗。"

她打了个嗝,默默从床上下来去洗了,把两周以来的悲伤和愤怒统统洗掉,我研究着那一只只木马,看有没有十年前我洒尽最后一滴泪的那匹。

答案很接近。这匹马不是金色而是银色雕刻的柱子,黑色的鬃毛上系着红色的丝带,不过也非常非常接近了。我起身跪在床上,把它放在架子上,挨着辛巴,挨着折纸动物园和其他的黏土塑像,挨着艾薇塔画过的石头和丹妮拉写的诗,还有其他林林总总我在花园的六个月里收集的东西。我不知道福佑能不能做一个黑发金肤的小女孩坐在黑红相间的马上,一圈一圈又一圈地转,看着全世界从她身边远去。

如果我开口,她一定会问为什么,但是比起同情,那个小女孩更想要的是被遗忘。

福佑洗完澡,分别用紫色和粉色的毛巾裹着身子和头发,最后在我身边蜷曲着睡下了,像索菲娅的女儿似的。我枕着她的一只胳膊,靠着墙,过了一会儿,我伸出手碰一下旋转木马,就看到黑红的马慢慢地转远了。

※

他也想让她沉浸在回忆中,不要回到谈话的正题上来,不想再让她重新经历一次当初的伤痛。

但维克多还是往前挪了挪,清了清嗓子,她凄惨的眼神飘过来,他也只是慢慢地点了点头。

她叹了口气,双手合在一起放在膝盖上。

※

接下来的一个星期,戴斯蒙德从花园里彻底消失了。没用过密码，也没跟他父亲一起来，彻底不见了。只有福佑去问了花匠怎么回事，用她一贯吓人的坦白的问话方式，可是他只是笑了笑，说不用担心，他儿子不过是要准备期末考。

我对此没什么感觉。

不管他是藏起来了，还是故意躲着，或是在思考这其中的事情，我根本不在乎少一个来玩的大爷。这样正好给我多一点思考的空间。

毕竟艾弗里重新回来了，也就是说要全时间段不着痕迹地防着他找那些脆弱的女孩子。又要照顾卧床的西蒙娜，这就更难了。

刚过去的一周半里，她明显掉了不少肉，什么东西吃进去都待不住半个小时。白天我陪着她，晚上丹妮拉来替我，我就到花园里去，睡在太阳石上，假想周围没有墙，时间也不会消逝。

我喜欢西蒙娜。她有意思又喜欢讽刺，从来不信花园里的这一套但又能适应得很好。我又一次把她从马桶里捞出来，扶着她走，她抓住我的手问："我是不是又要测了？"

福佑说洛兰已经在早饭的时候特别问了，怕是起了疑心。"是，"我慢慢回答说，"应该要。"

"会是好结果的，对吧？"

"会的。"

她闭上眼睛，拨开额头上被汗打湿的头发。"我早该想到。我见过我妈和我大姐怀孕时候的样子，整整孕吐了两个月。"

"验孕的时候需要用我的尿样吗？"

"妈的我们怎么到这个地步了！这种事居然要动用爱和友谊的力量了？"但她还是慢慢摇了摇头。"我不想两个人都死，咱们心里都清楚结果是什么。"

我们俩静静地坐着，有些事就是没有答案的。

最后她开口说:"能帮我个忙吗?"

"要我做什么?"

"要是图书馆里有那本书的话,你能读给我听吗?"

她告诉我要什么的时候,我差点儿笑出来,不过忍住了。不是因为好笑,而是觉得这件事我能为她做到,我心里松了一口气。我从图书馆把书找来,跟她一起坐在床上,握着她的手,翻到那一页,然后开始读。

"天冷极了,下着雪,又快黑了;那晚——是这一年最后的一个夜晚。在这寒冷漆黑的夜里,一个可怜的小女孩光着脚在路上走着,她没有帽子戴。"

※

"那是什么书?"

"是个故事,"女孩纠正他说,"安徒生,《卖火柴的小女孩》。"

维克多还依稀记得这个故事,是她女儿布列塔尼还小的时候上芭蕾课学的,不过又好像把它与《胡桃夹子》和《坚定的锡兵》混在一块儿了。

"这种故事在花园里的意义比在外面的大多了。"

※

那个故事读完了,我正想读别的故事,却看到洛兰走进来了。她拿着一个托盘,上面有双份午餐,中间是一套验孕工具。

"你测的时候我必须在这看着。"她说。

"放你的屁!"

西蒙娜叹着气坐起来,靠在床头板上,伸手拿起水杯,一饮而尽。我把托盘上的另一杯递给她,里面是果汁,她也一口气喝下去了。午饭只有汤和吐司,她想逼着自己吃,可怎么也吃不下去。水终于在体内循环完毕,她抓起托盘上的验孕棒走向马桶,猛地拉上帘子盖住自己。

洛兰像只秃鹫一样在门口徘徊,腰佝偻着,眼死盯着。

西蒙娜向前探了探身,跟我对上眼,然后冲走廊里的八婆晃了晃头。我点点头,深吸一口气,开始读《坚定的锡兵》。

扯着嗓子念。

伙夫兼护士愤怒地剜了我一眼,眉头都拧到了一起,不过至少西蒙娜能好好尿尿了。一阵抽水声,然后过了几秒,她从帘子后面走了出来,把湿淋淋的塑料棒扔给那个老女人。"满意咯。去汇报呗。赶紧滚吧。"

"你不想——"

"不想。滚。"西蒙娜跳到床上来,上半身趴在我膝上。"可以继续读吗?"

我把书摊在她背上,挡住那对米切尔眼蝶的深棕色翅膀,从我们刚才停顿的地方再开始。她睡了大半个下午,时不时地醒来冲向马桶。丹妮拉后来也过来陪了她一会儿,帮她把深棕色的头发绾成一个优雅的造型。福佑把晚饭带过来,在西蒙娜的发型上插了几个黏土翠鸟花作装饰,我吃好了,西蒙娜也拨弄够了盘子里的食物,福佑就把托盘拿回厨房给洛兰了。

夜越来越深,走廊里的阴影也慢慢逼近,花匠来了。

带着一条裙子。

一条纯丝制的蛋糕裙,棕色和奶油色的层层叠叠衬着她微暗的肤色和背后的翅膀。一时间的寂静让西蒙娜抬起了头,裙子映入眼帘,她立刻转过脸,不让他看到眼中的热泪。

"女士们?"

丹妮拉不停地眨眼,尽量靠近西蒙娜,在她的耳廓上亲了一下,然后一声不吭地走了。西蒙娜慢慢撑着坐起来,紧紧地抱住我,把脸埋在我的肩膀里。我也用最大的力气紧抱住她,感到她在我怀里颤抖。

"我叫瑞秋。"她贴着我说。"瑞秋·扬。你会记住我吗?"

"我会的。"我亲了亲她的面颊,不舍地放开了她。我拿着童话书走到门口,花匠轻轻地亲了我。

"她不会痛苦的。"他小声说。

但她会死。

这时候我该回自己的房间,或者去找福佑,找丹妮拉也行。这时候我们该几个人聚一起,假装自己有不同的宿命,哀悼我们还没有发生的悲剧。这时我们该等着西蒙娜死掉。

但是,这一次,我做不到。

我就是做不到。

灯光亮起,警告我们要在墙降下之前回到自己的房间。我走到沙砾小径上,察觉到花园的那头似乎有人在暗处走动。我不知道是艾弗里、戴斯蒙德,还是别的女孩子,当时我也没心情。灯光熄灭,背后的高墙发出嘶嘶声响,最后沉重地嵌入凹槽里,一切又恢复沉寂。

我沿着小溪走入花园深处,一直走到瀑布前,找了个水溅不到的石头,随手把书放上去。我抱着自己的胳膊肘想要压住胸中喷薄而出的东西,我仰头靠着背后的崖石,盯着头上的玻璃柜框。夜越来越深,星在静谧的空中闪烁:有银色的光,有冷冷的蓝,有暖暖的黄,还有一颗发着红光,那大概是一架飞机。

一道光横穿天际,我虽然也懂科学道理——知道这只是太空里的碎片而已,石头啊金属啊或是卫星在大气中燃尽的碎片——但我脑袋里却只有那个最蠢的故事。*"有人刚刚去天堂了!"小女孩说*;因为她的老祖母,那个世界上唯一一个爱她的人,已经不在的那个人,以前跟她说过,当空中有星落下,就是有一颗灵魂飞上了天堂。

那个傻傻的小女孩站在寒风中,靠火柴燃烧的那丝火光来抓住家的影子——那个从未也绝不会——是她的家的影子,她在火柴的幻影中慢慢死去,多么残忍的火光,火柴能发出光,但发不出热。

我的呼吸越来越沉重,心中似乎有千金无法拨开。呼不出,也吸不入,似乎胸口有一口气堵在那里,无法排解。树叶和树枝在远处窸窸窣窣地发出响声,我跪在地上,大口吸着进不来的空气。我攥紧拳头捶打胸口,可是除了一瞬间的锥心之痛,什么也没改变。为什么就是喘不上来气?

一只手蓦地摸上我的肩膀,我转头立刻拍掉,却突然手足无措。

是戴斯蒙德。

我连手带脚地爬起来,穿过瀑布走到后面的山洞里,可他还跟在后面,我上台阶的时候脚没有抬起来,差点绊倒,再次抬起来又给绊住了,还好他抱住了我。他把我慢慢放在地上,然后跪在我面前,我大口大口地喘着气,他就在旁边默默看着。"我知道你没理由相信我,但就这一分钟,按我说的做。"

他伸手要碰我的脸,可我又一次把他的手打掉了。他摇摇头,把我一下转过去,两只胳膊被他一手死死地箍在身后,另一只手捂住我的口鼻。"吸气,"他在我耳边轻轻地说。"别管吸多少,能吸一点是一点。吸气。"

我试了试,大概他是对的,还是能吸上气来的,只是我自己感觉不到而已。我现在能感觉到的就是他的手和我活下去所需要的空气。

"我现在做的是强迫你吸入大量的高浓度二氧化碳。"他语气平稳。"吸气。二氧化碳会到你的血管中替换氧气,减缓你身体的反应。

吸气。身体受不住，或是马上要昏倒的时候，身体本身的自然反应会抵抗精神压力的。吸气。"

每次他告诉我怎么做，我都试着听他的话，很认真地去做，可是就是吸不进来气。我不再挣扎，四肢像灌了铅一样重，瘫倒在他怀里。他的手一直堵在我的口鼻上。浑身上下都沉重得不行，我几乎感觉不到胸中的千斤重担了，他慢慢地不断重复刚才的指令，一次又一次，然后空气似乎一丝丝进来了。我的头突然觉得晕极了，但我至少能呼吸了。他的手放到了我肩上，开始帮我揉肩膀和胳膊，然后继续小声说："吸气。"

最后，我本能反应地跟着他做，不需要想就照做了，我闭上眼睛，不想见证无形的羞耻感。我以前从未因为恐惧出现这样的状况，虽然我见过其他女孩的各种反应，但我为自己做不到这么简单的事感到耻辱。更何况，还有别人在场。我心里感觉，差不多有百分之五十的可能，我一旦站起来就会头朝下直接倒下去昏倒。可我就想要站起来。

戴斯蒙德用双手紧紧搂住我。虽然不痛，但也让我无法随意走动。"我是个胆小鬼。"他悄声说。"更糟的是，我想我是和父亲一样的人，但是，如果我可以这样帮你的话，请允许我尽一份力。"

如果卖火柴的小女孩也有这样的一个人在她身后搂着她，给她一个温暖而坚实的拥抱，用他自己的身体抱住她，她会活下来吗？

又或者他们俩会一起冻死？

戴斯蒙德挪到墙边，慢慢地把我拉过去，让我挨着他的腿，而后让我的脸贴着他的胸膛，听他的心跳声。我用仍然颤抖的呼吸测着他的心跳，不管什么时候都能感到他心脏在收缩。他跟他哥哥的强壮外形不同，没有那种肌肉的明显压迫感，也不像他爸爸那样结实有力。他更像一个练跑步的人，身材修长，有棱有角，他温柔地哼着歌，我听不出是什么，靠在他胸口也听不清，但他的手指在我的皮肤上弹着钢琴的和弦节奏。

我们在潮湿阴暗的山洞里坐着，衣服被瀑布淋得湿透，像两个刚做了噩梦的孩子相拥在一起，但不同的是，我睡着了，噩梦还在。我醒来了，噩梦还在。三年半以来，每一天都做着噩梦，痛苦永远地就在那里，没有什么能够慰藉这种痛苦。

不过，我可以假装，有几个小时它不在。

我可以像卖火柴的小女孩一样，把我的幻想照射在墙上，在火光退去前享受那虚假的温暖，然后孤独地留在花园中。

※

等她精神振作了一点，维克多问道："她们不止是你的患难之交吧？她们是你的俘虏朋友。"

"有一些是朋友。她们全部都是我的家人。处着处着就成一家子了。"

※

有时候，认识别人也是件苦差事。等他们死的时候，你会更痛苦。有时我觉得这种痛苦真是太不值了。不过，花园里始终弥漫着孤独和阴魂不散的死亡威胁，跟别人接触会让你感觉安全一些。虽然这种感觉不会因此得到减缓，但确实会觉得安全一些。

所以我明白纳奇拉比福佑更担心忘记往事。她是个艺术家，她画了一本接一本的家人和朋友的速写。她也会画一些喜欢的服装造型、家和学校的图，还有市公园里的小秋千，她第一次接吻的地方。她一遍又一遍反复地画，只要有细节记不清或是出错了，就会恐慌。

还有扎拉那个小婊子，你听听福佑给她起的这个外号，就知道她是个什么货色了。福佑一般对于别人胡扯都是零容忍，逮到就要骂。扎拉大脑的默认设置就是刻薄。我蛮欣赏她有自己的见解，但她非得整出幺蛾子，打碎别人赖以存活的幻想。纳奇拉之类的女孩坚信，只要自己没忘记以前的生活，早晚还是会有再见到的一天。我每个星期都得给她俩拉架，经常是把扎拉拖到溪边，塞进水里，等她冷静了再从水里拎出来。她算不上是我的朋友，但只要她不说话，我还是喜欢她。她和我一样，喜欢看书。

格莱妮丝不停地跑，绕着走廊无数遍地跑，花匠只好让洛兰给她双份吃的。拉文纳等少数几个人有MP3和小音箱，她可以接连跳几个小时的舞，跳芭蕾、嘻哈、华尔兹、不穿鞋的踢踏舞，跳她多年来学过的所有舞种。碰到你正好从她身边路过，她还会抓起你的手，拉着你一起跳。海莉喜欢给大家编头发，她能把每个人打扮得漂漂亮亮的，皮娅看什么都要弄个清楚，玛兰卡做的十字绣美极了。玛兰卡有一把小小的但非常锋利的刺绣剪刀，花匠要她用丝带把剪刀套在脖子上，这样别人就没办法拿剪刀伤人了。艾达拉会写故事，埃莱妮会画画，有时艾达拉会让埃莱妮或纳奇拉帮她画插图。

还有赛维特。赛维特……就是赛维特。

她很难懂。

她的问题不光是冷漠，她确实冷漠，也不光是安静，她确实安静。她的问题是，你永远不知道下一秒她嘴里能吐出什么象牙来。她是利昂奈特最后一个带的女孩。利昂奈特跟我说最后这个不用我帮了，因为赛维特那么奇怪，利昂奈特和我都无法预料我会跟她怎么相处。所以我第一次见到她已经是她翅膀文好的时候。她在溪边四仰八叉地趴着，脸埋在泥土里，利昂奈特在旁边看得目瞪口呆。

"你干嘛呢?"我问。

她看都不看我,浅棕色的头发差不多一半都埋在泥土里。"水里的死法多了,不光只有被淹死一种,还有喝水喝到撑死,或者不喝水让自己渴死。"

我看了一眼不知所措的利昂奈特。"她真是来寻短见的?"

"我看不是吧。"

一般情况下,应该的确不是。后来我们才明白她就是那样的人。赛维特认得出吃了会毒死人的花,但她不会吃。她知道一千种死法,还会对玻璃柜里的女孩着迷,她去看那些女孩的次数都快赶上花匠了,她的这种痴迷我们一点都不想搞清楚是为什么。

赛维特是个怪丫头。说实话,我没怎么跟她相处过,而她看起来也没被注意过,她根本不在乎这些。

但是我们大多数都互相认识。就算我们不分享各自过去的经历,在一起也会很亲密。不管好坏——虽然几乎总是坏情况——我们都是蝴蝶。这一共同点是无法改变的。

※

"你们还会互相哀悼。"不是疑问句。

她动了一下嘴角,不是微笑,也算不上做鬼脸,只能算是象征性地答话。"一直都会,不用等到有人出现在玻璃柜里。你每天都会为她们哀悼,她们也会哀悼你,因为我们每天都在死亡的边缘。"

"戴斯蒙德会亲近其他女孩吗?"

"是,也不是。他会及时赶到。就是……"她犹豫了,目光在维克多和自己受伤的双手间来回看了几次,然后叹了一口气,双手从桌子上拿下去,合起来放在膝盖上。"嗯,你要明白,这事很复杂。"

他点点头。"他爸爸怎么看?"

※

西蒙娜被摆进玻璃柜的第二天——墙还没升起来,我们没看到——花匠把我带到他的套间,一起吃烛光晚餐。我没问过他,但我大概推测得出,我是唯一一个他带进这个套间的蝴蝶。这大概算是一种殊荣吧,但我只感到不安。吃饭时就是随便聊聊,他不提西蒙娜,我也不问,因为不想知道最坏的结果。在这里,唯一的秘密是他会怎么杀死我们。

甜品吃完了,他让我找个地方坐下,喝刚打开的香槟,在他洗澡的时候好放松一下。我没坐在长沙发上,而坐到了活动长椅上,把脚蹬放下来,用长裙盖住脚。我穿这身长裙去参加颁奖典礼都行,真好奇他在这花园和我们身上到底花了多少钱。他用一个老式留声机放了什么古典音乐,我就闭上眼,把头埋在厚厚的靠垫里。

厚厚的地毯掩住了他的脚步声,但我还是能听到他回来的动静。他在我面前站了一会儿,只是看着。我知道他有时候会喜欢来看我们睡觉,但在我醒着的时候看我,感觉说不出地诡异和恶心。

"戴斯蒙德那天惹你了吗?"

我猛地睁开眼,他看我睁开眼,以为是示意他坐到椅子扶手上。"惹我?"

"我那天检查录像的时候看到你推开他。他跟着你进了山洞,但是那里面没摄像头。他惹你或者伤你了吗?"

"哦,没有。"

"玛雅。"

我挤出一个勉强的微笑,不知道是为了他还是为我自己。"我当时很烦,没错,但是我烦不是因为戴斯蒙德。我的恐慌症发作了。以前从来没有这一症状,所以我不知道该怎么办,他刚到时,我还误会了他。后来是他帮了我。"

"恐慌症?发作了?"

"算起来这一年半里,这次发作算是最严重的一次了,不过也没什么特别让人担心的,不是吗?"

他对着我笑了,笑容温暖又真诚。"他还帮了你?"

"对,还陪着我,一直等到我静下来。"

他陪了我一整夜,听到两扇门打开的声音时他没动,听到他爸爸带着哭哭啼啼的西蒙娜走过走廊的时候他也没动。有时候花匠喜欢对一个女孩做完最后一炮再杀她。我猜想在女孩的房间做比在那些密室里要好些吧。戴斯一直陪着我到天亮,墙升起来,门打开了,女孩们陆陆续续进了花园,一起为她心痛,哀悼亲人的逝去,这种痛他不懂,因为他不明白她已经或者马上要死了。也许他觉得她只是被踢出去了?或者被带去打胎了?

"我小儿子有难懂的一面。"

"也就是说你读不懂他对我们的反应。"

他笑了,点点头,滑下来跟我一起坐在椅子上,一手环抱着我的肩,把我的头按向他胸口,恍惚间我们像一对看电影的普通情侣一样靠在一起。

区别是,如果我们是普通情侣,我就不会起一身的鸡皮疙瘩了。

跟托弗在一起的时候我绝没这样过,我们压倒在詹森或是桶哥身上的时候,或是与其他一起打工的男孩接触的时候都不会。和花匠亲近的感觉,就和他刻在我们后背上的幻影一样,是不真实的。

"他不喜欢跟我谈论这件事。"

"大概觉得我们像是个后宫,我猜一般的年轻男孩都不会心平气和地跟自己的父亲讨论后宫的事吧。向父母询问接近别人的建议,或是第一次约会要做什么,大概都没问题,但是跟性相关的,不管自己愿意不愿意,大概都是禁忌的话题。"

他听了只是笑,然后转过头来亲我,再一次提醒了我们并不普通的普通关系。我突然想到,也许可以到他那见鬼的厨房里找把刀,然后一刀捅穿他的心脏。当时当地我就可以杀了他,可是转念想到艾弗里可能会继承花园,这个想法就无疾而终了。

"我刚给艾弗里介绍花园的时候,他特别兴奋。我们不管什么时候单独待在一起,他就要聊起这里。或许父亲不需要了解儿子的方方面面,但我看戴斯蒙德除了四处转转什么也没做。"

"你会觉得失望吗?"我不冷不热地问。

"只是觉得困惑。"他的手从我的胳膊游走到脖子后面,拉开了裙子的吊带。黑色的丝绸布料在他手指下听话地松开了,顺滑地从锁骨滑到腰际,露出了我的胸部。他轻轻地摸上一个乳头,说:"他是个健康的年轻男性,周围美女如云,我知道他破处了,但他还没能好好地利用机会。"

"也许他还在适应。"

"大概吧。又或者他对这些众多机会不感兴趣。"他轻轻地把我抬起,换坐到我下面,这样他摸起胸来更顺手了,然后又把我的裙子推到大腿上面。"他每次来的时候都会找你,就算找不到也是。"

"很明显,我是个直来直去的人。"我干巴巴地说,他咯咯地笑起来。

"也是,我明白为什么他要问你问题了。如果他像我这样来找你的话,你会怎么办?"

"我想，不管跟你还是跟艾弗里一起，我们不过都是按要求做事，难道不是？"

"也就是说你会让他碰你？"他低下头，唇在我胸前蹭得痒痒的。"你会跟他共享这种快乐？"

戴斯蒙德和他父亲不一样。

但他是他的儿子。

"你不告诉我怎么做，我就只能照着别人说的做。"

他吼了一句，一把扯掉我的裙子，扔在椅子旁的一个墨池中，口手并用，弄得我的身子也背叛了我，他什么也没说，只是一遍又一遍念我的名字，一个是刺耳的叫声，一个是无声的回应。

某些特质——某些无形的东西，具有双重生命……有一种双重的静——大海和海岸——肉体与灵魂。独自住在偏僻的地方。

他那晚一次又一次地折磨我，在椅子上、在地毯上、在宽敞的床上，我把所有读过的书都背了一遍，甚至还背了饮料单子上写的品种名。夜还很长，可我已经没有东西可以继续背诵，我感觉有一股毒液浸入到我的灵魂。我早已习惯了任凭花匠恶心地摆布我，但我永远无法接受甚至深觉恶心的一件事是，他相信他爱我。

最后他陪着我回到我的房间，他坐在我狭窄的床上，用毯子裹住我的身体，把我脸上的头发撸掉，然后长时间地吻我。"我希望戴斯蒙德来了后能明白你是个多么棒的女人。"他对着我的嘴轻轻地说。"你会对他很好的。"

等他走了，我从床上爬起来，去洗了个澡，身体被抓得遍体通红，因为我想洗去身上被他碰过的痕迹。福佑发现我洗澡，这次出乎意料地一声不吭，默默地帮我把身上最后的肥皂和护发素冲掉，并关上水龙头。我擦干身体的时候，她帮着擦干了我的头发，头发用梳子梳顺了,在脑后整齐地编个了辫子,我们在毯子下相拥而睡。

我第一次明白了她为什么总想着跳。

我第一次感受到,在这了无希望的生命里,逃出花园其实也并没有什么意义。

在这一年半里,眼睁睁看着这座监狱渗透进我的身体,我时刻能感觉到针头戳进皮肤时的那种痛。如果说我从未有过期待,那我也就不会失望,但我每次回忆起过去,都会痛得窒息。我深深地吸了一口气,听到戴斯蒙德的声音在山洞里回荡,他的声音提醒着我要保持呼吸,所以就连福佑,虽然发现在我身上发生了别人无法想象的事情,也发现不了我心里他妈的有多么害怕。

声音充斥恐惧,垂下双翼,直到它们拖曳于尘土——她痛苦地啜泣,她垂下白羽,直到它们拖曳于尘土——直到它们凄惨地拖曳于尘土。

但是我的翅膀不能动,我也无法飞,我甚至不能哭。

我剩下的只有恐惧、痛苦和悲伤。

※

维克多走出房间,什么话都没说。

过了一会儿,伊芙从观察室出来,走到大厅,递给维克多两瓶水。"拉米雷兹那边来消息了,"她汇报说,"状况好点的女孩都稳定一些了,但她们提出要先见玛雅,再回答拉米雷兹的提问。金斯利议员也开始向拉米雷兹施压,要见玛雅。"

"妈的,"他挠了挠脸。"拉米雷兹能再拖住她,让她在医院里多待一会儿吗?"

"大概能再拖一会儿吧,她正在议员和她女儿之间周旋着,还有许多事要忙的,估计能拖几个小时。"

"行,谢谢。埃迪森回来了也跟他说一声。"

"好的。"

他觉得政客和儿童福利机构没什么区别,虽然有利用价值,但始终烦人。

他回到审讯室,递给英纳拉一瓶水。

她点点头接过水,手上割破的地方刚长出肉芽,她便用牙齿拧开瓶盖,喝了一口,瓶子已经空了一半。她紧闭双眼,一只手指摸着桌子上的纹路,趁他们还没问问题,她想调整一下自己。

他看着她的动作,突然明白,看似她的手指是在随意动着,实际画出的是蝴蝶翅膀。刹那间,他的心揪成了一团。她的手指还在不停地画着,像是在提醒自己,她为什么来这里。他终于说话了:"为了保护你,我耗尽了所有时间。"

她只是望着他。

"权贵们只想窥探发生了什么,对你,他们不会像我这么有耐心,英纳拉,我一直很有耐心的。"

"我知道。"

"别绕圈子了,跟我说说事情的真相吧。"

※

有一段时间,花匠对他的小儿子很无奈,不明白他到底在想什么。戴斯蒙德常到花园来,除了帮忙,他不会碰她们。

他还带了他的课本来花园。

那几天,我跟刚来的女孩子在一起,她是位日裔,情感细腻。晚上她睡着了,就让丹妮拉陪着,我则到崖石上坐会儿,继续我天马行空的幻想。戴斯蒙德常常过来和我坐在一起，开始我们坐着，谁也不说话，各自读着书。跟他坐在一起，我丝毫没有胁迫感，我已经很久没有过这种感觉了。这种感觉算不上是完全安全的感觉，但起码不是受到威胁的感觉。有时候，我们也会谈论他学习的事，但从不会提起花园，也不会提起他父亲。

我恨他，因为他拒绝认清现实，但是我没表露出我的情绪。花匠永远不会让我们走，而试图说服艾弗里又太危险了。我不确定戴斯蒙德能否带给我希望，但他是我唯一能寄予希望的人，唯一能带给我一缕希望的人。

我想活下去，也想让其他女孩活下去。我第一次产生了逃跑的想法，我要让蝴蝶逃跑的传说变成现实。我想要相信，我的结局不至于进入玻璃柜，或是消失在河边。

然后，有一天晚上，戴斯蒙德带来了他的小提琴。

花匠以前告诉过我，说他是个音乐家，我也见过他的手指灵活地在书上默弹和弦的样子。他思考的时候，手指都会在石头、膝头或是其他只要是平面的东西上习惯性地弹起来。仿佛把思维转化成音乐，可以帮助他思考一样。

我当时趴在一块石头上，面前放着一本书和一只苹果，看着下面主花园里的三个女孩子。她们在齐脖深的小水塘里，互相攒足劲儿地泼水玩儿，我知道感应器肯定早已给花匠发过警报了，通知他有人在水里，但她们只要继续玩着，他就知道水里没有危险，然后再去监视其他人。不过，那天晚上，他不在花园里——我陪新来的女孩文身后，在回房间的路上，听见他提起晚上要跟妻子一起参加什么慈善活动——但是我敢肯定他只要想监视我们，就肯定能监视到我们。埃莱妮和伊瑟拉分别已经到花园三年和四年了，她们大概不会再犯傻了，但是艾拉达来花园的时间大概只比我早两个月左右。她通常表现得都不错，但时不时的，会陷入一阵阵的抑郁中，几乎什么都干不了。她这种症状在医学上是有据可查的，我都很惊讶她不用药而发病的频率并没增加，但是我们尽力避免让她独自一人经历这些小插曲。当时她刚刚发过一次病，情绪还不稳定。

戴斯蒙德沿着小路走上来，手里拿着他的提琴盒，走到石头旁，他停下来。"嗨。"

"哈啰。"我回答道。

正常的行为在花园却是异数。

我看了一眼他手里的提琴盒。如果让他给我拉一曲，会不会像是奉承他？或者会不会让他觉得我欠他一个人情了？我在读懂花匠和艾弗里方面很在行，但要搞明白戴斯蒙德就难多了。他不像他爸爸，也不像他哥哥，他连自己想要什么都不清楚。

我善于躲人，但不擅长操控别人。这是个新领域。

"给我演奏一曲？"我最后还是向他开口了。

"你不介意吗？我明天有个提琴考级，我不想吵醒母亲。我本来想在外面练的，但，呃……"他的声音顿了顿。

我没看他。雨滴打在玻璃上，好想念被雨淋到的感觉啊。

公寓里演奏音乐的声音几乎不断。凯瑟琳喜欢古典音乐，惠特妮喜欢瑞典饶舌，内奥米喜欢蓝草音乐，安珀喜欢乡村音乐，这些都加一块儿，我们就有了人类思维能想到的最折中的音乐体验了。花园里的这些姑娘有的房间里有无线电，有的有播放器，但是大多数人都不再听音乐了。

我把书合上，坐起来，看着戴斯蒙德用松香擦琴弦，又舒展了他的手指。我入迷地看着他做演奏前的热身小动作，但当他真的把琴弓放在弦上正式摆出准备演奏的姿势,我才真的理解了,为什么他父亲要叫他音乐家。

他不止在演奏。我虽不是专家,却也看得出他技巧高超,甚至能听出他琴弦上流出的音符是在哭泣还是在大笑。他演奏的每个乐章都浸透着情绪。水塘里的三个人也不再相互泼水了,她们静静地浮在水中,听着音乐。我闭上眼,让音乐包围着我。

有时候,凯瑟琳和我在凌晨三四点钟下班后,会在防火梯或屋顶上坐会儿,听其中一位邻居在屋顶练小提琴的琴声。有时候他压指不利索,又或者弓拉得跟不上调,可是坐在半黑的夜里,那就是这个城市距离真实的夜晚最近的时候,小提琴就像是他的情人。他似乎从来不知道自己还有听众,全神贯注地聚焦在乐器和传出的乐音上。这大概是我和凯瑟琳天天一起做的唯一一件事了。即使我们不上夜班,我们也会起来到外面听那个男孩演奏。

戴斯蒙德比他更好。

一首又一首乐曲连续不断地流淌出来,最后他放下琴弓的时候,绕梁的音符还回响在我耳边。

"我觉得你明天过级一定没问题。"我小声说。

"谢谢。"他检查了一下小提琴,轻轻地抱着,收拾好了再放进天鹅绒衬里的提琴盒里。"我小时候,曾经想做一个专业的音乐家。"

"曾经?"

"我爸爸带我到纽约去,让我跟一个专业小提琴家一起生活了几天,看看小提琴手的工作和生活。我恨那种生活,感觉……嗯,我觉得是没有灵魂的生活。当时觉得我将会以此为生似的,于是慢慢的我开始痛恨音乐。当我跟爸爸说我想做其他的工作,但这工作得让我还能爱着音乐。他说他为我骄傲。"

"他似乎经常引你为傲。"我嘟囔说,他很奇怪地看了我一眼。

"他跟你说过我?"

"说了一点。"

"呃……"

"你是他儿子。他爱你。"

"是,不过……"

"不过?"

"不过,你不会觉得有点奇怪吗?他跟自己的俘虏说自己儿子的事?"

我没跟他说他爸爸跟我说过的他的所有事。"比他有俘虏这件事还要奇怪吗?"

"没错。"

你看,他最终还是能承认俘虏这件事,却不能试着改变这个现实。

连接瀑布和池塘的溪流只有大概三英尺深,但埃莱妮却设法一直游到石头跟前才站起身。"玛雅,我们要进去了。你要带什么吗?"

"没什么,谢啦。"

戴斯蒙德摇摇头。"有时候你像个舍监一样。"

"好一个变相的小型妇女联合会。"

"你恨我吗?"

"你说什么?恨你?就因为你是你父亲的儿子?"

"我开始明白了,你有多恨我,"他平静地说道。他坐在我身边,垂着双手,放在膝盖上。"在一节弗洛伊德和荣格的课上,有一个女孩的肩膀上也文着一只蝴蝶。那个文身很丑,不好看,是那种像蝴蝶的小仙女图案,她的脸长得像个融化的娃娃。那天她穿着抹胸裙,所以被我看到了,然后一直到下课我满脑子里想的都是你的蝶翼,你身上的蝶翼好美。那双蝶翼令人恐惧,但也美得惊人。"

"我们也差不多是这么看的。"我不咸不淡地说,好奇他接下来会说什么。

"自打看到了那双翅膀,不知道我还能否把你忘掉。"

哦。

真是有其父必有其子。

不过,他跟他父亲不同,耻于承认这一事实。

"在另一节课上,大家谈论收藏者的故事,我就想起了我父亲说的他父亲收藏蝴蝶的故事。我想起了我父亲跟我说过的话,然后突然又想起了你说过的话,还有你指着墨水和伤疤的样子,那样子看起来比大多数衣冠楚楚的人都高贵。连续几个星期,我都做着这些……这些梦,醒来的时候,浑身流汗,很累,不知道这些梦究竟是噩梦还是什么。"他把搭在脸上的头发缕到脑后,然后顺势用那只手钩在颈后。"我想肯定地说,我不会是那种人,我不会做那种事的。"

"也许你不是。"我冲着他斜看过来的眼神耸了耸肩。"应付这种事确实麻烦,但也不意味着你就要自己撑过去。"

"我还是要应付。"

"有对错不代表就有简单的选择。"

"你为什么不恨我?"

过去几周我一直在想,想了很多,但还是不知道自己是否有了答案。"也许你和我们一样,被困住了。"我一个字一个字地说。但我确实有点儿恨他,跟恨他父和他哥哥一样,但又不一样。

他想了一会儿。电光火石间,我想要弄清楚他脸上一闪而过的情绪。他有一双跟他父亲一样的眼睛,却比花匠有自我意识多了。花匠陷在自己的幻想中不愿走出来。戴斯蒙德最终直面了惨烈的事实，或者至少开始面对。他不知道该如何应对，但他不会掩饰，也不会美化这些已经发生的事。

"你为什么不试着逃跑？"

"在我之前，有女孩就试过。"

"逃掉了？"

"试过了。"

他皱起了眉头。

"从这个地方出去只有一扇门，而且总是加密码锁住的。不管出去还是进来都要按密码。维护工人进来的时候，房间都会变成隔音的。我们可以使劲儿地喊啊敲啊，可是没人会听到。我们可以在墙落下的时候待在外面，十年前就有人试过，但什么都没改变，只是她再没出现过。"

随后不久她就会出现在树脂浇筑的玻璃柜里，但是戴斯蒙德还没见过那些蝴蝶。他似乎忘记了他父亲说过的话，即在我们死后留住我们。"我不知道是你父亲雇的人都没好奇心呢，还是他让一切都看起来平淡无奇，但没人来救过我们。就算是有人来了，我们也害怕。"

"害怕自由吗？"

"害怕假如我们出去了，又将会怎样。"我抬头看了看玻璃窗外的夜色。"说实话，只要他觉得有必要，他弹指间就能把我们都杀了。而且假如谁逃跑却以失败告终，谁又能保证他不会因此把我们都杀了呢？"

或许那个逃跑失败的和我会没命。因为他会觉得她们什么都跟我说，我怎么会不知道有这样的计划呢？

"对不起。"

THE BUTTERFLY GARDEN 189

在这样的情形里说这种话,太蠢了。

我摇摇头。"我很抱歉你来了这里。"

他又看了我一眼,表情既不是受伤,也不是逗乐,介于两者之间。一分钟后,他问:"只是抱歉?"

月光下,我看了看他的脸。我有两次恐惧症发作,他都帮我度过去了,虽然他以为他只帮了我一次忙。他父兄不敏感的地方,他恰恰很敏感,他想做个好人,做些好事,却不知怎么做。"不,"我最后还是说。"不完全是。"我这么说,是因为我想如果我能想出办法,引导他成为一个有用的人就好了。

"你是个很复杂的人。"

"那你就是复杂体。"

他笑起来,向我伸出手,手心朝上,我毫不迟疑地伸出手去,我们十指相扣。我靠近他,头放在他肩上,这沉默令人舒畅。隐隐约约的,他让我想起了托弗,当时情绪很复杂,但就在那么一会儿的工夫里,我想象着这个男孩不是花匠的儿子,只是我的朋友。

我就这么睡着了,当早晨的第一缕阳光照亮了我的眼睛时,我才慢慢坐起来,发现我们俩昨晚就那么依偎在一起,他的手放在我臀部,另一只胳膊垫在我的脸颊下。新来的女孩要过几个小时才能醒,但戴斯蒙德要去上课了,他还要参加小提琴考级,而他还没排练呢。

犹豫中,我伸出手拨了拨他前额上的一缕深色的碎发。他顺着我的手动了动,我忍不住笑了。"醒醒。"

"不要。"他嘟囔说,抓住我的手挡住眼睛。

"你还有课。"

"逃了。"

"你还要考级。"

"嗯，考级。"

"你下周还有期末考。"

他叹着气，然后咧嘴大哈欠，不情不愿地坐起来把睡意从眼中抹去。"你真是霸道，但是醒来见到你真好。"

我转过脸去，因为不知道自己脸上会是什么表情。他的指尖——长着薄薄的茧，是琴弦磨的——摸到我的下巴，又把我的脸转过来，只见脸上一个轻柔的微笑。

他身体向前倾，到一半时停住了，又坐了回去。我主动迎上去，缩短了我们间的距离，我感到他的嘴唇软软地压在我的嘴唇上，然后轻轻地又一个吻印在我的下巴上，最后他捧住我的脸，深深地吻了我，吻得我满脸湿漉漉的。我早已不再真真切切地去吻一个人了，如果不算被别人强吻的话。花匠觉得他儿子可能会爱我，我觉得他的猜测可能是对的。我还觉得爱情或许会证明，儿子不会有他爸爸那样的动机。我希望如此。

戴斯蒙德离开的时候，他在我脸上啄了一口。"我下课后能来看你吗？"

我点点头，无言中我的生活已经到了一个完全崭新的混乱阶段。

※

"花匠对此觉得开心吗？"

"实际上他是开心的。我是说，我肯定他能因此获益——毕竟，如果戴斯蒙德在情感上对我们中的一个或是几个产生了兴趣，他在我们身上做的这些事被揭发的风险就会小一些。这是一方面的原因，但我觉得主要还是因为他真得喜欢看到他儿子高兴的样子。"

维克多叹气说："我还以为这个故事不会再扭曲了。"

"总能变得更扭曲的。"她微笑地说道,但是他知道不能相信那抹微笑。那绝不是一个好的微笑,不是一个应该在她这个年纪的女孩脸上可以轻易看到的表情。"这就是人生啊,对吧?"

"不对,"维克多轻轻说。"这不是。或者说不应该是这样。"

"但那不是一回事。是和应该完全是两码事。"

他开始想埃迪森可能不会回来了。

他不会责怪他。

如果这是她承认的扭曲,那她还藏住的事会有多么糟?

"期末考后发生了什么变数?"

※

夏天的时候,要不是需要在晌午时分在外围花园陪他父母散步一个多小时,他会在花园里待得更久。如果他早下来,就会待在崖顶,或者图书馆里,给我留出和其他女孩单独交谈的机会。丹妮拉已经取代利昂奈特成为协调女孩之间关系的中间人,她还逐步承担起晚上照顾新来女孩的工作。

其实晚上也没什么活儿要干,因为她们都在昏迷中,但还是要看着。我还是很感激她能让我有自己独处的时间。

虽然丹妮拉的脸颊和前额上都有翅膀文身,但我明智地选择信任她。她的那对红点紫翅蝶,深色的底色衬着多彩明亮的斑点,我也渐渐看习惯了。不能说很适合她,感觉没有我背后的图案那么适合我,但是她和翅膀已经融为一体,而且她也慢慢有经验了。她和玛兰卡是最后两个在脸上文翅膀的女孩,现在她们俩还规劝其他人,不要像她们那样奉承花匠。还是会有一些女孩比较谄媚,但没到过火的程度。

我早上先跟几个女孩谈了心,一有新女孩清醒的迹象她就跟我换班。丹妮拉尽量避免跟新女孩见面，等到她们或多或少适应的时候才会露脸，其他脸上有翅膀的女孩也是这样。

文身的第一阶段过去后，即便花匠在给她文身的时候，我都会在房间里陪新女孩。她很讨厌针头，但如果我读书给她听——还让她捏我可怜的亲亲小手——她就能坚持躺着不动。应她的要求我才去陪同的，花匠从没要求过，不过我觉得他对这种安排也挺满意的。我大声读《基督山伯爵》的时候还在想，这算不算一种讽刺，我看着那只蝴蝶的冰蓝色翅膀慢慢在她白瓷般的肌肤上展开，中间勾勒了一些银白色的脉和边缘线，前翅顶端还有细细的蓝色带点缀。

福佑给我带午饭的时候还拿了个冰袋，放在我最近一直淤紫的手上。

只要戴斯蒙德在花园里，花匠就不会碰我，儿子对我感兴趣，惹得他老子也挺兴奋的。大家都心知肚明他最喜欢我——说实话，我觉得她们很是松了一口气——从他开始两三天来一次，然后每天都来一次的频率就判断得出。

当然了，他也不会放过其他姑娘，但他和任何其他姑娘在一块儿的时候是不在乎他儿子在不在园子里。艾弗里也在，不过他的游戏间被拆掉了，他父亲又是那么宠着戴斯蒙德，所以他的獠牙也被拔得差不多了。再说花匠总拿弟弟做示范，看着他们这么对我们，艾弗里再想搞那一套也没那么容易了。

我痛恨午饭的时间，而且养成了这样的习惯。因为每一天，等戴斯蒙德去跟他母亲吃午饭以及饭后散步的时候，花匠都会来找我发泄，他会兴奋得连手都抖起来。我开始在我自己的房间吃午饭，因为这样就不用忍受吃饭时听到他大声的召唤声，也不会在说着话的时候被他叫过去，忍受当着众人的面被羞辱的耻辱感。花匠知道戴斯蒙德只是亲了我,而他想到他对我做的那些事,就兴奋地快射出来了。

还有我的老天,我一想到他搜遍所有监控镜头看我和他儿子在一起的画面,脑子就要炸了。

至少他过来看我的时间还是有限制的,因为他得在一点三刻的时候在家里陪妻子,与她一起散步。他一家几口在外面的温室广场里闲逛的时候,我总是陪在一位新的名字叫特蕾莎的女孩旁边。她刚17岁,父母都是法官,进来之后基本没大声讲过话,说话声音像蚊子叫。如果她说话声音稍微大一点,那肯定是有大事发生了,比如让我在花匠给她文身的时候读书什么的。我们谈论音乐的时候,她有时也会参加进来。我们知道她会弹钢琴,想成为钢琴家。她和拉文纳一聊起芭蕾舞音乐,可以连续聊上几个小时。她观察力敏锐,稍有暗流涌动都逃不过她的眼睛,所以也懂得,并会用一些预防措施保护自己,比如她第一周刚来,还没看到玻璃柜,就猜得八九不离十。

为了她,我还请花匠给她备了一台琴,让她能借此聊以慰藉。

他把一间空房间的床撤掉,装了一台美丽的乐器——立式钢琴,整面墙也用橱柜装满了乐谱。她除了吃饭、睡觉、应付花匠——很频繁,因为她是新人——就待在那间房里,不弹到手抽筋是不会停下歇一会的。

有一天下午,戴斯蒙德在走廊里见到我,靠着花园的边墙,歪着头听着。"如果有人崩溃了怎么办?"他轻轻地问。

"怎么崩溃?"

他冲着门口的方向点点头。"你从乐声里能听出来。她整个人在不断瓦解。她的琴音里有突变,不断换拍,还使劲叩击琴键……也许她没说,但是不代表她适应了。"

不要忘了他是学心理学的。

"她要么崩溃,要么挺住。我能做的也很有限。"

"但是如果她真的挺不住了会怎样?"

"你知道会怎样。你只是不愿意面对而已。"他从没问过为什么西蒙娜再没回来。特蕾莎的到来一开始让他错愕,但紧接着他就明显地克制自己不去多想这件事。

戴斯蒙德的脸变得煞白,点头表示他明白了,然后赶快换了话题。如果你不去看不好的事,它就看不到你,对吧?"福佑在岩石上摊了一堆东西,她说要是我胆敢坐到任何陶艺上面,她就要打断我的鼻梁。"

"她做了什么?"

"不知道;我来的时候她还在软化陶泥。"

花园里的夏日午后热得能把人蒸熟,太阳透过玻璃把里面照成了大烤箱。大多数女孩都泡在水里或是躲在凉荫下避暑,要么在自己房间里享受从通风口进来的稍微有点凉意的风。要是福佑在做什么东西,我就不想去打扰她,更何况她要做的话一定是待在花园里最热的地方,所以我拉着戴斯蒙德的手,带他进到中庭里。在后面的角落会更凉快一些,因为崖边基石是紧挨着中庭的玻璃的,太阳晒不到。

我转到了自己的房间,戴斯蒙利立刻研究起我床头小架上的东西来。他碰了碰旋转木马,让它转了起来。"不知道为什么,我看你不像是个喜欢旋转木马的人。"他说着转过头来看我。

"确实不喜欢。"

"那为什么——"

"有人喜欢。"

他又看了看旋转木马,什么也没说。一旦问多了,就难免会问到他竭力逃避的事上。

THE BUTTERFLY GARDEN 195

最后他喃喃道:"我们送出的礼物能说明很多事,跟我们收到和保存的礼物一样有意义。"他摸了摸哀伤小龙嘴上的口套,现在它旁边还有一个穿着睡衣的小泰迪熊跟它作伴。"是这些东西重要呢,还是那些人重要?"

"我以为夏天的课都结束了呢。"

他露出了羞怯的笑容。"习惯了?"

"是。"

我的房间从那天起就有了小变化。我的床单是深玫红色的,毯子是亮眼的饱和紫色,一堆枕头是淡黄褐色。马桶和淋浴都用同样褐色的浴帘掩着,墙边挂着玫红和紫色的绳子,想拉起帘子也很方便。墙边立着两个小书柜,里面放的书不是从图书馆拿来的,而是花匠专门送给我的,书柜上还散落着一些小玩意儿,最重要的东西——或者说我最上心的东西——都放在床头的架子上。

除了那些小玩意儿,房间里的东西基本代表不了我的喜好,因为都不是我选的。就算是那些小东西,其实也说明不了什么。艾薇塔给我在小石头上画过一次菊花,但那只能说明她个性开朗阳光,不是我的什么特点。我留着它只能说明*她*对我很重要。

还有一个东西最能提醒我,此地绝不是我个人的领地:门上的那个闪着红灯的摄像机。

我坐在床上,背靠着墙,看着他弯腰看书脊上的字。"这里面有多少是我父亲选的?"

"大概一半吧。"

"《卡拉马佐夫兄弟》也是?"

"不,那本是我选的。"

"真的?"他转过脸笑着问我,"信息量很大吧?"

"刚读是这样。讨论的话题还挺有趣的。"

我跟扎拉讨论过很多书,但没聊过经典。倒是跟内奥米讨论过,剖析那些作品,两个人能辩好几天,甚至好几周,最后还是不能完全解决问题。再读陀思妥耶夫斯基,让我脑海里的内奥米又活了起来,这种方式比直接回忆她和纽约的那几位要来得轻松些。公寓里的每个女孩都在我的书柜里有一本对应的书。这要比纳奇拉的画和福佑的泥人隐晦得多,但是效果一样。

他检阅完书,走到床边,双手插着兜,"为什么我看到你喜欢不同层次的书一点也不惊讶?"

"你可以坐床上,没事。"

"我,呃……这是你的房间,"他局促不安地说,"我不想放肆。"

"你可以坐床上,没事。"

这回他笑了,直接用脚脱了鞋,挨着我坐在了毯子上。在第一次接吻之后我们还亲过几次,每次都很短暂但让人无法抗拒。他父亲,还有他哥哥——比他父亲略微好一点,每次看到我们可能更亲密的时候,就会过来打断我们,每当那时我也说不清楚,我的心里到底是什么感觉。

说实话,牵扯到戴斯蒙德的任何事我都说不清楚。

我们聊了一些他朋友和学校里的事,但就连这些事有时也聊得不顺。我被封闭在花园里太久了,外面的世界对我来说简直是超现实,像是什么真假参半的传说故事一样。最后,到了晚饭时间,他也该回家了,不然他母亲也会起疑他这段时间都跑哪儿去了。我们手拉着手走到中庭里。如果我陪他走到入口,他会不会把我送走了再去摁密码?我有点好奇他父亲有没有给他灌输这种预防手法。如果我硬闯出门,他会不会心软放我走?

我又能不能在其他女孩出事之前把警察带到这里来呢?

THE BUTTERFLY GARDEN 197

如果我没那么专注地想着"门"的事，是会立刻注意到，此时外面安静得有点怪，可我却是过了一会儿才想起来，我们刚才走过走廊时应该听到钢琴声的。我赶紧撒开他的手，也顾不上他会追过来，直接跑到音乐房。一想到我有可能看到的画面，心都要凉了。

特蕾莎还活着，没受伤。

但是崩溃了。

她坐在琴凳上，姿势标准完美，连手也端正地摆在琴键上，弓得刚刚好。她看起来就像是随时都可能弹起来一样。

但是她的脸上，泪珠静静地滴落，眼神空洞，灵魂像是被凭空抽掉了。有时候，人就在眨眼的瞬间，就在心跳的间隙，本来好好的一个人就变成了另一个陌生人。

我叉开腿坐在她旁边，一只手扶着她的背。她还是直直地盯着面前的虚空，但是身子在抖。"如果你能恢复的话，尽量试试看。"我在她耳朵边说道。"我知道现在很糟，但是如果不回来，就什么都没了。比没了还要糟。"

"你觉得，如果我们试着做点什么，会不会是帮倒忙？"戴斯蒙德小心地问。

"做什么？"

"来，你先下来，把她扶好。"他先坐在凳子那头，然后让她放开琴键。我把特蕾莎的手拿开的时候，她既没反抗也没挣扎。戴斯蒙德深吸一口气，然后开始弹琴，曲子轻柔悠扬却充满了悲伤。

特蕾莎的呼吸急促起来，说明她听懂了。

我闭上眼睛，乐曲似乎揪住了我的心，泪水不自觉地流下。不是他在弹，而是乐曲从他手上倾泻而出，没一个音符是多余的，特蕾莎在我的臂弯里抖得更厉害了，然后她突然哭了出来，把脸埋在我胸口,身子不停地颤抖。戴斯蒙德继续弹,但是这时候乐曲变成了轻快空灵的,虽然不是欢快的,但也能宽慰人心。特蕾莎流着泪,但她回来了,虽然有点崩溃,而且身上的某些东西从此消失了,但同时也多了点什么。我紧紧地抱住她,在内心痛苦挣扎的一瞬间,我在问自己,是不是让她那样垮掉会对她更好。就让她死。

我们没去吃饭或没要托盘的时候,洛兰就会报告花匠。他走到门口的时候,我们还在音乐房里,哄着特蕾莎弹钢琴给我们听。我注意到他来了,但是没理他,还是专心看着抖得筛糠一样的女孩。戴斯蒙德的语气轻缓,动作也放慢,直到最后,她把手重新放到键盘上,按下一个音。

戴斯蒙德按了一个低音。

特蕾莎又按一个键,他也回应,慢慢地,键音变成和弦和音阶,最后他们弹起了二重奏,很熟悉但我叫不上名字。弹完了,她慢慢地深吸了一口气,呼出来,又吸了一口。

"习惯就好了。"她的声音轻到无法听清。

我刻意没看门口。"对,习惯就好。"

她点点头,用裙子擦干净脸和脖子上的泪,然后开始弹另一首曲子。"谢谢。"

我们又听她弹了几首曲子,直到花匠进了房间来找我。他勾勾手指,我收到信号,站起身来跟他走到走廊。戴斯蒙德也跟着。

戴斯蒙德救了她,但是不愿承认他是从什么地方把她救出来的。

"洛兰叫你去吃饭。"他平静地说。

"特蕾莎刚才很危险,"我回答说。"她比吃饭要重要一点。"

"她会好起来吗?"

她必须得好,不然就要进玻璃柜了。我偷看了一眼戴斯蒙德,他捏了一下我的手。"我觉得她还会有艰难的时候,不过不会像这次这么危险了。这次应该是延缓发作的惊吓反应。不过,戴斯蒙德让她又能弹琴了,这起码是个好迹象。"

"戴斯蒙德?"花匠笑了,关心变成了骄傲,他抓住儿子的肩膀。"我听到很高兴。我能为她做点什么吗?"我咬着嘴唇,他直接对我摇了摇手指。"玛雅,我现在要真话。"

"最好的办法大概就是你这段时间先不要跟她做爱,"我叹着气说,"想跟她在一起,可以,但是现阶段让她接受性关系还是太过了。"

他看着我,眼睛眨了眨,似乎颇为震惊,但是戴斯蒙德也点了点头。"也别让艾弗里碰她。"他说,"他总是喜欢摧毁。"

"要多久?"

"也许几周?主要还是多观察她,看她的情况了。"

花匠太在意他儿子和他眼中看到的东西了,他亲了一下我的额头。"你这么用心地照顾她们,谢谢你,玛雅。"

我只是点头回应,因为不说话感觉更安全。

他越过我们,走进房间,特蕾莎的乐曲变得不流畅了,直到发现他只是从角落里拿了张椅子坐下听她弹琴,琴音又变得有力起来。

戴斯蒙德和我站在走廊里又听了几首曲子,担心突变又会杀回来,但她像是在开独奏会一样,琴音流畅,分毫不差。等到看起来不会再突发崩溃了,他温柔地拉起我的手走到中庭。"饿了吗?"

"还真不饿。"

换做他爸爸,会坚持让我吃,因为不吃饭不健康。换做他哥哥,也会坚持让我吃,因为看到我吃不下硬吃、反胃恶心的样子,他高兴。但是戴斯蒙德只是回答说"行",就带我走到洞里去了。

大家都在餐厅吃饭,里面没人,我们走到湿漉漉的洞穴中心,他停了下来,转过身,搂着我肩膀,把我慢慢抱紧。"他有一件事说对了,"他在我头顶说,"你确实很用心地在照顾她们。"

我学会照顾人,首先得益于以前的公寓生活,那时,索菲娅用她有点不太正常的育儿方式照顾我们所有人。其次得益于利昂奈特。索菲娅照顾她的女儿们,而利昂奈特教我怎么照顾蝴蝶。

"如果你之前一直流浪的话,要适应一个这样的地方肯定很难。虽然安全,但是没办法自由去留。"

我们以前也不是流浪儿,我们也不安全;我真的不知道怎么才能让他明白这点,玻璃柜里的女孩子都被藏起来了。

我们最后去了厨房,惶恐过后,食欲也回来了,我们正吃着香蕉和尼拉薄脆饼的时候,艾拉达冒出来说晚上会陪着特蕾莎。艾拉达的消沉表现跟我们都不一样,她之前也经历过几次,但都细心地调整好了自己的情绪。

我亲了亲她的脸,因为不知道用什么来表达我的感谢。

丹妮拉也主动来帮忙,她像当初争取脸上的翅膀那样邀请花匠去她房间。我觉得他是明白这其中的缘故的,但不管怎样他还是很感动,因为就算不是为了他,至少也是为了特蕾莎。对其他蝴蝶的好,也就是对他好。

戴斯蒙德倒了一杯牛奶,和我一起坐在桌上,把杯子推到我们中间。"如果我要做一件很可悲的事,你能不能为了照顾我的自尊心,假装很喜欢?"

我警惕地看着他。"我也很想支持你,说能,但是在知道是什么事之后,我才能保证做到。"

他一口干了半杯牛奶。"来吧。我带你看。"

"如果我说害怕,但还是愿意去的话,算不算支持你?"

"算。"他把我抱下来,牵着手走出厨房,进了花园。天还有一点光亮,晚霞晕染了整片天空,光影在眼前慢慢转换。他弯腰护着我穿过瀑布进了山洞,然后松开我的手,"你在这里等着我。"

不到一分钟,他回来了。"闭上眼。"

每次戴斯蒙德让我做什么事的时候——更准确地说,每次我照他说的做的时候——我觉得自己不只是服从而已。我服从花匠,服从艾弗里。

不管让我做什么事,戴斯蒙德都很细心。

瀑布盖过了他的声音,但是很快我就听到了音乐声。是我听过的曲子。索菲娅最喜欢的就是这首"摇"了,她每次跟女儿们见面的最后节目都是就着这首曲子跳舞,每次听到最后的音节都要流泪。戴斯蒙德拉起我的手,把一只手放在他腰上,然后站近,"睁开眼吧。"

一个 iPod 和音箱躺在靠近走廊的干净角落里。他冲我笑了,有点紧张,然后耸了一下一边的肩膀。"跟我跳支舞吧?"

"我从没……我不会……"我深吸了一口气,他紧张的微笑不知怎么跑到了我身上。"我不会跳舞。"

"没关系,我也只会华尔兹而已。"

"你还会华尔兹?"

"在我母亲的慈善晚会上学的。"

"噢。"他把我抱得更紧了,脸都贴到了他的肩膀上,他带着我一步前一步后。他一手攥着我的手按在他胸口,另一只手滑到我的后腰。他开始轻轻地,用几乎听不见的声音跟着唱。我让他领着我,头贴在他的肩膀上,掩饰着我脸上的羞涩。

弹指之间,你突然就知道从这个瞬间开始,所有一切都不一样了。人终其一生会有很多这样的时刻。

我三岁的时候有过，那时我知道我爸爸和他家的亲戚不一样。

我六岁的时候有过，那时我坐在杀千刀的旋转木马上看着别人都走了。

我一个人打车去外婆家的时候有过，外婆死的时候有过，在公寓里内奥米给我第一杯酒的时候也有过。

我在花园里醒来的时候有过，我有了新名字，想着忘掉之前所有的前尘往事的时候也有过。

现在，在这个陌生的、谜一样的男孩的臂弯里，我知道就算什么都没变，一切也变得不一样了。

或许我可以改变他、说服他、哄骗他、操控他，让我们所有人得到想要的自由——但是这一定要付出代价。

"戴斯……"

我能感到太阳穴位置上他的微笑。"嗯？"

"现在我可能有点恨你。"

他继续跳着，但是笑容慢慢消失了。"为什么？"

"因为这一切都像皂丝麻线乱得一塌糊涂。"我慢慢地深呼吸一口，想好下面的说辞。"还因为，我的心会碎。"

"也就是说你也爱我？"

"我妈教我，这几个字一定要男人先说。"

他稍往后倾，刚好能看到我的脸。"她真这么说？"

"是。"

我觉得他看不出我到底是不是认真的。

歌声结束了，自动跳转到了下一首，这首我也许应该听过的，他又退后了一点。"我在对谁说？因为你可能是玛雅，但那不是你本身。"

我摇摇头。"我不会那么想。我连做那个人的机会都没有。"

他的脸垮下来，可是讲真的，他是在期待什么？然后他单膝跪下来，握住我的双手，然后抬起头对着我微笑。"我爱你，玛雅，我发誓，我永远不会伤害你。"

我只信一半儿。

我不想因此心存愧疚。

但我确实于心有愧，所以我坐在他膝上，亲了他，他急切地热烈地想要亲我，一下子支撑不住，我们俩都倒在湿漉漉的石头上。他大笑起来，还是不断地亲我，亲了又亲，我知道我永远也不能相信另一半话。戴斯蒙德不是好人，不管他多么想成为一个好人，只比他父亲好点是算不上什么好人的。每一天他都是把我们困在这里的帮凶，他伤害了我。

※

"那次我没背坡的诗，你肯定好奇吧。"

"不会，我肯定你那次是聚精会神的。"维克多不动声色地说。

"那，是认真的？"

"谁，我还是戴斯？"

"呃，对，也就是，你妈妈说的那句话。"

"没错，真的。"

他沉思了一会儿，想要搞明白。

还是失败了。

"还想知道我是谁，从哪里来吗？"

"想啊。"

"为什么？"

他叹了口气,摇摇头。"因为我不能让一个弄虚作假的人做证人。"

"我不是弄虚作假的人;我是个被人精心制作又真实的人。"

他不该笑。他真的不该笑,可是他还是笑出来了,而且根本停不下来,不过他还是靠着桌子想要起码遮住一点声音。最后他抬起头的时候,她也冲着他微笑,这回是真正的微笑,他也感激地笑了,算作回应。

"真实世界要入侵了,是不是?"她温和地问,他的笑声渐渐听不见了。

"想听实话?"

"不管是让你问还是让你听,都会觉得难受,就算是你之前听过了也还是会难过。我喜欢你,维克多·汉诺威特工。你的女儿很幸运,能有你这样的爸爸。反正故事都快结束了。那么再多一会儿也没什么。"

※

夏天快过去的时候,花园里出现了一个变化。戴斯蒙德跟我们相处了那么长时间,已经成了常客,虽然我是他碰过的唯一一个,可他认识的却不止我一个。特蕾莎跟他聊天的次数比跟我还多,因为音乐能够突破身体的枷锁,让她暂时忘记苦难,哪怕一会儿也好。连福佑都好像喜欢戴斯蒙德,不过我不敢说是不是因为我她才喜欢他的。

慢慢地,女孩们都觉得跟他在一起很舒服,是一种从来没在他父兄身上找到过的感觉,因为他从不要求她们做什么。大多数人都不再期望某一天会被解救出来,所以也没人抱怨他,说他不透露任何消息。

花匠简直欣喜若狂。

我们第一次聊到戴斯的时候,他说:"他母亲很为他骄傲。"我以为这也就是说他不为儿子骄傲,可是我现在明白了。他一直为戴斯蒙德骄傲,但是当他面对一个只知道艾弗里的女孩时,他一定要承认这个跟他一样公然沉迷于后宫俘虏的儿子的地位。既然戴斯蒙德来了,做父亲的幸福感就完满了。特蕾莎是那年夏天唯一一个崩溃的。没有发生其他任何事故,也没人过 21 岁生日,没有什么可以强迫我们记住我们得不到哪怕一丁点的快乐。

嗯,除了花匠和艾弗里还是可以肆意强奸人以外,没发生别的事。不过一颗老鼠屎搅馊了一锅粥。

那时花匠改变了对我的态度。戴斯蒙德跟我做过一次之后,花匠再没碰过我了。他对我像是……呃,像是对舍监的感觉。或者像是对女儿。我不喜欢洛兰,我也没有被他打入冷宫,但是不知怎的,他就把我判给戴斯蒙德了。对艾弗里,他分享一切;对戴斯蒙德,他给予一切。

乌七嘛糟的,是不是?

不过有那么一小段时间里,我很满意当时的气氛。如果我还存着一点想要劝动戴斯蒙德的心,我就不能让他只是一时迷恋我。我要让他死心塌地地爱我,愿意为我赴汤蹈火,如果他还是跟他的父兄分享我的话,说明他还没有到那个程度。

花匠还撤了我房间里的摄像机,因为戴斯要求他别用,说如果知道父亲在看他做爱的话,他会放不开手脚,还说他那样深爱着我,难道他会伤害我吗?

好吧,我不知道这父子俩的聊天是不是比刚才说的更优雅或者更男人味一点,不过福佑说的版本更可笑,惹得女孩们都笑开花了。

不过，戴斯蒙德确实是他父亲的亲生儿子。我每次想要跟他走到门口，他都很礼貌地、坚定地把我送走，不让我看他摁密码。我最终还是开口了，可是他却回复我说："我母亲知道了就完了。"直接跟他父亲硬碰硬，那太难了，我明白。但为什么连给我们一个自救的机会都不行？"我父亲的名声，我们家族的名誉，还有我们的公司……我不能出手毁了一切。"

因为一个人的名声比一个人的生命还重要，比我们所有人的命加起来都重要。

过完这个周末，秋季学期就开始了，我们在花园里办了一场音乐会。戴斯蒙德带了更好的音响来，在崖上架好，为了那天晚上，花匠还给我们所有人发鲜艳的衣服，备了大餐，妈的，回想我们那天晚上有多高兴，现在就觉得有多可悲。我们还是俘虏，是死亡的猎物，死神就在我们肩上倒数着我们的 21 岁，不过那天晚上还是很梦幻的。每个人都笑啊跳啊唱啊，什么也不管，花匠和戴斯蒙德也跟我们一起跳。

这些全是戴斯蒙德的主意，所以艾弗里坐在一边闷闷不乐。

结束后我们把东西都收拾干净，姑娘们也分头回自己房间了，戴斯蒙德搬了个最小的音响回到我的房间，我们跳啊，转啊，吻啊。其实，我跟戴斯亲热不是真心的，和跟他父亲亲热一样，只是他没发现我这一点而已。我从没说过爱他，但他以为我是爱他的。他觉得这就是幸福了，这就是健康又稳定的关系，是人生所系了。我常说笼子里的鸟活不长，但他要么充耳不闻，要么粉饰太平。

戴斯真的很想做好人，做好事，可我们的境况丝毫未变，也没有改变的迹象。

我们滚到床上的时候，我都快被他亲晕了，他笑得停不下来。他对我上下其手，嘴也没闲着，再加上笑着喘气，搞得我浑身痒得很。跟戴斯做爱不算亲热，但挺有趣。他逗得我痒得不行，我最后直接翻身在上摁住他，咬着嘴在他身上坐下来。他呻吟着，使劲儿顶髋，播放器循环到一个真的很煞风景的歌时，他笑出了声。我拍他肚子，他就坐起来亲昏我，然后推我躺在床尾。

那时我才看到了艾弗里，他站在走廊里，满脸嗔色，在打飞机。

我就叫起来了——这点很丢人——戴斯蒙德抬头看什么惊了我。"艾弗里！滚出去！"

"我跟你一样，有权利用她。"艾弗里怒吼着说。

"滚！出！去！"

我心里暗暗发笑，那笑里有那么一部分快撑不住了。还好，撑不住的那部分还是被愤怒和羞愧的情感压住了。我想过要不要拿个毯子遮一遮，不过艾弗里以前就见过我的裸体，戴斯蒙德嘛……嗯，他的重点部位此时没在外面。我闭上眼睛听他们俩在我头顶吵，因为我不想知道艾弗里吵架的时候手里还拿没拿着他的那根。

还因为我心里的笑快要憋不住了。

花匠进来了，因为他一定会在嘛。"你们到底知不知道自己在干嘛？艾弗里，遮一下。"

我睁开眼，只见艾弗里提着裤子，花匠扣着衬衫纽扣。嗬，瞧瞧这一家子！除了埃莉诺。戴斯蒙德压低嗓音骂人，从我身体里出来，然后把我的裙子递给我，自己再去穿上裤子。

有时候就是这些小细节最打动人。

"谁能给我解释一下为什么整座花园都能听到你们吵架的声音吗？"花匠的声音很低，很危险。

兄弟俩开始聒噪对方，但是做父亲的，打了个敏捷的手势，就打断了他俩的争吵。

"玛雅?"

"戴斯正在跟我做,艾弗里不请自来了。他站在门口自己撸呢。"

花匠听了我简单粗暴的回答,蹙了下眉,然后盯着大儿子,愤怒里慢慢渗入了震惊的恐惧。"你到底在想什么?"

"为什么他就能占有她?他从没帮你带过什么人进来,他也从没跟你出去找过目标,可是你居然把她送给他了,还他妈像个新娘似的,我连碰都碰不得?"

过了一分钟,花匠才说话。"玛雅,我们失陪一下可以吗?"

"没问题。"我很客气。因为礼貌和鄙视一样招人烦。"需要我离开吗?"

"完全不用,这是你的房间。戴斯蒙德,请跟我们一起走。艾弗里,跟上。"

我一直待在床上,等听不到他们的脚步声,我才穿上裙子,一溜烟穿过中庭,跑到福佑房里。她坐在地上,周围摆着一堆泥人,面前的烘焙纸上面像是进行了一场泰迪熊大屠杀。

"你急急忙忙的做什么?"

我瘫在她床上跟她讲了刚才发生的事,结果她笑得快抽风了。

"你觉得还要等多久,他才能把艾弗里完全赶走?"

"我觉得他大概永远也不会吧。"我自己说着也觉得很遗憾。"艾弗里在这里他都管不住;出去了还怎么管得住?"

"我们反正看不到了。"

"这倒是真的。"

她递给我一个陶泥团来揉。"我能问你一个私人问题吗?"

"怎么个私人法?"

THE BUTTERFLY GARDEN 209

"你爱他吗?"

我差点脱口而出问哪个他——尤其在我们刚刚说了艾弗里的事之后——但是就在我要说蠢话的前半秒,我明白了她问的是谁。我瞥了一眼闪着红灯的摄影机,从床上溜下来,跟她挤作一团。"不爱。"

"那你为什么要做这些?"

"你信逃脱的蝴蝶吗?"

"不信。大概,也许,可能?等一下……哦,妈的。这下都说得通了。你觉得这招管用?"

"我不知道。"我叹口气,开始揉手里的那团泥巴。"他厌恶做他父亲的儿子,可他又……有点骄傲自豪?他人生第一次开始明显感到父亲因为他而骄傲。跟这点比起来,我就什么都不是了,而且他很怕去想对和错的事。"

"如果没有花园这档子事,你可能会在图书馆或是别的什么地方遇到他,那你会爱上他吗?"

"说真的?我自己都不知道,爱是哪门子事。我在其他少数人身上见过,但我自己?呵呵。也许我根本就不会爱。"

"我不知道该说这是伤心的事还是顶安全的事。"

"为什么不能说两者皆是啊。"

街对面的那对夫妇爱得人心烦意乱,孩子的出生非但没有减损他们之间的爱,反而让他们更完整了。夜星的领班瑞贝卡,深爱着她丈夫——正好是吉利安的侄子——有时候看到他俩在一起我们甜得都快化了。

就算我们拿他们开玩笑,还是腻得不行。

但我每次见到这种场景的时候,就知道这绝非简简单单普普通通的事,不是每个人都会找到真爱并且相识相知相守一生的。

而我就是第一个出来承认自己是那个搞砸了的人。"

"合理。坦诚。"她把我手里的泥拿走，又给了我一块，这回是亮眼的紫红色的，沾得我手上到处是一道道紫红色。"我从没认真地谢过你。"

"什么？"

"你照顾我们，"她柔声说，明亮的蓝眼睛锁定手中慢慢成型的泰迪熊。"你又不是我们的妈或是什么别的，因为真的，不管其他该死的事，爱之深责之切，你还听我们说话，还去花匠的私人房间里为我们跟他交涉什么的。"

"我们之间不用谈这些。"

"好吧。把泥给我，去洗手吧。"

我茫茫然地就按她说的去冲洗手上的紫红色印子了，洗好手回来，她又塞给我一个松石绿的泥块。我坐下的时候才真切地看了一眼她面前的这些零零碎碎的东西。有一半泰迪熊的身体部件——头、爪子、尾巴——是黑色的，另一半是白色的。有一些熊已经穿上了制服，黑色配红的，白色配蓝的。每一件制服的一半以上被同一种颜色占据，更显华丽。还有几个小熊看起来像是成对的。"你要做一副象棋？"

"再过几周就到纳奇拉的 20 岁生日了。"

那之后再过几周就到我 18 岁生日了，不过花园里面不怎么过生日。感觉过生日更像是种嘲笑，看啊，我们在庆祝距离死亡越来越近的时间。其他人看到过生日就会说："耶！又长一岁啦！"我们过生日只会说："妈的。又少一年。"

"这不是生日礼物，"她苦笑着说。"这是'你的人生真他妈可怜'的致歉礼物。"

"好礼物。"

"还是在屎一样的时间点。"她把一个金色的泥球滚成一个泥条,从中间掐断,再拧成麻花,红国王的制服上就有了金色的肩袢了。"你也有点儿恨他吗?"

"何止一点儿。"

"他会向这个家庭开战的。"

"可他现在都在践踏最起码的道德和法律啊。"我叹口气,摊开掌心里软化了的泥团,她又给我一个品蓝色的泥球。我知道自己还是不要上手去捏这些小熊比较好——我捏的东西奇丑无比。"福佑,我敢跟你打包票,这件事中的所有环节我都左思右想再三掂量过了。就算刚开始有过想法,到现在也早就没有任何意义了。"

"那就顺其自然,等着看结果吧。"

"只能这样了。"

"他来了。"

脚步声传来,越来越清晰,一会儿戴斯蒙德就走进来了,一屁股坐在我身边,递给我们一人一个橙子。"这是一副象棋?"

福佑翻了个白眼,也不回话,她做泰迪熊士兵,我揉泥团,戴斯蒙德就玩儿他的 iPod,移动播放器持续循环地播放着音乐。

还有那颗橙子呢?我第一次也是唯一一次,成功剥出了一个完整的螺旋皮。

※

埃迪森终于回来了,手里拎了两个袋子,一袋装着瓶装水和苏打水,另一袋打开一看,是肉丸潜艇三明治。他递给女孩一个三明治,又从口袋里拿出一个小塑料袋,放在她面前的桌子上。

她拿起袋子，盯着里面的东西。"我的小蓝龙！"

"我跟现场的技术员聊了几句；他们说你的房间就在崖边，所以没怎么被破坏。"他坐到她对面，忙着打开手里三明治的包装纸。出于礼貌，维克多假装没看到他脸上的红晕。"调查结束后，他们就会把所有东西打包好，给你送去，不过他们让我把这个先交给你。"

她打开袋子，轻轻抱着手中的小泥人，一根拇指摸着穿着睡衣的小陶泥泰迪熊，放进臂弯里。"谢谢你。"她小声说。

"你更愿意讲话了。从某种程度上来说。"

她笑了笑。

"维克，现场技术员还在搜查房子，找到照片的话他们会通知我们的。"

对话暂时打住了，每个人都安静地吃着饭，女孩要用纸巾包住受伤的手才能拿住热腾腾的三明治。饭吃好了，风卷云残的现场也打扫干净了，她拿起哀伤小龙，用手捧住。

维克多决定这回要勇敢点。"艾弗里怎么了？"

"什么意思？"

"他父亲惩罚他了吗？"

"没，他们就是促膝长谈了一下互相尊重隐私的事，还有什么蝴蝶不是可以传来传去的所有物，而是需要被珍惜保护的个体。听戴斯说，他父亲还很清楚地交待了，艾弗里不准动我一根汗毛，毕竟之前有过血淋淋的教训。唉，'考虑到前车之鉴'，戴斯从没问过我屁股上的伤疤怎么来的。不问，就能把头埋在沙子里，什么都看不到。"

"所以一切又恢复正常了。"

"就这样了。"

"但是肯定有什么变了。"

"确实有。变化来自基莉。"

※

或者说,换个更贴切说法,变数是艾弗里,原因是基莉。

一开学,我就不怎么能见到戴斯蒙德了。大学最后一年了,他整天都在上课,不过他晚上会过来,带着课本来学习,就像很久很久以前,我像帮公寓里的惠特妮、安珀、内奥米学习那样,也帮他学习。不过不喝酒。福佑也来帮忙,不过每次他出错都要笑话他。

就连答得不全对也要笑话他。

福佑真的是逮着任何机会都要捉弄他。

艾弗里看到他弟弟成了花园的一部分,心情由糟糕变得糟透了。像我说的,大多数蝴蝶都喜欢戴斯蒙德。他不过问她们的任何事,嗯,但也会问一些问题,但是回答不回答都随她们。

他有时会问她们的真名,不过花园里有个不成文的规矩,只在临走的关头才会说出真名。不过我们跟他说了,西蒙娜以前叫做瑞秋·扬,利昂奈特以前是卡西迪·劳伦斯。说的名字都是一些我们知道提了也不会被伤害到的。

戴斯蒙德对她们不构成威胁。

另一边,艾弗里把扎拉蹂躏得不成样子,毒手尊拳,被他爸禁足了一整个月,之后还是给他下药才降住了他。扎拉那次之后连走都走不了,身上没有一块好的地方。身边每时每刻都有人陪着她,帮着她料理吃饭、洗澡、上厕所这类的日常事务。

洛兰的医疗技术是过关的——虽然她完全没同情心——可还是无力回天。

感染从扎拉的臀部开始,要么送去医院,要么送进玻璃柜。

我想你准能猜到花匠选的是哪个。

他早上就跟我们说了，破天荒的头一次，让我们有一整天的时间跟她告别。

他跟我说的时候，我斜觑了他一眼，却瞟到他歪着嘴笑，还在我太阳穴上亲了一口。

"哪怕只是一个轻轻的拥抱和一句悄悄的耳语，也是你们最后分别之际该做的事了，如果能让扎拉——还有你们其他人——觉得宽慰一些，我很愿意为你们做一点小事。"

我道了谢，不过是因为他满心期待我说出这句话。其实我内心腹诽的是，说不准告别的时间越短越好呢，也不知拖一整天会不会更难受。

戴斯蒙德去上课前，给我们找来了个手推车，可以载着扎拉在花园里逛一逛。送过来的时候他还在笑，边笑边吻了我的脸颊，然后才去上学，福佑在旁边骂着不堪入耳的话，听得特蕾莎的脸都红了。

"他是真的不知道吗？"她嘴里终于放干净了，气喘吁吁地说。"他真是一点概念都没有啊。"

"他知道扎拉生病了，还以为自己在做善事呢。"

"那——那……"

有些事是不言自明的。

那天下午，花匠和妻子在一墙之隔的外层温室里散步，而床上的扎拉满头是汗，橘红头发黏在脸上，她努力撑着坐起来。"玛雅？福佑？能推我稍微逛一下吗？"

我们在手推车里先铺了几层毯子，再在她身边放几个枕头，尽量固定住她的屁股。她断的不止这一根骨头，但这根疼得最要命。她交待我们说："在走廊里转一圈就好。"

THE BUTTERFLY GARDEN 215

福佑问:"想看以后的房间?"扎拉点点头。

有些事,人是会忍不住去猜的。比如,死了以后会进哪间玻璃柜?我很清楚地知道花匠给我选了哪个:就挨着利昂奈特,从那个位置刚好能看到瀑布后的山洞。福佑觉得她会在我的另一边,我们三个会成为后代蝴蝶好奇和敬畏的狗娘养的墙里的永久三人组。

我们慢慢走过花园中庭,我在后面推车,福佑在前面控制平衡。在快到前面的入口时,扎拉让我们停下,我们从没见到这扇门打开过,这会儿门里传出一股化学制剂的味道,和空气中的金银花香气混合在一起。这个房间和文身室、洛兰的房间,还有艾弗里以前的游戏室一样,用不透明的坚固墙壁包围,固若金汤的门旁边也有一个密码板。我们不该来这儿。

我也还是没能看到戴斯输他的密码。

"你们觉得如果我问他要这个,他会同意吗?"

"要金银花?"

"不是,因为我们总是避开这里。我希望你们可以不用再看到我。"

"问吧。这个时候,最坏的答案不过是拒绝。"

"如果我要你们现在就杀了我,你们会吗?"

我盯着空荡荡的玻璃柜,不知道如何作答,因为我不想知道她到底是不是认真的。扎拉有时候心很狠,取笑别的女孩的时候可以把人弄哭,关键是她没什么幽默感。最后,我说:"我觉得我帮不上这个忙。"

福佑什么都没说。

"你们觉得会疼吗?"

"他说不疼。"

"你相信他的话?"

"不信,"我叹口气,靠在门口的植物上。"我觉得他不知道疼或不疼,只是相信那是没有痛苦的。"

"你觉得她会长什么样?"

"谁?"

"下一个蝴蝶。"她伸头转过来盯着我,棕色的眸子里闪着火焰般的光芒。"他已经很久没出去捕猎了。特蕾莎之后他就停手了。有戴斯蒙德在这里,他高兴得都忘记去找新人了。"

"也许他不会再找了。"

她哼了一声。

不过,他确实不是一直这样。有时候,死了一个女孩他也不出去捕猎。直到再死了一个才去找。有时他带回一个女孩,偶尔也会带回两个,不过我待在这里的时候没见过。想知道花匠做事的原因,那是枉费心机。

洛兰出来准备晚餐的时候,我们还在那里站着。她乍一看到我们吓了一跳,一只手瞬间抱住头,虽然她的深栗色头发有点变浅了,还掺了很多银丝,但她依旧保持着把长发盘起的习惯,因为花匠喜欢。即使他再没正眼瞧过她,也从不评论她的发型装束,可她还是那么梳头。她瞥了一眼缠着绷带的扎拉,看到她苍白得不像样子,只有脸上有两团发烧的红晕,然后看了一眼空玻璃柜。

扎拉的眼睛眯起来。"希望自己也能进去吗?洛兰。"

"我没必要在这里听你呛我。"那个女人直接回嘴。

"我知道你怎么才能进去。"

浅蓝色的眼睛里,怀疑和希望在斗争。"你知道?"

"对。奇迹般地年轻三十岁。我敢肯定他就会乐意杀了你再把你放进去的。"

洛兰用力地哼了一声，然后大步从我们面前走过，顺道还朝着扎拉的脚踝使劲捆了一下。这一掌震得她感染又骨折的屁股钻心地疼，扎拉顿时大叫了一声。福佑目送了厨子兼护士离开。"我让丹妮拉来帮你报仇。"

"为什么，你去哪儿——"我又品了品她的话。"没错。不用担心。有丹妮拉。"

大口喘着气的扎拉和我看着她跑开了。过了一会儿，她问："你猜她要干吗？"

"我没问，也不想提前知道。"我热情地回答了她。"考虑到这件事的性质，我也不太想事后才知道。"

过了几分钟，不仅丹妮拉，还有玛兰卡也带着满脸疑惑地过来了。"我可以问一下福佑在干嘛吗？"

"不行。"我们俩异口同声。

玛兰卡一个人小声地说："所以我不该问她为什么借了我的剪刀？"一只手还摸着脖子上本该挂着那把小刺绣剪刀的丝带。

"是。"

丹妮拉想了想，同意了，然后轻轻地摸了摸手推车的边缘。"去花园里？还是回你房间？"

"回房。"扎拉呻吟着说。"我得再来个止疼片。"

丹妮拉，玛兰卡，和我一起合力把她扶回床上躺好，倒了杯水，吃了片快乐药。然后福佑就走进来了，手背在身后，脸上是一副极度满足的表情。

哦，天啊，我不想知道。

"扎拉，我有个礼物要给你。"她雀跃地说。

"盘子上盛的可是艾弗里的项上人头？"

"差不多。"她往床单上扔了个东西。

扎拉坐起来看，然后笑了出来。那东西在她手上晃着，末端渐渐散开。"洛兰的辫子？"

"尽情赏玩！"

"我能带走吗？"

丹妮拉搓了搓辫子的末端。"我们可以重编一下，给你做个袜带。"

"或者给你接头发，编在一起。"

"一定要编个皇冠头。"

从下午到晚上，每个进来的人都提出了用头发的新点子，没人对厨师兼护士的遭遇表示同情或是悲伤，也就是说大家都烦透了洛兰。到了晚饭时间，大家都拿了食盘来到扎拉的房间，一共二十几个人，都挨着坐在地上，有的还坐在浴室里。

艾拉达举起一杯苹果汁。"敬扎拉，吐籽吐得最远的人。"

我们都笑了，连扎拉也笑了，她举起手中的杯子，以水代酒。

纳奇拉跟着站了起来，我立刻感到了空气中的不安；纳奇拉和扎拉的关系，就像艾弗里和戴斯蒙德的关系一样好。"敬扎拉，她也许是个贱人，但她是我们的贱人。"

扎拉给她一个飞吻。

真扭曲。我觉得在场的没一个人不觉得扭曲的。既恶心扭曲，又错得离谱，还变态到极点，但不知怎的，好像承认了却能让我们感觉好些。我们一个接一个地起身给扎拉敬酒，有人开玩笑，有人很严肃，惹得各位梨花带雨，虽然我没掉泪，但也许花匠是对的，这么一场送别确实有用。

到我的时候，我站起来，举起手中的水。"敬扎拉，她很快要离开我们,但我们会用余生来好好地记住她。"

"不管余生还有几天。"福佑加了一句。

我们听到这话还笑,是有多惨?

大家都说完了,扎拉又一次举起了水杯。"敬扎拉,"她柔声说,"因为她死了,菲丽希缇·法灵顿就能安息了。"

"敬扎拉。"我们一起喃喃,然后一口气干杯。

花匠来的时候,没带新裙子,却带着戴斯蒙德,他笑着看着我们大家,说:"到时间了,女士们。"

每个人都慢慢地亲吻扎拉,收起自己的食盘,依次走出房间,花匠在门口亲吻每一个女孩的脸庞。我等到最后,一直坐在床边握着她汗津津的手。洛兰掺杂银丝的发辫卡在她的双股辫上,围成一个王冠。"我还能做什么?"我小声问她。

她从枕头底下掏出一本《仲夏夜之梦》递给我,折页,卷边,高光,标注,书被写得快报废了。"上学的时候我特别喜欢戏剧,"她轻轻地说,"我从公园被绑来的那天,本来是要约朋友一起去排练的。我花了三年的时间写下这些笔记,却永远不可能演出这部作品了。你和福佑可以组织大家读一次吗?权当……为了纪念我?"

我拿了书紧紧地捂在胸口。"我保证做到。"

"好好照顾下一个女孩,不要太想我,老来看我,好吗?"

"好。"

她拉过我紧紧地抱住,手指紧紧地箍住我的肩膀,指甲都嵌进我肩膀。虽然她看起来很冷静,但我能看出她在发抖。我让她抱着,过了一会儿她才深呼吸一口,松开了,我吻了她的脸颊。"我刚刚认识你,菲丽希缇·法灵顿,但我爱你,我会记住你。"

"我也只能这么要求了。"她想笑却又笑不出来。"谢谢,真的谢谢你,还有你做的一切。有了你,好像也没那么难忍了。"

"要是我再多做些就好了。"

"你做了该做的。剩下的让他们做吧。"她猛地抬头看着门口的两个男人。"不出几天,你就能见到我了。"

"如果在金银花旁边,或许我们再也见不到你了。"我的声音轻到几乎听不到。我又吻了她一下,然后走出了房间,书被我紧握在手中,关节发白。

花匠看了一眼扎拉头上的不同色的接发辫,又看了看我。"洛兰一直在哭,"他小声说,"她说福佑打了她。"

"头发而已。"我直直地瞪着他的眼睛。"她又不是你,也不是你儿子。我们不用受她的气,活活被欺负。"

"我会跟她谈的。"他亲了我的脸,然后走向扎拉,可戴斯蒙德却愣在原地皱眉头,脸上写着疑惑和担忧。

"我错过了什么?"他悄声问。

"太多了。"

"我知道你会想她的,可是我们会好好照顾她的。她会好起来的。"

"不会的。"

"玛雅——"

"别说了。你什么都不知道。你应该明白,你已经看到了那么多——唉。我知道。不用你告诉我,我也知道她会好的。不过现在你不用跟我说什么。"

艾弗里是花匠的大儿子,可重要的是,最终的继承人是戴斯蒙德。

没过多久,我们就知道了他继承了多少他父亲的东西。

我回过头看扎拉,但被花匠挡住了。我越过戴斯蒙德伤心的目光,直接走了。

我把食盘还回厨房——然后愉悦地享用了洛兰的抽泣,还有她一英寸长的鸡窝头——有几个女孩邀请我过去,但我没答应,回了自己的房间。大概过了半小时,墙落下了。扎拉病得太重了,花匠没办法来场最后的幽会了,况且戴斯蒙德也在。我蜷在床上,看着剧本,空白处的每一条笔记都让我多了解了菲丽希缇·法灵顿一点。

大约早上三点的时候,堵住我门口的墙移开了。也只有那面墙——可以眯着眼看到旁边两边的门洞,那是玛兰卡和伊瑟拉的房间。依然看不到展示柜,门洞上的墙还在原地关着。她们已经在那儿几个星期了,每次我睁开眼没看到尸体,就感觉快活了一点点。我用手指夹着书,准备好要应付走廊里的花匠,他肯定是一手解皮带,满眼是欲望。

但等着我的却是戴斯蒙德,他浅绿色的眼睛旁满是淤青,双眼中露出的是几个月来我没见过的忧虑。他抓着玻璃墙支撑着自己勉强站着,双膝也弯着,仿佛随时都可能在摇晃中跪倒在地。

我仔细地合上书,放到书架上,在床上坐直。

他蹒跚地走了进来,最后终于狠狠地跪在地上。他把脸埋在手里,又突然拿开手,像是那双手不是自己身体的一部分似的盯着。他周身弥漫着一阵酸得呛人的化学制剂味,也就是我每次走到金银花附近会闻到的气味。然后他弯腰倒在地上,额头紧贴着冰冷的金属地面,整个身体都不断颤抖。

大概过了十分钟,他才说话,声音嘶哑残破。"他跟我保证说会照顾好她。"

"是。"

"可是他……他……"

"让她免除了痛苦,还防止她腐败。"不带感情。

"……杀了她。"

那么也不完全像他父亲。

我脱了衣服,跪在他面前,给他解开衬衫。他很嫌恶地看了我一眼,一下把我的手打掉。"我帮你洗澡——你熏死人了。"

"甲醛。"他吐出两个字。这回老老实实地让我脱了衣服,跟在我后面跌跌撞撞地被我拉到房间里面洗澡。我打开花洒,用热水把他浇了个透。

后面发生的事情没有任何情色意味。就像索菲娅的女儿们快睡着的时候,我给她们洗澡一样。我告诉他往前靠,抬手,闭眼,他就照做,可是完全麻木,像是听不懂话的机器人。我的洗发水和沐浴露都是果味的,香气袭人,在我给他从头到脚洗好之后,唯一剩下的化学味来自他的衣服。

我用毛巾把他裹起来,再用他的一只鞋把他的衣服推到外面的走廊里,然后才回来把我们两个弄干。还要一直帮他擦脸——洗澡的时候没看见,他的泪一串一串地往下掉。

"他给她打了什么东西,让她睡觉,"他轻轻地说,"我以为我们要把她运到外面的车上,但是他打开了一个我从没见过的房间。"他突然打了个冷战。"她刚睡着,他就给她穿上一个橘黄的裙子,再把她放在一个做防腐的桌子上,然后他……他钩住……"

"求求你别跟我讲细节。"我平静地说。

"不行,我一定要说,因为总有一天他也会这么对你,是不是?这就是他*留住*你们的方法,把尸体防腐处理了,你们就能永生不老。"又是一个冷战,因为抽泣而破声,但他继续说着。"他站在那里给我

*说明*所有的步骤。他说，我总有一天也能独立完成。他说，爱不只是欢愉；他说，我们也要愿意做那些难以下手的事。他说……他说……"

"好了别说了，你还在抖呢。"

他任凭我带他走到床上坐着，帮他盖好毯子，我坐在他旁边，双手抱膝坐在毯子上。"他说，如果我真的爱你，我不会让其他任何人的手来照顾你。"

"戴斯……"

"他给我看了一些其他人。我以为……我以为他只是把她们扔回大街上了！我不知道……"他彻底崩溃了，哭得连床都跟着颤抖起来。我在他后背上划着圈地抚摸他，他哭得快喘不上气了，可我也没更多办法再安慰他了，因为他还不知道真正的真相呢。扎拉是因为骨头感染了，他以为所有受伤的人都自杀了，或者完全放弃了自己，所以才死了。他不知道这些人的态度或是年龄的问题。

而在他被打击得接近崩溃的状况下，我也没法亲口告诉他这些。我不能利用一个被击垮了的他。我需要一个勇敢的他。

我当时觉得他永远都不会。

过了几分钟，他才能说出话来："她自己挑了玻璃柜。她逼我把她扛过去，教我怎么摆她的姿势，怎么把玻璃完全封好，然后才能倒树脂进去。在他关上玻璃柜前，他……他……"

"跟她吻别了？"

他哭得打嗝，点头的时候像在抽动。"他对她说爱她。"

"他就是这么理解的，按他的方式爱她。"

"你怎么能忍受跟我在一起？"

"有时候我真的忍不住，"我承认。"我一直在跟自己说，你不知道事情的真相,你还不明白你父亲和哥哥做了多少缺德事,有时候我只能用这样的方式勉强跟你在一起。但是你……"

"请你告诉我。"

"但你没胆量,"我叹了口气。"你知道把我们困在这里是不对的。你知道这是违法的,你知道他强奸我们,现在你也知道了他会杀了我们。在这里的一些女孩,她们的家人可能一直在外面找她们。你知道这是不对的,可你却不报警。你说过,你要为了我学会更勇敢,可是你没有。我也真的不知道,你到底能不能。"

"知道这一切……把这些事都挖出来……就是要逼死我母亲。"

我耸耸肩。"假以时日,也会逼死我的。懦弱胆怯可能是人类的天性,但它更是一种自我的选择。你知道这座花园却不报警,把我们留在这里过一天,就是你一次次地重复自己的选择。事实就是这样,戴斯蒙德。你不过是假装不下去了罢了。"

他又开始哭,或者说还在哭,他被震惊得天翻地覆无力招架。

天还没亮,他一言不发地躺在我的床上,等到第一缕阳光照进花园,他才拿起自己满是甲醛味的衣服站起身走了。

之后的几周他只来过花园一次,没跟我说话。他只是看看墙升起来后,凝固了的松脂里面的扎拉。墙都升起了,整个夏天里曾经模糊不清的现实,也终于被击碎,在耳边阵阵回响。我们是蝴蝶,我们短暂的生命会在玻璃柜里结束。

※

"等一下,我记得你说过是因为基莉。"埃迪森说。

"是说过,没错。我马上要说到她。"

"哦。"

THE BUTTERFLY GARDEN 225

她用拇指抚摸着小蓝龙的脖子，然后做了一个深呼吸。"基莉是四天之前来的。"

※

我兑现对扎拉的承诺是需要一定时间的。我告诉花匠原委之后，他已经同意了要给我们买一整套《仲夏夜之梦》，可是他要求事情"按规矩来"。他定了各种服装，又给了福佑一箱彩陶，差不多有她人那么重，让她给每个人做花冠。我们大家都分好工了，也训练了一些女孩发音。有些姑娘读过一两部英文戏剧，但大多数姑娘还没经历过这种袒露自己的方式。

我跟内奥米一起生活了将近两年时间，她喜欢穿着内衣，趁刷牙的时候，在公寓绕圈儿地念她的独白。

没错，就是刷牙的时候，所以她刷起牙来没完没了。

到晚上了，花匠让洛兰安排了一场晚宴，地点是小河的两边。我们坐的椅子很奇怪，像是软垫椅子，又像懒人沙发，都是亮色，每个人还有一条半透明的丝绸长袍，也是五颜六色，不过头一次跟我们背后的颜色没什么关系。我读的是海伦娜，花匠给我的是一件森林绿和青苔绿的长袍，还有一层深玫红色的点缀。因为这层点缀，福佑给我搭配的是玫瑰花冠。

大多数女孩在戴花冠的时候都把头发披下来了，不过是因为我们那天晚上可以这么干。

我们一起准备的时候差点就要笑出来了。我们是为了扎拉才做这件事的，但是花匠却把它融入了自己的想象。即使他明白我们这么做的原因——我很肯定他是清楚的，可他还是觉得我们这样只能表示，我们在他的温柔呵护下生活得多么幸福，感恩戴德地想要为他表演一出戏剧来取悦他。那个男人有一种让人惊叹的才能，就是只看到自己想看的事。

他都没注意到，洛兰买了一顶假发，假装她还有一头长长的秀发供他把玩，变态贱人。

他还说服了戴斯蒙德来参加。

我猜戴斯蒙德因扎拉的死，挺烦躁的。戴斯蒙德像他爸爸，但是他没继承他爸爸的全部思想。戴斯蒙德从这件事中只能读出"谋杀"二字，可是他依然没有行动。

花匠看到儿子整整一周一句话都不说，还玩失踪，终于忍不住，在早饭前来到我房间。"戴斯蒙德看起来很不对劲，"我快要醒了的时候他说，"你们两个吵架了？"

我打了个哈欠。"他需要点时间消化所经历的扎拉的事。"

"可是扎拉很好。她再也没有痛苦了。"他看起来真的很困惑。

"你说你要照顾她的时候，他以为你说的是带她去医院。"

"那也未必太傻了，那是会被问出很多问题的。"

"我现在做的不过是在解释他的状况。"

"是，没错。谢谢你，玛雅。"

这中间的几周里，他们父子之间一定进行了好多场谈话，虽然我不知情，但是戴斯蒙德当晚出现的时候看起来像是根本没睡过觉的样子。他那天肯定要在课堂上做陈述，因为他穿了衬衫打了领带，配着卡其裤。一定是。但是等我们看到他时，衬衫的第一颗扣子解开了，领带也松了，袖子卷起来，不过跟平时比，这打扮还算比较正式，我有一瞬间觉得他松石绿的衬衫很衬他的眼睛，这个一闪而过的想法让我自己都有点厌恶自己。

他无法直视任何女孩，特别是我。我事先跟福佑说了大家的讨论结果，那天要用一个假的巧克力豆曲奇来骗洛兰。结果她耸耸肩，说我太心慈手软了，要她做可毫不留情。

用彩陶假装成曲奇是她的点子，我没同意。

朗诵会开始得很顺利。轮到我读扎拉的笔记，之前却没太多注意那些文字——如果你们听到被牙膏搅和的"生存还是毁灭"，你应该不会多么在意——但这次读的是一部很有趣的戏，而且我们在能夸张的地方都夸张了。福佑读的是赫米亚，在一个我们之前商量好的场景里，她真的从小河那边朝我扑了过来，惹得花匠捧腹大笑。

玛兰卡正在读淘气鬼的台词时，前门猛地被打开了，艾弗里肩扛一个小包裹出现在门框里。玛兰卡停下来看着我，白孔雀蝶面具里的眼睛睁得大大的。我起身走到她旁边，看着艾弗里慢慢跑进花园。过了一会儿，花匠和戴斯蒙德也站到我们身边。

"我给咱们带来一个新的！"艾弗里说，笑容里洋溢着喜悦。他卸下肩头的包袱，放在沙子上。"我找到了她，抓住了她。看！父亲！看看我为咱们找到了什么！"

花匠忙着看自己的大儿子顾不上别的，我就跪下来，用颤抖的双手拉开外面裹的毯子。几个女孩尖叫起来。妈的！他妈的！操他妈的！

里面的女孩子连青春期都没到。她的太阳穴下面流了一道又一道血，厚厚地盖住半边脸，血下的皮肤已经开始淤青，我拉开她身上的毯子，含泪看到她身上其他的淤青、抓痕和指印。大腿旁边的血更多，浸透了衣服。妈的，她的内裤上还印着粉色和紫色的花体"星期六"，一看就知道是小姑娘穿的。我脑子里很不合适宜地提醒自己，那天是星期四。

她很小，四肢修长，应该还在长身体、窜个子的时候。她很漂亮,那种还没到青春期的好看,红棕色的马尾辫也乱了,可她真的太小太小了。我用毯子重新包住她,藏住血迹,紧紧地抱住她,完全无话可说。

"艾弗里,"花匠也被震惊了,小声说,"你到底干了什么?"

我完全不想听他们俩讲话。丹妮拉帮我扶着女孩的头,我把她抱起来。"福佑,你有后背的那条裙子,我们能用一下吗?"

她点点头,飞也似的跑回房间。

丹妮拉和我快步走回房间,把女孩的衣服脱了,把脏衣服丢进洗衣道,然后给她清洗干净。我必须要把她大腿上的血迹洗干净,再小心地往上面喷水,把一些分泌物和撕碎的组织碎片冲掉;丹妮拉却只顾着在马桶旁呕吐。她回来的时候,用颤抖的手擦擦嘴,吐出几个字:"她下面连毛都没长。"

不仅下面,腋下也没长毛,胸部没长,屁股没有,这完全就还是一个孩子。

丹妮拉扶着她,好让我帮她洗头。正好福佑拿着裙子来了——这件是唯一一个她大概能穿且能够蔽体的衣服了,虽然有点儿大——然后我们就把她擦干,穿好衣服,放在床上盖好被子。

"既然她来了,你觉得……"连福佑都说不出口。

我摇摇头,检查着女孩的手,发现有好几个指甲都劈了。她肯定反抗了。"他们不准动她。"

"玛雅——"

"他们不*准*动她。"

一声痛苦的怒吼撕裂了花园上空,我们都吓了一跳。

这不是女人的声音,所以我们都没动。

其他女孩听到声音都吓得跑到我的房间里,大家挤成一堆,最后我只能让她们回去。我们完全不知道这个孩子什么时候会醒，睁眼的时候本来就痛，再看到二十多号人盯着她一定会被吓坏了。只有丹妮拉和福佑留下了，丹妮拉躲在女孩身后，不会让小孩一下子就看到她的脸。

不过我右边的墙旁边的书柜不能完全挡住利昂奈特。

福佑拉着我洗手间的床帘，使劲拉起来一直拉到头，然后用书架上的几本书固定住。如果你知道她在那里的话，你就能认出她的头发，她的脊椎曲线，不过乍一眼看不出来。

我们就等着。

福佑快去快回，拿了几瓶水，又从胆小怕事的洛兰那里坑来几片阿司匹林。虽然阿司匹林也只是暂时有用——能够消解下药之后欲裂的头痛，不过她主要是另外一种疼了——但还是能起一点点作用的。

然后花匠来了。他看了一眼墙，又看到了床帘，然后看了看床上的女孩，他点点头，手伸进口袋里。掏出一个小遥控器，捣鼓了大概一分钟，两边的墙就落下了，只留下门口的那个门洞。"她怎么样了？"

"昏迷。"我简短地回答他。"她被强奸了，头部受到重击，还有其他各种各样的伤痛。"

"有没有显示她叫什么的信息？或者从哪里来的？"

"没有。"我把她的手交给福佑，自己走到房间那头，站在这个脸色苍白，瞬间满面愁容的男人面前。"没人可以动她。"

"玛雅——"

"没人，没有任何人能动她。不准文身，不准做爱，什么都不行。她还是个孩子。"

我很惊讶，他居然点头了。"我把她交给你照顾。"

丹妮拉清了清嗓子。"先生？她还没醒过；她难道不能被送到别的地方吗？留在医院门口什么之类的？她什么都不会知道。"

"我不能肯定她见没见过艾弗里，"他的声音透着沉重。"她必须留下。"

丹妮拉咬着嘴唇看向别处，手里还捋着女孩的头发。

"我觉得你最好还是走吧。"我淡然地说。"我们不知道她什么时候才会醒。最好还是不要有男性在场。"

"当然了，好的。如果……如果她有什么需要的，你会跟我说的吧？"

"她需要她的妈妈和她的童贞。"福佑插嘴说。"她需要安全地在家里待着。"

"福佑。"

她哼了一声，不过听到他警告的语气还是住嘴了。

"你要跟我讲。"他又说了一遍，我点点头。我连他的离开都不想看。

他前脚刚走，戴斯蒙德后脚就来了，脸上的淤青更重了。"她会好起来吗？"

"不会，"我僵硬地说。"但我觉得她会活下来的。"

"那声惨叫？是父亲抽了艾弗里。"

"对，那样她就能觉得好多了。"福佑吼着说。"滚你妈的蛋。"

"他对她做什么了？"

"你觉得他能做什么？握手？"

"戴斯蒙德。"我等到他终于看着我的眼睛。"这就是你哥哥的真面目，但你们三个人其实都一样，所以你现在要做的就是走开。我知道你现在自哀自怜自怨自艾，可是我不准任何男的靠近这个孩子。请你离开。"

"我不是伤害她的那个人!"

"是,你就是。"我猛地回答他。"你本来可以阻止这一切的!如果你去报警,或者放走我们中的一个人,让我们大家都能去找警察,艾弗里就不会逍遥法外,就不能绑架她殴打她强奸她,就不会把她带到这里来,一遍又一遍地施虐直到她早早夭折。是你让这不该发生的事情发生了,戴斯蒙德,是你主动让这件事发生的,所以你,你就是伤害她的那个人。如果你帮不上什么忙,就请你现在就从她身边滚开。"

他盯着我,脸色煞白,哑口无言,然后转身走开了。

一个名字怎么会比一个孩子的生命还重要?一个名声怎么会比我们所有人的性命还要重要?

福佑看着他走开,然后伸出手握住我的。"你觉得他会回来吗?"

"我不在乎。"

基本就是这么想的。我真是心力交瘁,每个骨头缝里都透出疲惫,对于戴斯蒙德这种废物,我根本连想的精力都拿不出。

大概凌晨两点的时候,女孩终于恢复意识了,开始因为周身的各种疼痛呻吟起来。我坐起来轻轻地捏了一下她的手。"不要睁眼,"我温柔地说,尽量放低声调,像利昂奈特教我的那样和缓。我以前基本没干过这样的事,不过这个女孩需要我更轻柔些,更勇敢些。我觉得索菲娅如果听到了,会听出区别的。"我要在你脸上放一块湿布,帮你缓解一下疼痛。"

丹妮拉拧了下水,把毛巾递给我。

"这是哪里?——这是什么?"

"我们过会儿说,我跟你保证。你能吞下药片吗?"

她开始哭起来。"请不要给我吃药！我会乖乖的，我保证，我不会反抗了！"

"只是阿司匹林，没别的。我跟你保证。只是用来稍微止下痛的。"

她让我把她稍微扶起来，把药片放在她舌上，又喝了点水。"你是谁？"

"我叫玛雅。我也是被绑架你的人绑架来的，但是我不会让他们再伤害你了。他们不会再碰你了。"

"我想回家。"

"我知道。"我小声说，拉了拉她脸上的布。"我知道你想回家。我很抱歉。"

"我不想再闭着眼睛了，请让我看看吧。"

我用手挡住她的眼睛，再把布拿开，看着她迎着微弱的光眨了眨眼。她的双眼是不同的颜色，一只蓝，一只灰，蓝色的虹膜上还有两个斑点。我抬了抬手，让她不用直视头顶的灯光就能看到我的脸。"这样好点吗？"

"疼。"她呜咽着说。泪珠从眼角滴到发丝中。

"我知道你疼，亲爱的。我知道。"

她转过身把脸埋到我的膝盖上，细弱的双手抱住我的屁股。"我要妈妈！"

"我知道，亲爱的。"我搂住她，头发围住她小小的身躯，像是一个铠甲，我尽力搂紧她，不碰她会痛的地方。"对不起。"索菲娅的女儿吉莉今年就11岁了，这个小姑娘看起来也差不多大，最多也就大1岁。但是一想到吉莉我就心痛得不行，这个小女孩看起来这么小，这么柔弱，这么残破。我连想象一下胆大的小吉莉变成这样都不忍心。

她哭到昏睡过去，几个小时后才又醒来，福佑给我们带了一些水果。"洛兰没做早饭，"她小声地跟我和丹妮拉说。"苏莱玛和薇拉说，她在厨房里坐了一整夜，光盯着墙看了。"

我点点头，拿了个香蕉，坐回到小孩旁边。"给，你肯定饿了。"

"不饿。"她痛苦地说。

"受惊吓也会这样，可还是要试着吃点。香蕉里的钾有助于放松肌肉，就没那么疼了。"

她叹着气，浑身依然抖着，不过还是拿了香蕉，咬了一口。

"这是福佑，"我指了指那位娇小的朋友。"这是丹妮拉。你能告诉我们你的名字吗？"

"基莉·鲁道夫，"她回答说。"我住在马里兰州，夏普斯堡。"

很久很久很久以前，吉利安说过一些关于马里兰的事。

"基莉，你觉得你可以为了我变得勇敢一些吗？"

她的眼睛里又涌起了泪水，但是谢天谢地，她点头了。

"基莉，这个地方叫做花园。有一个男人，和他的两个儿子抓住了我们，把我们困在这里。他们给我们食物和衣服，一些生活必需品，但是不准我们走。我很抱歉你被绑架到这里来，但是我也没办法改变这点。我无法保证你以后还能见到你的家人或者回家。"

她吸了吸鼻子，我搂住她的肩膀，把她抱进怀里。

"我知道接受这些很难。我不是嘴上说说，我真的感同身受。但是我跟你保证，我会照顾你的。我不会让他们伤害你。我们被困在这里的人成了一个大家庭。有时候我们会吵架，我们也不是一直互相喜欢，但是我们是一家人，家人就会互相照顾。"

福佑一脸坏笑地看着我；虽然她知道的不多，却也明白我从小就不信这一套。

但我在公寓里体验到了这种滋味,在这里又学到了其他的。我们是个混乱的大家庭,但终究还是个大家庭。

基莉看着丹妮拉,缩到我身边。"为什么她脸上有文身?"她小声问。

丹妮拉跪在床前,把基莉的手握在手心里。"这是另一件你要鼓起勇气接受的事。"她轻柔地说。"你想现在就听呢,还是过一段时间再听?"

小孩咬着嘴唇,不确定地看着我。

"你定。"我跟她说。"现在还是以后,都随你。我保证你不会被文身的,这样会好点吗?"

她颤抖着深吸了一口气,点了一下头。"那就现在。"

"关我们的人,叫做花匠。"丹妮拉简明扼要地说。"他想把我们当成他花园里的蝴蝶,所以在我们背后文上蝴蝶的图案来迎合他的想象。我一开始被带到这里来的时候,我觉得如果我成了他最宠的那个,他就会放了我,我就能回家了。我错了,但我认识到错的时候已经晚了,他已经在我脸上文了翅膀,他觉得这样才能表现出我对他的所作所为有多么高兴满意。"

基莉抬头又看了看我。"你也有翅膀吗?"

"对,在背后。"

她又看了看福佑,见到她点了头。"但是你不会让他这么对我吧?"

"我不会让他动你一根汗毛。"

下午早些时候,我们把她带到外面的花园里来,福佑走在前面,提醒其他女孩。平时,大多数女孩都会在新来的女孩适应之前避开。

基莉不一样。除了赛维特以外的所有女孩，单个或者结对的，都尽量温和地上前打招呼，作着自我介绍，还有最重要的，跟她保证说会保护她。我对赛维特的消失没什么意见。

玛兰卡跪在基莉面前，让她摸了摸脸上的白棕黑相间的翅膀图案，她就没那么害怕了。"我会把我的东西拿走，你就能住在玛雅旁边了。"她跟她说。"这样，如果你害怕了，或者不想自己一个人，你也不用担心会迷路。你以后就住在她旁边。"

"谢—谢谢你。"她勉强挤出几个字。

洛兰打起精神给我们做了一顿冷饭，边做边哭。我想说服自己，让自己相信她终于意识到花匠是个什么东西，终于对绑来那么小的孩子感到害怕，终于对自己羡慕嫉妒死掉的女孩的行为感到羞愧。我真的很想相信她内心还有一丁点儿的良知。可是，我不信。我不知道她为什么那么震惊那么寝食难安，我只知道她不是为了别人而担心，只是为了她自己。也许是买假发这件事——或者，更有可能是福佑攻击了她却没有事儿——这让她终于明白，花匠再也不会爱她了。

我们把午饭拿到悬崖上吃，阳光温暖地照着，周围的空间也很开阔。基莉还是没什么胃口，但为了我们的心情，还是吃了两口。然后她看到戴斯蒙德沿着小路走上来，马上缩成一团看着我。福佑和丹妮拉也围过来，从方方面面保护住她。

戴斯蒙德不算是威胁，可他是个男人。我明白这种刺激。

在几步远的地方，也就是在安全的距离外，他停了下来，然后跪在石头上，张开双手。"我不会伤害你的，"他平静地说。"我不会碰你，也不会再靠近了。"

我摇摇头。"你为什么来？"

"来问她的名字，从哪里来，我才能做对的事。"

我想立刻从石头上走下来，可基莉的手还紧紧地抱着我的腰。"没事的，"我小声对她说，紧紧搂住她。"我只是过去跟他说话。你就在这里跟福佑和丹妮拉在一起吧。"

"如果他伤害你怎么办？"她带着哭腔说。

"他不会的。这一位不会伤害我。我马上回来，你一直都能看到我。"

她慢慢松开了我，然后马上抓住了丹妮拉。福佑很软，曲线也好，可惜她不喜欢搂搂抱抱。

我从戴斯蒙德身旁走过，直接走到了悬崖边上，过了一会儿他也跟上来。他就站在离我大约一英尺的地方，双手插在口袋里。"你在干吗？"

"做对的事。"他回答说。"我会报警，但是我需要知道她的名字。外面肯定已经发布安珀警报寻找她了。"

"为什么挑现在？你知道这件事已经差不多六个月了。"

"她多大了？"

我扭头看了一眼小女孩。"她当时在和朋友们一起逛街，准备过12岁生日。"

他咒骂着，盯着自己的脚，鞋尖在石头的边缘外露着。"我一直都很想说服自己，让自己相信父亲说的是真话，虽然你不是自愿来这里的，但你起码是被他从什么困境中救出来的。"

可是，面对这个只有12岁的小女孩，他还在试图蛊惑自己。

"可能是从大街上，也可能是从一个破碎的家庭里，"他接着说，"一定有什么东西让这里比外面更好一点点，可是我不能……我知道是艾弗里绑了她，不是父亲，但是不管是谁，这都不能再继续了。你说的没错：我是没胆量。我还很自私，因为我不想伤害自己的

THE BUTTERFLY GARDEN

家庭,也不想坐牢,但是那个小女孩……"他没说完,语言的力量和背后的情感纠结让他喘不过气来。"我一直对自己说,我要学会更勇敢,天啊,这么想真是太傻了。勇敢不是学到的。只要做正确的事就行了,即使害怕也去做。所以我要报警,跟警察说这里我知道的名字,越多越好。"

"你真的要报警?"我问他。

他怒狠狠地看着我。

"我问你,是因为如果你回去还把头埋在沙子里,我就不能告诉那个小女孩说有人来救我们了。你真的想好了?"

他深吸一口气。"对,我真的想好了。"

我伸出手轻轻地碰到他的脸,让他靠近我。"她叫基莉·鲁道夫,住在夏普斯堡。"

"谢谢。"他转身走开,然后停住,走回来,给了我一个灼热的吻。

然后一言不发地走开了。

我回到石头边。"我们接下去一整天都要待在屋里了,"我跟姑娘们说。"你们先回去,我去跟其他姑娘们说。"

"你真的觉得他会那么做?"福佑问我。

"我觉得他终于要试一试了,究竟能不能成要看天意了。走吧,快点。"

找到每个女孩,告诉她们待在房间里别出来,这就像是一场终极捉迷藏游戏。我不关心她们在不在自己的房间里,只要不在花园里就行,因为一旦花匠知道有人报警了,墙就会落下来,我不敢想留在墙外面的女孩会遭遇什么。我说的每个字都压到最低声,因为不知道麦克风能捕捉到多小的声音,也不知道花匠是不是已经知道了他儿子的计划。

我在山洞里找到了埃莱妮和伊瑟拉，在音乐房找到特蕾莎，在玛兰卡原本的房间找到她，拉文纳和纳奇拉在帮她整理所有刺绣用的东西。薇拉和苏莱玛在厨房里看着洛兰，她哭得假发都歪了，皮娅在水塘边研究水位感应器。我一个一个找到她们，把消息告诉她们，看着她们飞快地走回去。

赛维特是我最后找到的，她整个人贴在扎拉的展示柜玻璃上。双眼紧闭，面无表情地贴着，露出背后精致的黑白橘交错的新月蝶双翼。

"赛维特，妈的你在干什么？"

她睁开一只眼睛看着我。"想象在里面会是什么感觉。"

"她都死了，帮不上你什么忙了。连她也不知道是什么感觉。"

"你闻到了吗？"

"金银花味？"

她摇摇头，后退两步。"甲醛味。我的生物老师曾用甲醛来保存解剖用的样本。他们肯定在一间房里放了一吨甲醛，因为在这里就能闻到味儿了。"

"在他准备处理我们的那个房间。"我叹气说，"赛维特，我们得待在房间里。不然要出大麻烦。"

"因为基莉？"

"还有戴斯蒙德。"

她摸了摸锁住的门，旁边就是密码锁。"我们一定要小心处理甲醛。就算在酒精里稀释了，也不稳定。"

我没亲近过赛维特，但也从不觉得内疚。她就是个怪丫头。

但是她还是让我把她拉开扔到她自己的房间去了。我跑回崖顶，

THE BUTTERFLY GARDEN　239

爬到一棵树上，想看看外面有没有发生什么，可是我连屋子都看不到，更别提花园大门了。花匠很有钱，又买了这么大一块地，这两样和一个变态杀人犯组合在一起，就成了最棘手的麻烦。

灯猛地照过来，我连跑带滚地从悬崖边上下来，又抓又撞地爬下粗糙的岩石，穿过瀑布，在墙落下之前跑回了自己的房间。

福佑递给我一条毛巾。"半小时前我刚想到，可惜太晚了，我们可以都聚在花园里的一个地方。如果戴斯蒙德告诉警察说我们在花园里面，他们就会翻个底朝天，对吧？如果我们在花园里，他们就能看到我们了。"

"你信不信，我早想过了。"我把湿透了的裙子脱下来，穿上迎接戴斯蒙德的时候发的那条有后背的裙子。这条不是花匠的最爱，因为遮住了后背的翅膀，但是我当时什么都不在乎了。我只想跑，想要反击，想要无论如何做点什么事，只要不在小小的房间里坐着等。"如果他能搞定警察不进来调查，或是如果他能说服戴斯蒙德不报警，那你觉得他对任何没听话回房间的人会怎么样？"

"操。"

我小声说："福佑……我害怕。"我坐到床上，去握基莉的手。她握住我的手，蜷在我身边，想要找安慰。"这种什么都听不到的感觉让我很痛苦。"

玛兰卡和我试验过一次，在维护期间，我们俩用尽全身的力气狂喊，可是墙那边的人什么都听不到。连通风口都跟着墙一起关闭了。

过了好几个小时，墙才升起来。我们一开始还待在房间里，不敢动，强迫自己动一动，却依然一动不敢动。终于我们再也受不了了，就走到花园里，看看我们的世界有没有什么变化。

也许，我们终于等到了，更好的结局。

※

"等到了？"埃迪森看她不愿再说，便问了她。

"没有。"

III

  英纳拉用拇指摸着伤心的小龙，手上的一处痂碰到龙的眉骨，被刮脱落了。

  维克多跟搭档互相看了一眼。"拿上外套。"他推开椅子准备起身。

  "什么？"

  "我们出去转一圈。"

  "我们去干什么？"埃迪森咕哝着问。

  女孩什么也没问，直接拿了他的夹克衫套上。小蓝龙还在她手心里攥着。

  他带着两人走到车库，为女孩打开副驾驶的门。她盯着车愣了一下，嘴微微弯曲，他觉得这表情算不上是微笑。"怎么了？"

  "自我坐出租车去外婆家以后，就再没坐过车了。这次来这里是我打那次以后第一次坐车，然后去医院也坐了车，不过我当时从纽约去花园可能也是坐车去的。"

  "那么，我不让你开车，你应该可以理解。"

  她撇了撇嘴角。到了这里，那在房间里轻易就能看到的笑颜和舒缓的氛围，都消散了。他们一直在追寻的真相终于要浮出水面了。

"为什么让我坐后座，能给我个理由吗？"埃迪森抱怨道。

"想让我编一个？"

"好吧，那我要选音乐。"

"不行。"

女孩挑眉，维克多做鬼脸。

"他喜欢乡村音乐。"

"求你别让他选。"她落座的时候轻快地说。

他吃吃地笑起来，等她收好腿才把车门关了。

"我们要去哪里郊游啊？"埃迪森问正要回到驾驶座的那位。

"第一站去喝咖啡，然后去医院。"

"所以她能去见那些女孩子？"

"也算是。"

埃迪森翻了个白眼，不追究了，舒舒服服地在后座上坐好。

※

他们手捧着咖啡到医院的时候——英纳拉捧的是茶——整栋楼都被新闻报道车和伸着脖子等新闻的人围得水泄不通。多年以来的职业经验让他情不自禁地猜想，走失的女孩子们年龄在 16 岁到 18 岁之间，此刻她们的父母亲是不是都正举着蜡烛和放大了的照片，祈求着好消息呢，还是希望得到哪怕是最坏的消息，这样永远陷在未知的噩梦也就能结束了。有些人看着手机，等着电话，而更多的人可能永远也等不到电话了。

"那些女孩被隔离了吗？"她转过脸，用头发挡住前面。

"对，门口还有警卫。"他瞄了一眼抢救室入口，看能不能直接带她从那里进去，但是门口的路上停着四辆急救车，旁边有人在忙来忙去地走动着。

"如果有需要的话，我可以从几个记者旁边走过去。他们其实也不是真的希望在我这里打听到什么。"

"你在城里的时候到底有没有听过新闻？"

"我们在塔基家吃东西的时候偶尔会听。"她耸耸肩。"我们没电视，大多数一起玩儿的人家里的电视都用来打游戏或者看碟了。怎么了？"

"因为他们就是想让你说话，就算他们知道你不该说。他们会把麦克风推到你脸上，问你很私人的问题，毫不留情，你说的话会被他们传到所有听的人耳中。"

"所以……他们跟联邦调查局差不多？"

"先说我们像希特勒，现在又说像记者了。"埃迪森说，"我真是对您的谬赞感到诚惶诚恐啊。"

"我真不了解记者的工作，不知道他们那么有攻击性，所以我也不知道他们这么可怕。"

"如果你不介意从他们中间挤过去，那我们就走吧。"维克多还没等两人开口，就先表了态。他停好车，走到她那边给她开车门。"他们会冲你喊的，"他先让她有个思想准备。"他们会在你面前扯着嗓子喊，到处都是闪光灯对你拍个不停。还会有家长挤过来问你他们女儿的情况，看你知不知道。还会有人侮辱你。"

"侮辱我？"

"总有人觉得受害者都是自找的，活该。"他解释说。"就是一群傻子，不过大多数都是口头暴力。当然了，你不是自找的，没人活该被绑架被强奸被谋杀，但他们还会这么说，因为他们就那么认为，或者就想要几秒钟的关注,也因为我们要保护言论自由,所以没办法禁止。"

"我猜,在花园里我已经习惯了那里的恐怖,忘记了花园的外面也会很可怕。"

他想试着告诉她,不是这样的。

可现实就是这样,所以他沉默了。

他们走出车库,来到了大门口,两个探员从侧面保护女孩,人群中的灯光和声音瞬间被引燃。女孩严肃地从他们身边走过,目视前方,连问题都不听,更别说回答了。从小路到医院有道路障,当地警察把守着不让闲杂人等进入。他们快接近门口时,一位最有胆魄的女士从路障下面爬了进来,再爬过了一名警官的双腿间缝隙,身后还拖着一条麦克风线。

"你叫什么名字?你是一个受害者吗?"她挥着面前的麦克风追问道。

女孩没有回答,连看也没看,维克多给警官示意带那个女人离开。

"你身处惨剧之中,你还欠警方一个真相!"

她用拇指不停地摩挲着小蓝龙,转过身看见记者被警官架着,却还在奋勇挣扎。"我认为如果你真的知道你正在报道的到底是什么事,"她缓和地说,"你就不会说出我欠*任何人*什么东西这种话了。"她冲警官点点头,然后转身走过自动门。身后是哭喊声,离门最近的人追问着失踪女孩的信息,但是门关上的那一刻,一切又归于混沌的呐喊。

埃迪森冲女孩笑笑。"我还以为你会叫她滚开。"

"不是没想过。"她承认说。"不过我想到你俩也可能会在镜头里,我可不想让汉诺威的妈妈看到他听了这么下流的话,回家帮他洗耳朵。"

"对,对,走吧,俩小孩儿。"

这家医院里的警察也太多了,光看大厅里的那些就够了。联邦调查局的、当地警察局的、警察厅其他部门也派来了代表、还有儿童福利机构的,他们都忙着打电话敲键盘点平板。而那些不用处理技术问题的人面临的是更棘手的问题:家人。

埃迪森把空杯子扔进门旁边的垃圾桶里,维克多跟小组的三号人物招手示意,有一对三十多岁的夫妇坐在她身边。拉米雷兹点点头,手依然搭在身旁那个筋疲力尽的女人肩上,一动不动。"英纳拉,这是——"

"拉米雷兹探员,"英纳拉替他说完。"被带过去问话之前我们就见过,她跟我保证说不会让医生添乱。"

维克多只有讪笑。

拉米雷兹微笑着说:"专断。"她纠正说。"我保证的是尽量让医生们不要*专断*行事。不过我那时以为你是玛雅。"

"我是。现在也是。"她摇摇头。"这很复杂。"

"这是基莉的父母。"拉米雷兹指了指那对夫妻。

"她一直说要见你。"基莉的父亲说,他脸色苍白,双眼血红,但还是伸出手来想握手。她举起满是烧伤和割伤的双手,抱歉地向他致意。"我听说你在里面曾经保护过她?"

"我努力过。"她没有直接回答。"虽然她不幸去了那里,但是她很幸运,没待多久。"

"我们准备把她移到单人病房,"妻子抽着鼻涕说。她手里还抓着一个 Hello Kitty 背包和一把纸巾。"她还那么小,医生问的又都是非常隐私的问题。"她用纸巾捂住脸,丈夫接过话头继续。

"她吓坏了,说如果她没有你在身边,就要跟……跟……"

"跟丹妮拉和福佑在一起?"

"对。我不……我不明白为什么她要……"

"这些事很难一下子就接受,"英纳拉柔声对他们说。"很可怕的。基莉在里面的时间不长,但她在里面的那几天,从来不是一个人。我们三个人一直陪在她身边,有时候其他女孩也会过来陪她。有个知情人在身边会好受一些。都会好起来的。"她低头看了一眼手中的小龙。"她见到你们不是不高兴;她高兴坏了。她特别想你们。但是如果让她一个人在房间里待着……可能她会害怕。只要耐心一点对她就好了。"

"他们对我们的小女儿做了什么?"

"她能说的时候自然就说了。请你们耐心一点。"她重复了一遍。"很抱歉,我知道你们肯定有很多问题,有很多担心的事,但是我现在必须要去看看其他女孩,看看她们怎么样了,也包括基莉。"

"好的,好的,你去忙。"基莉的爸爸清了好几次嗓子。"谢谢你帮助她。"

基莉的妈妈起身抱住女孩,女孩很吃惊,一边警惕地看了一眼旁边龇牙咧嘴的维克多。见他不过来帮忙,女孩苦笑了一下,把女人的手轻轻拉开。走开的时候她小声问:"这里还有多少家长?"

"大约一半的生还者,她们的家长都来了,还有几个在路上。"拉米雷兹小跑着追上他们进了电梯。"他们还没通知那些死亡女孩的家长;想等到百分百确认了之后再说。"

"嗯,那也好。"

"拉米雷兹探员!"一声尖锐的叫声传来,随即而来的是高跟鞋飞快地踩在地板上的声音。

维克多叹了口气。他们离得那么近,路过了居然没注意到。

然后他和搭档都转过身,看着迎面而来的女人。英纳拉一直盯着电梯里的屏幕,看数字不断减少。

金斯利参议员是一个五十多岁,一身优雅的女人,黑色的头发在脸部周围营造出柔和的感觉,中和了她面部的严肃感。虽然从昨晚她就驻扎进了医院,但看起来还是干净清爽。枣红色的西装外套映衬着她深色的皮肤,翻领上的小小一颗美国国旗徽章几乎淹没在了一片枣红色中。她停在几个人面前,"就是她吧?"她诘问道,"这就是你们一直藏着的女孩?"

"我们一直在审问她,参议员,不是藏着她。"维克多温和地说。他伸出手来抓住英纳拉的肩膀,坚定但不失温柔地把她转过来。

英纳拉的眼睛快速扫了一眼女人。她装出的微笑假得让维克多都觉得尴尬。"你应该是拉文纳的妈妈。"

"她的名字,"参议员从牙缝里挤出几个字,"叫帕丽斯。"

"以前是。"她顺着说。"以后也会是。但现在她还是拉文纳。外面的世界还不是真的。"

"你到底什么意思?"

笑容消失不见了。英纳拉摸着伤心小龙。过了一会儿,她挺直身子直视着女人的眸子。"我的意思是,你是真实的,但是出现在她面前只会让她招架不住。前两天的事情已经够了。我们经历了那么多,一直生活在别人可怕的幻想世界里,你要我们立刻出来面对现实,我们已经不知道怎么面对了。总有一天,会好的,但是你的真实实在是太……"她扫了一眼周围安全距离外的一堆随从人员和助理。"太公开了。"她最后还是说出来。"如果你不带随从去看她,也许就会好些。"

"我们正想要弄明白到底怎么回事。"

"这不是联邦调查局的活儿吗?"

参议员盯着她。"她是我的女儿。我不会坐在旁边就光看着——"

"像所有其他的家长一样?"

维克多再次捏了把汗。

"你代表着法律,参议员,也就是说有时候要退到一边,等着法律来裁决。"

埃迪森转手又按了一次电梯的按钮。维克多看到他的肩膀在颤。

可是英纳拉还没完呢。"还有,有时候做母亲,或者做参议员,两者不可得兼。我觉得她想见到她妈妈,但是想到自己经历的那些,她必须要做出牺牲,我想她现在还没有要见参议员的心情。那,我们现在要失陪了,还要去看看拉文纳和其他人。"电梯到了,门刚打开她就抬腿进去了,拉米雷兹和埃迪森也紧跟着进去了。

维克多跟他们摆摆手,让他们先上去。参议员暂时好像无话可说,可也只能是暂时。

的确没过多久。"我听说,那个女人,洛兰,是个共犯,她也协同对我女儿做了那些事。我跟你保证,警探,如果我听到任何一丁点消息说那个女孩参与了这件事,我一定会尽全力——"

"参议员。我们做好自己分内的事就行。如果你想知道你的女儿到底经历了什么,想知道真相的话,就请让我们先做好我们的工作。"他伸手扶住她的手肘。"我女儿只比帕丽斯小一点点。我跟你保证,这件事我绝不会掉以轻心。这些年轻的姑娘经历了地狱般的生活,但还是坚强地撑下来了,为了她们我也会尽自己的全力,但是你要给我们留一点空间。"

"你能行吗?"她机警地问。

"我希望自己没发现过这个才能。"

"祝你好运,警探,希望你别搞砸了。"

维克多看着她离开,然后按了上楼的按钮。等电梯的时候,他可以看到她和那堆人聚在一块儿,下命令,问问题,年轻的下属助理争着回答。稍上年纪的随从人员更镇定一些,没有强出头。

他到了四楼,出了电梯注意到这里出乎寻常的沉寂,跟挤成一堆乱作一团的大厅截然不同。其他人都在等他。护士站旁聚集了一群医生护士,他们在说话,看到门口荷枪实弹的警卫就一再压低声音。

一个护士冲拉米雷兹招手。"还要再跟女孩们谈话?"

"我们带了另一个人来见她们。"她指了指女孩,护士看到了,冲她善意地笑了笑。

"噢,对了,我记得你,你手怎么样了?"

她举起手来让护士检查。

"缝针的地方都挺干净,也没有肿胀,"她边看边说,"挺好的。你是不是抠了那些小伤口的痂?"

"就一点儿?"

"嗯,别再抠了。想长好就不能抠。以防万一,我再给你包扎一下。"

不出几分钟,她的手又被纱布裹起来了,手指被仔细包好,留了点活动的空间。包扎的时候顺便又帮她快速检查了一下身侧和手上的其他小伤。

"看起来挺好的,亲爱的。"护士的一只手搭在女孩肩上,给了结论。"警探,可以带她走了。"

女孩敬了个礼,护士微笑着跟她招手告别。

他们走到第一扇门前,英纳拉长长地吸了一口气,又把小蓝龙拿出来聊以慰藉。"我不知道里面会是什么样。"她坦白地说。

维克多拍拍她肩膀。"进去看看就知道了。"

站在门口的当地警官拿开枪,直直地站着。"里面还有两道门。"

"所有?"埃迪森单刀直入地问。

"她们坚决要求的。"

"她们是指那些受伤的少女?"

"是的,长官。"他拿掉帽子,挠了挠头顶蓬松的金发。"有个姑娘还教了我几句黑话,我连在突击搜查毒品的时候都没听过。"

"大概是福佑。"女孩小声说。没再跟警官说话,她直接走进了里面的两扇门,后面紧跟着探员三人组,她对里面站岗的警官点点头,问:"我可以进去吗?"

他看了一眼后面的探员,三人都点头。"可以,女士。"

虽然隔着墙,他们听不清单词和声音,但还是能听到另一边的说话声。门一打开,声音就止住了,然后一见到女孩,房间里女孩子们说话的音量似乎被调到了最大。

"玛雅!"一个黑白相间的影子一下子从房间的那头冲到女孩的怀里。"你他妈到哪儿去了?"

"你好啊,福佑。"拍了拍娇小女孩头上乱糟糟的黑色卷发,她环视了房间。双床的标间不知为何放了四张床。受伤较轻的、能走动的都聚在受伤更重的、卧床的姑娘身边,握着她的手,或者搂着肩抱着腰坐在一块儿。几个勇敢的家长坐在床边的硬板凳上,但大多数家长还聚在远一些的墙边,一边眼盯着自家女儿,一边跟其他家长聊天。

维克多靠在墙上,微笑地看着最小的那个影子努力地在两张床中间爬着,准备爬到两个少女中间。女孩紧紧地抱着小孩,脸上挂着温柔的笑，美好的画面。

"你好啊，基莉。我见过你爸爸妈妈了。"

"我觉得我伤了他们的心。"基莉小声说，但英纳拉摇摇头。

"他们只是害怕而已。对他们耐心点，对你自己也耐心点。"

维克多和他的搭档们在门口徘徊了差不多半个小时，看着小姑娘们说说笑笑，互相笑骂，又安慰着突然崩溃或是哭起来的小伙伴。虽然她明显不喜欢见家长，可女孩还是被乖乖地拉到家长们的面前。她耐着性子听着他们讲自己寻找女儿的故事，怎么坚持下来的，唯一不耐烦的表情就是扬起的眉毛。丹妮拉看到快笑疯了，心跳监控器都叫了起来。

他认得出拉文纳——她就是她母亲的少年版——他专注地看着两人简短的对话，想要听到点儿东西。参议员的女儿一条腿上裹着厚厚的绷带。他记得，拉文纳会跳舞。他看着英纳拉轻轻地摸她腿上的绷带，不知道以后会怎样。

他能从她讲过的故事里辨别出眼前的几只蝴蝶，其他人只能靠他听她们叫来叫去才能分清。除了基莉没有再取名字，其他所有人都没有用自己进去前的名字。她们口中叫的，心中想的，还是在花园里用的名字，他能看到家长们每次听到这不熟悉的名字都会感到难为情。英纳拉说，有时候忘记了会更好过；他第一次有了这样的疑问，是不是有人真的忘了自己的名字。或许，她是对的，她们还没准备好面对现实。

一直待在这里好像很好，能帮她们扫开这几天来恐惧可怕的阴云，重见温暖和煦的阳光，可是维克多没办法完全放松下来。她还有要看的东西，还有要告诉他们的事情。

他们还需要知道更多。

他抬起手腕看了眼表,英纳拉的眼睛马上就跟了上来,无声地问了他。他点点头。她叹口气,闭了下眼睛定定神,然后开始跟大家保证说自己会回来的。都快走到门口了,福佑突然抓住她的手。

"你告诉了他们多少?"她直率地问。

"重要的基本都说了。"

"他们又跟你说了什么?"

"艾弗里死了。花匠可能会撑到最后审判的时候。"

"也就是说我们都要上庭。"

"早晚的事,你不妨这么想:跟联邦调查局聊天说不定比跟你爸妈聊天更轻松呢。"

福佑做了个鬼脸。

"她父母要来了,"拉米雷兹对维克多小声说,"她爸爸刚调到巴黎教书,正从大西洋那边飞回来。现在我们还不知道,他们是主动放弃找她,还是为除她以外其他还在身边的孩子最好的考虑不得不放弃找她。"

听她的意思,福佑明显不想和他们有任何的交流。

英纳拉最后抱了基莉一下,就跟维克多和埃迪森走了;拉米雷兹留下来跟家长谈话。他们路过了几间警卫把守的空房间,本来女孩们都该在房间里的,然后又是一连串没人的空房间,女孩在走到最后一个房间前做好了心理准备,这个房间门前有警卫在站岗。

停下的时候,埃迪森看了一眼门上的小窗户,一脸奇怪地看着搭档。维克多只是点点头。"我在外面等着。"年轻人说。

维克多打开门,让女孩先进去,再小心地关上身后的门。

床上躺着的男人身上插满了管子,周围都是仪器,每个仪器都发出轻轻地叫声,仿佛在唱出自己的旋律来。他鼻子里插着输氧管,但旁白

THE BUTTERFLY GARDEN 253

还有一个备用的呼吸机。没盖毯子的地方也没穿衣服,有的地方缠着绷带,要么就擦着药油,要么被用来给他降温的合成仪器盖住,以免遭到感染。烧伤的地方一直延伸到一侧的头皮上,满是褪色起泡的皮肤。

女孩睁大了眼睛盯着他,刚走进房间不到一码,脚下已经生了根,挪不动步了。

"他的名字是乔弗里·麦金塔,"维克多温和地对她说。"他再也不是花匠了。他现在有了名字,全身严重烧伤,他再也不是花园里的神了。他永远也不会是了。他叫乔弗里·麦金塔,他会被带上法庭,为他所做的一切付出代价。这个人*再也不会伤害你了*。"

"那埃莉诺呢?他妻子会怎样?"她小声问。

"她在旁边的房间,有人监控着她的心脏状况;她在家里就倒下了。据我们所知,她从来不知道这些事。"

"那洛兰呢?"

"在那边的某个病房里,正在被审问,要看她究竟干了些什么才能决定怎么起诉。那之前还要对她做一系列精神评估。"

他能看出她嘴边快要吐露出的名字,可最后还是吞了下去。她坐到一个靠墙的硬椅子上,撑在自己的膝盖上,仔细看着病床上陷入昏迷的男人。"没人见过他生那么大的气,"她小声说,"就算是艾弗里惹了祸,他也没生过这么大的气。他气疯了。"

他伸出一只手,在看到她真的握住后,维克多极力掩盖住自己的惊讶,纱布摩擦在他的皮肤上。

"没有人见过他那样。"

※

他们三个人站在花园的尽头,离门最近的地方,花匠显然急了,大发雷霆。他冲着戴斯蒙德大吼大叫，艾弗里在旁边还洋洋得意呢。我猜他觉得他父亲已经对基莉的事情翻篇儿了。

我没再靠近了，只是快速检视了一下能看到的花园里的景象。很明显，有人来过。沙子上有靴子的痕迹，有些植物被踩了。还有人在河岸旁扔了个口香糖包装。是警方漠不关心？还是花匠给了个合理的解释？

"空间的关系。"福佑小声说。"如果他把*所有的*墙都放下来，别人就不知道还有走廊了。门口大路的两边都有小道。"

所以，也许他们找过了，可就是找不到我们。

戴斯蒙德确实报警了。

我的心很痛，因为我想要为他骄傲，但是我最能想到的就是时机太他妈不对了。知道我们被绑架、被侵犯、被谋杀、被展示了，都不够，但终于强奸伤害了一个 12 岁的小孩子触动了时机。

"这是不对的！"趁他父亲喘气的时候他喊出来。"抓她们不对，留她们不对，杀她们也不对！"

"对不对不是你说了算的！"

"是！就是！因为这是违法的！"

他父亲攒着劲扇了他一巴掌，他被打得一个趔趄坐在地上。"这是我的家，我的花园。在这里，我就是王法，你才是违法的那个。"

艾弗里笑得像个过圣诞的小男孩，他消失了一会儿，回来的时候手里多了一根竹竿，大概是前天被打用的那根。真的，是一根竹竿。谁会用竹竿打自己亲手养大的孩子？说实话，不管孩子几岁，谁会用竹竿打自己的亲生骨肉？但是艾弗里把竹竿递给父亲，自己上前把弟弟的衣服撕了，露出整个后背和下面的屁股。

"这是为你好，戴斯蒙德。"花匠说着卷起了袖子。戴斯蒙德挣扎起来，可是艾弗里锁住了他的头。

我把基莉按在我肚子上，不让她看到，我们站在隐蔽处看着花匠用竹竿打自己的儿子。笞打之处立刻留下鲜红的痕迹，然后马上肿起来，艾弗里这个变态混蛋，每打一下都喝一次彩。戴斯蒙德还在挣扎，但不管有多疼都一声不吭。花匠边打边数，到二十下了，他才扔了竹竿。

艾弗里不喝彩了。"这就没啦？"他追问说。"你为了那个小婊子的烙伤打了我那么多下！"

我一只手按了按屁股，摸了摸烙铁留下的厚厚的伤疤。二十棍竹子能抵得过这个？

"艾弗里，别插手。"

"不行！他可能会让我们俩都去坐牢，说不定就是死刑，你打了他二十下就放过他了？"他把弟弟扔下，"你花了三十年心血做的事，差点就被他给毁了。他是你儿子，可他背弃了自己的父亲。他背弃了你！"

"艾弗里，我跟你说了——"

艾弗里从腰间拿出了什么东西，突然间，他父亲说的话统统没用了。艾弗里才是房间里的主导。

只要一把枪就行了。

"你把一切都给了他。"他大声吼着，拿枪指着弟弟。"你最珍爱的戴斯蒙德，他从来没帮你给花园带过什么进来，可你那么为他骄傲。'蝴蝶们都喜欢他。''他不会伤害她们。''他更懂她们。'谁他妈关心这些？我也是你儿子，你的大儿子。我才是你最应该感到骄傲的那个。"

他父亲举起手来，盯着枪。"艾弗里，我一直都为你骄傲——"

"不，你只是怕我。连我都能看出这中间的差别，父亲。"

"艾弗里，请你把枪放下。这里用不到那个。"

"这里用不到那个。"他冷笑着重复父亲的话。"我想要任何东西,你都用这句话搪塞我!"

一声痛苦低沉的呻吟,戴斯蒙德倒在地上,挣扎着用手肘撑起来。

枪声响了。

戴斯蒙德喊了一声又倒下了,血汩汩地从他衣衫褴褛的前胸上冒出来。花匠一声哽咽冲上去,枪声再次响起,花匠捂着伤口跪倒在地。

我把基莉塞到丹妮拉怀里,把她们俩推到一个大石头后面。小声跟她们说:"待着别动。"

福佑抓住我的手。"他值得吗?"

"可能不值得,"我要承认。"可是他真的报警了。"

她伤心地摇摇头,松手了,我立刻从女孩中间冲出来。就快到戴斯蒙德身边的时候,艾弗里一把抓住我的头发,把我拎了起来。

"小婊子居然也来啦,花园里的小皇后啊。"他用手枪敲我,疼得我耳鸣,枪的什么地方还刮破了我的脸。他扔了枪,把我踢倒跪下,开始摸索自己的皮带。"我现在可是花园的国王了,所以你识相的话就给我好好表现。"

"你把那玩意儿放我嘴边,我就能给你咬下来。"我咆哮着说,石头后面的福佑还欢呼起来。

他又开始打我,一下又一下,扬起手来再要打的时候,纳奇拉的声音让他停了下来。

"我听到警笛声了!"

我除了脑壳里的嗡嗡响,什么都听不到,可是还有一些女孩子也说听到了警笛。我也不知道到底她们是为了分散他的注意力,还是真的听到了警笛。

艾弗里扔下我穿过花园跑到悬崖上亲自查看。我爬到戴斯蒙德身边，他一只手按着胸口。我拿开他的手，用自己的手帮他按住，他的血又暖又黏，一下一下地喷在我的手掌上。"求你别死。"我小声说。

他虚弱地捏了捏我的手，但没有回答。

花匠呻吟着挪到儿子的另一边。"戴斯蒙德？戴斯蒙德，回答我！"

那双浅绿色的眸子——和他父亲一样的眉眼——轻轻睁开了。"唯一能够保护她们的方法就是放她们走。"他喘着气说。豆大的汗珠从他额头上落下来。"他会把她们都杀了，她们每时每刻都会活在痛苦中。"

"你保持清醒，戴斯蒙德。"他的父亲恳求他说。"我们送你去医院，会有解决方法的。玛雅，继续按住！"

我没有放松过。

但现在我能听到警笛声了。

艾弗里在崖顶气急败坏地又骂又跳，姑娘们都跑到我们身边，大概觉得花匠和戴斯蒙德比走投无路的艾弗里更靠谱些。连洛兰也围到我们身边，也没人要把她拨开。福佑用颤抖的双手拿起了枪，但她的眼睛瞄准的是艾弗里。

警笛声越来越大。

※

"我不知道他们怎么会回来。"她低语道，抓着他的手像是抓住了他的生命。"他们第一次什么也没发现对吧？不然花匠不会让墙升起来。"

"局里的一个警官查了一遍戴斯蒙德给的那些名字。基莉的名字他们查到了,因为她是最近失踪的,但是他去查其他名字的时候,联邦调查局的标记出现了。他的上级联系了我们,我们就跟他们在那里见面了。比如,卡西迪·劳伦斯,大约七年前在康涅狄格州失踪。她和基莉绝无关系,除非真的有什么事把她们联系到了一起。"

"也就是说利昂奈特是我们最后被找到的原因之一?"她淡然一笑。

"对,她是。"

他们静静地坐着,几分钟时间里,只是看着床上的男人呼吸。

"英纳拉……"

"剩下的事。"

"胜利在望,希望这是我想请你帮忙的最后一件事了。"

"还要让我出庭作证呢。"她叹气说。

"我很抱歉,真的抱歉,但是后面还发生了什么?"

※

妈的赛维特!

花匠从口袋里拿出遥控器,按了一串数字。"赛维特,请你快去门口的房间里拿些毛巾和橡皮管来。"

"扎拉旁边的那间?"她问。

"对,就那间。"

她脸上慢慢展开了一个微笑,然后大笑着绝尘而去。赛维特在那里待了一年半左右,我认识的她,从来都是独来独往,就是……乖乖的。

花匠弄了弄自己的腰带来压住一侧的伤口,然后摸着儿子的头发,告诉他保持清醒,问他问题,求他回答。戴斯蒙德通过捏我的手来回应一些事,他还有呼吸,但是不想讲话,我觉得不讲也好吧。

"我们拿了毛巾系在他身上,你会让我们把他送出去吧?"我问。

花匠看了看我,似乎要把我看穿了,就算是到了这种关头,他好像还在权衡蝴蝶和儿子的重要性。最后,他点点头。

然后我就闻到了味道,呆住了。

丹妮拉也闻到了,她皱起鼻子。"是我想的东西吗?"

"甲醛。"我吐出两个字。"我们要快点远离那个房间。"

"哪间?"

花匠的脸变得惨白。"别问了,女士们,快走。"

我们不得不拉着戴斯蒙德走过沙地,花匠在后面蹒跚着跟着。我们冲过瀑布——想要躲在后面不愿被淋湿的人都被福佑推了进来——大家都挤在山洞里。

透过瀑布的声音,我们听到赛维特在大笑,然后……

※

她摇摇头。"我不知道怎么形容爆炸。"她对他说。"就是很猛,轰隆一声,然后热浪滚滚。崖顶的几块大石头也掉下来了,但是山洞倒是没塌,我还有点担心。到处都是火苗和玻璃渣,还有那些傻不拉几的小喷头也都打开了,直往河里喷水。房顶也被震碎了,空气从上空涌进来,火焰立刻变大了。到处开始冒烟,连那些真蝴蝶也遭了殃,那种情况下,烟雾浓得连呼吸都困难。我们必须要离开那儿。"

"你们过了小河?"

"直到水塘边。脚被路上的玻璃渣割得不轻,但是火势还在蔓延,所以有水的地方当然好些。花园的前半部分都陷入熊熊火焰中。我问了花匠……"她努力地吞了吞口水,看了眼病床上的男人。"我问了麦金塔先生,有没有紧急出口,或者有没有别的出口,可他说……他从没考虑过会有意外发生。"

她动了动被他抓住的手,用另一只手摸绷带下的伤疤。他轻轻地把她的手从伤口上推开。

※

火势蔓延得很快。头顶的玻璃窗也碎了,大块小块的玻璃下雨一样落下来。薇拉躲过了一块,可是直接踩到了另一块玻璃,那一块能直接把她的头切成两半。我们看到火焰已经越过玻璃,开始吞噬外层的温室了。

花匠摇摇头,靠在海莉身上。"如果烧到放肥料的那间房,就会有二次爆炸。"他说完一阵咳嗽。

到现在,几乎所有女孩都在哭。

我试着想出一个可能的方法,让我们不被困住,不会完蛋。"悬崖,"我说,"如果我们把墙上的玻璃打碎,我们就能到大厅的房顶上去了。"

"怎么去,从快碎了或者已经碎了的玻璃窗户上面滑过去?"福佑小声说。"落地的时候说不定还会摔碎脚踝、摔断腿、摔断脊椎?"

"好,那你说怎么办。"

"我他妈不知道怎么办。你说。"

戴斯蒙德吃吃地笑起来,然后又呻吟了。

皮娅尖叫起来,我们转身看到她背后的艾弗里,用他烧伤起泡的手臂锁住了她的喉咙。一大块玻璃还在他肩膀上颤抖,他的脸上布满了一道道煤烟和割伤。她挣扎着,却被大笑的他咬住了脖子。

"艾弗里,快放开她。"花匠呻吟着说。

火海里爆发出怒号,但我们都听到她脖子发出啪的一声。

他把她的尸体扔到一旁,然后一声刺耳的爆破声,他猛的向后一晃。我转身看到福佑举着枪,双脚像是钉在地上,她又开了一枪。他痛得大喊一声,猛扑过来,然后她就又开了两枪,直到他终于面朝下倒在了花丛中。

有一棵大树,所有的枝干都着了火,烧得齐根倒下,撞在墙上,发出巨大的声响。玻璃被震碎了,金属窗框也受不住重量而折断了,花园两部分之间的黑色房顶也塌了。跳动的火舌中间,我们还能看到外面的温室。

"我还是不知道怎么办。"福佑被烟呛到了,她说,"真的,还是你来想想有什么招儿。"

"滚。"我嘟囔说,她冲我心虚地笑笑。

我用脚踝勾住拉文纳的膝盖,让她过来替我按住戴斯蒙德的胸口。我们把他搬了那么远,动来动去,大概没什么好处,可事到如今我总还要试一试。他也会试的,就算他挺不过去。我们都会努力的。

我也不想他死。是他最终给了我们活下来的机会。

我跑到倒下的那棵树旁边,把大块的玻璃拿开,把割手的树枝搬走。忍着双手的剧痛,我一定要试试看,万一这就是出去的机会呢。然后格莱妮丝和玛兰卡也来帮我,然后伊瑟拉也过来帮忙了,我们想在树干旁边挖出一条路来。清理好一边,我们四个边推边拉地,从另一边把树干推到了中间,正好能到外面的温室里去。

玛兰卡拽出我胳膊上的一片玻璃然后弹掉。"我想到一个能带他走的方法。"

"试试看。"

她用手勾住戴斯蒙德的腋下，然后抬起他的肩膀。我站在他两腿中间，用手勾住他的膝盖后面。虽然动作不优雅，而且很吃力，但也算是一列纵队能搬动了。

福佑在前面领路，丹妮拉和基莉紧跟在她后面。伊瑟拉殿后，推开要倒下的一些残骸，花匠什么忙也帮不上，只能让后面那些吓破胆的——甚至呆住的——女孩们跟上。烟越来越浓，越来越要命，我们都呼吸困难，不停咳嗽。外层的温室里有人影走动，突然，一块连接地面的六英尺高的玻璃窗有了条裂缝。有人在用斧头劈它。我们退了一点，等着看他们能不能过来，又敲了几下，玻璃的中间碎了。一个消防员用斧头敲碎了其他的玻璃窗，然后在碎玻璃上面扔了一块厚厚的折叠油布。

"来吧。"他——还是她？——在面具那头冲我们喊。

又进来了几个消防员，两个人把戴斯蒙德从我们手中接走了。空气不是很清新，但我们那么长时间终于吸到了一口自由的空气，没哭的几个女孩子已经开始哭了，站在松脆的秋日草坪上，感觉到周身凉凉的空气。有些女孩因为震惊跪倒在地，后来是被人拉走的。

他们带走了戴斯蒙德之后，我开始数人数，我看到伊瑟拉也在外面的温室里数，我们都想知道有多少人没撑到最后。然后就是……就是一声巨响，又爆炸了，浓烟从另一间房间翻滚出来，那也是我最后一次看到伊瑟拉，一个火球包裹着她把她震飞了，她身上还烧起了三团火，站在地上的花匠身上也都是火苗。我想要去找别的女孩，但是一个消防员抓住我的手腕把我拉开了。

※

"然后是救护车，然后是医院，然后是我遇到你的那个房间。"她叹口气。"就这些了。整个故事说完了。"

"不是全部吧。"

她闭上眼,把握着小蓝龙的手贴在面颊。"我的名字。"

"花匠有他的名字了。你的名字真的那么麻烦?"

她没有回答。

他站起来,也让她起身。"来吧。不差这一件了。"

她跟着他出了门,路过皱着眉的埃迪森,他正在跟一个穿着防风衣的现场技术人员说话,然后走进了走廊对面的那扇门。这次他领着她走到床边,才让她看到病人是谁,她的呼吸立刻急促起来。

戴斯蒙德的眼睛慢慢地睁开了,不是药物的作用,当他看到她时,一道浅笑出现在他嘴唇上。"嗨。"他小声说。

她张了几次嘴都说不出话来,声音似乎跟不上她受到的刺激。"嗨。"

"对不起。"

"不……不要,你……你做了对的事。"

"但是我本该早点做的。"他一只手伸出毯子,上面的塑料管在胶布下弯弯曲曲地向皮下的针头输送着药剂。

她动了动想牵起他的手,可还没握住,手指已经攥成了拳头。她盯着他看,嘴唇微张,下唇因为震惊还颤抖着。

他的双眼慢慢闭上了,没再动了。不知是睡着了还是昏迷了。

"他还很虚弱,"维克多平静地说。"需要一个很长的恢复期,不过医生说了,他大概已经脱离危险了。"

"他能活下来?"她小声说。眼睛里似乎有什么在闪,但是没有泪珠滚下来。她紧握着手中的小蓝龙,双手交叉在腹前,一种她不再需要被保护的感觉油然而生。"他会被判成共犯的。"她最后说。

"我们决定不了。或许会酌情减刑,但是——"

"但是他六个月之前就该报警的,很快每个人都会知道这一点。"

维克多挠挠头。"我承认,我以为你看到他还活着会安心一点。"

"我是安心了。就是……"

"很复杂?"

她点头。"如果不计较他懦弱造成的后果,还有可能判得轻一些。一个那么小,而且那么晚,可是他最后还是做了对的事,到现在,他要为自己的犹豫而付出代价。也许他本可以勇敢地死,可他将会懦弱地活着。"

"所以不会成真了?"

"真到留下了伤疤。假到一点真的成分也没有。还怎么能继续呢?"

"他很有可能会出庭受审,不管什么形式。你也许要出庭跟他对峙。"

她仍然看着病床上的年轻人,什么也没说。

他也不知道要说什么。"英纳拉——"

"英纳拉!"走廊里传来一声女性的喊声。"英纳——对,我看到你的警徽了,你个傲慢的混蛋,那里面的是我的家人!英纳拉!"外面传来脚步声,然后门砰地打开,一个中等身高的三十多岁女人出现在门口,红褐色的头发有点褪色了,丸子头松垮垮的快要散下来了。

英纳拉转身想看进来的人,却半路定住,眼睛瞪得滚圆。声音像是从她的喉咙里生生挤出来的。"索菲娅?"

索菲娅冲进房间,英纳拉也冲了过去,两人紧紧地抱在一起,双手都握得发白。她们拥抱着摇啊摇。

那个索菲娅?那个公寓里的妈妈?她是怎么知道英纳拉在这

THE BUTTERFLY GARDEN

里的?"

满脸怒容的埃迪森走进房间,瞪着那个女人。他一把将一本黑色的光面剪贴簿塞到维克多手里,厚厚地贴满了照片。"在他办公室桌子一个锁住的抽屉暗层里找到的。技术人员在找人的时候发现了点有意思的事。"

维克多有点不想听,可是没办法这是他的工作。他不再看两个女人,转而看到一张绿色的便利贴在边缘的三分之二处颤颤巍巍地晃着。他打开到那张之前的几页。

一个年轻女子满脸惊吓,眼含泪水地从照片里看向他,弓着腰,手半举着,似乎正想遮住镜头前她裸露的胸脯。旁边的一张照片是从背后照的,露出了刚完成的双翼。下面的一张,还是同样的翅膀,但在一个崭新的展示柜里,翅膀干净利落的边缘在玻璃和无色的树脂中变得模糊了。在空的地方,有两个名字——莉迪亚·安德森在上,西沃恩在下——用有力的男性字体写成,下面还写着"海湾豹纹蝶",以及相隔四年的日期。

下一页是另一个女孩,再后面的一个女孩有贴图,但只有两张照片。而且只有一个日期。照片上的美人有一头红棕色的秀发,睁着忧郁的棕色眼睛,下面写着——

"索菲娅·麦迪森,"维克托读出来,自己都愣住了。

那个女人抱着英纳拉的肩头看着他。帮他说了下一行的字:"劳拉"。

"怎么——"

"没人会提起蝴蝶逃走的事,如果没人能够逃走的话。"英纳拉埋在索菲娅的头发中小声说,"只是会受很重的伤。"

"逃走是真的。你……你逃走了?"

她们都点了点头。

埃迪森皱起眉头。"技术分析员输入了名字，但是跟晚星的职工表不匹配。他们派人去了餐厅，也看了登记的住户，但她不在名单上。"

"我当然不在了。"索菲娅回嘴说。"我已经在来的路上了，怎么会在那里啊？"她松松英纳拉。没完全松开，只是后退了一点把她搂在怀里。索菲娅的上衣很旧很大，领子从一个肩头滑下，露出了一边的肩带和一个褪色的翅膀尖，因为长胖有点变形了。"塔基在新闻里看到你了，被带到医院了嘛，他就跑到公寓里来通知大家。他们给我打电话了，哦，英纳拉！"

索菲娅又抱紧了她，搞得英纳拉有点儿呼吸困难了，可她什么都没说。

"你还好吗？"索菲娅问。

"会好起来的。"英纳拉轻轻地回答，近乎羞涩了。"我的手受伤最严重，但是如果我小心点儿，还是能好的。"

"那不全是我要问的，我会再问你的。我现在有自己住的地方了，我可以打破公寓里的规矩了。"

英纳拉的脸简直放起了光，所有的不确定和惊讶统统不见了。"你把女儿接回来了！"

"接回来了，她们见到你会高兴死的。她们和我们一样想你。她们说没人能像你那么能说故事了。"

埃迪森一个没忍住，笑得咳嗽起来。

英纳拉不高兴地看了他一眼。

对维克多来说，他挺欣慰地看到她回避了一些更细节的问题。至少她对每个人都是这样。他清了清嗓子，对大家说："很抱歉要打断你们，但是我必须要一个解释。"

THE BUTTERFLY GARDEN 267

"他常干这事。"英纳拉嘟囔说。

索菲娅笑笑。"这就是他的工作嘛。但是或许……"她看了一眼床上的男孩,维克多也看了一眼。有这么多噪音,戴斯蒙德也没怎么动。"换个地方?"

维克多点点头,带着众人离开了。他在走廊里看见金斯利参议员一个人站在蝴蝶们的房门口,做着深呼吸。她穿着衬衫和短裙,本该看起来很温柔;可她看起来却带着怯意。维克多想,或许她的西装外套和英纳拉的唇彩一样,是她们对抗世界的盔甲。

"你觉得她会进去吗?"英纳拉问。

"最终会的。"他回答说。"一旦她明白这件事是永远无法做足准备的。"

他在蝴蝶们和麦金塔一家之间的缓冲地带找了一间房,带他们进来。不管怎样,这里还算是个私密的空间,一个换班的警卫跟他们保证说不会被人打扰。英纳拉和索菲娅并肩坐在条纹的床上,对着门口和可能进来的人。维克多坐在对面的床上。埃迪森没坐,他早已习惯在一旁踱步。

"麦迪森女士?"维克多挑起话头。"请你开始吧?"

"你就喜欢直来直往,是吧?"索菲娅摇摇头。"对不起,不过不行,不能直接说。我等的时间比你长多了。"

维克多眨眨眼,但还是点点头。

索菲娅拿过英纳拉的手,用两只手紧紧地握着。"我们以为你过去遇到的事又找上门来了,"她说,"我们以为你跑了。"

"推测得很合理。"英纳拉温和地说。

"可是你所有的衣服——"

"不过是衣服嘛。"

索菲娅再次摇摇头。"如果你要跑路,你一定会带上钱。对了,惠特妮和我给你开了个账户。我们觉得身边有那么多钱太不安全了。"

"索菲娅,如果你想找个法子把这事归结成你的错,在我这里可行不通。我们都是因为一些事情才聚在一起的。大家都明白。如果有人失踪了,大家都知道不要去过问。"

"我们应该过问的。而且那个时间……"

"不可能知道的。"

"什么时间?"维克多问。

"那个花匠——麦金塔先生——"

索菲娅吃惊地笑起来。"他也有名字。我是说,当然了他肯定有名字,可是……太奇怪了。"

"那天晚上在晚星,"英纳拉接着说。"我没说过麦金塔先生很奇怪,只是提到了艾弗里突然闯进来的事。然后我们回家的时候带了一堆蝴蝶翅膀的服装。"

"我把自己灌得差点昏死过去,"索菲娅冰冷地说。"就像是重新回到了地狱。"

"我带她到防火梯上呼吸点新鲜空气,结果她跟我说了花园的故事。"

"我以前从没告诉过别人。"

"为什么?"维克多问。余光里,他看到埃迪森也停下了。

"首先,没什么好说的。我连他的名字都不知道,我走的时候吓得要死,周围的东西什么都没注意到。我也不知道那个房子在哪里。我身上只有一个文身,一个胎儿,还有一个疯狂的故事。我觉得如果去找警察,他们肯定也会和我爸妈一样:觉得我喝多了,要么嗑嗨了,要么跟人乱搞还想撒谎逃避后果。"

"你回去找你父母了?"

她苦笑。"他们把我赶出来了。说我给他们丢人,是耻辱。我没地方可去。当时只有19岁,怀着孕,没有任何人肯帮我。"

埃迪森坐在维克多的床边。"所以吉莉是花匠的孩子?"

"吉莉是*我的*。"她冲他龇牙反驳说。

埃迪森举手做了缓和的姿势。"但他是父亲。"

索菲娅没了底气,英纳拉靠着她安慰她。"这也是我不把这件事说出来的另一个原因。如果他知道了她的存在,我就会失去她。没有哪家法庭会把她留在一个海洛因上瘾的妓女妈妈身边,只会把她判给那个富有的、受人尊重的家庭。后来至少有社会保障机构收留了我的女儿们,我可以努力工作把她们要回来。如果他带走了吉莉,我就再也别想见到她了,我觉得洛特也躲不过。她们都是我的女儿。我必须要保护她们。"

维克多看着英纳拉,"这不就是戴斯蒙德做的事吗?保护他的家人?你却认为他做错了。"

"这是两码事。"

"不一样吗?"

"你知道这不一样。"她冷淡地说。"索菲娅保护的是她的孩子。无辜的孩子没必要被牵扯进来遭罪。戴斯蒙德保护的是罪犯。是杀人犯。"

"你怎么逃出来的?"埃迪森问。

"我正要做怀孕测试。"索菲娅回答说。"我那时不断长胖,而且午饭之后总是恶心想吐。洛——我们的护士给了我一个试纸,但是还没来得及看着我做测试,就因为有人受伤被叫走了。我慌了。到处跑想找到出去的方法,说不定我过去两年半漏掉了什么机关。然后我就看到了艾弗里。"

"艾弗里那时就已经在花园里了。"

"他是在几周前发现花园的。他父亲给了他一个密码,但是他老记不住。他输密码的时候又很慢。那一天,我就躲在金银花丛里,看着他笨手笨脚地输密码。他按密码的时候还把数字给读了出来。我等了一会儿,然后自己输了密码。我都快忘记了门是可以自己开的。"

维克多揉了揉脸。"你跟其他人说了吗?"

她很生气,怒发冲冠,可是过了一会儿又泄了气。"我知道你为什么这么问。"她承认说。"毕竟,我没去报警,我让她们在里面等死了,是吧?可是我真的试过。"她坚定地看着他的双眼。"我跟你发誓,我试过了。她们太怕了,不敢走。我太怕了,不敢留。"

"害怕?"

"如果没逃成会有什么后果?"英纳拉问,这是个问题,却更像是个提醒。

索菲娅说:"在那之前不到一个月,有个叫艾米琳娜的姑娘在维护的时候留在了外面。她想告诉工作人员里面发生的事情,可是花匠肯定用什么手段摆平了这件事。我们再见到她的时候,她就在玻璃柜里了。如果你见过这样的惩罚,就很难想要逃跑了。但是你怪我把她们扔下了。"

"不。"维克多摇摇头。"你给她们机会了。可是如果她们不愿意,你也没办法救她们。"

"说到这,洛兰在里面。"

索菲娅惊愕地问:"不会吧。还在呢?"

英纳拉点点头。

"可怜的女人。"她小声说。英纳拉偏头看着她,但什么也没说。"我和其他妓女站街的时间要比在花园待的时间长些,但是我从没见过有哪个女人像洛兰那样被彻底摧残的。他先是爱她，然后不爱，但这些都不是她的错。如果你想恨她也可以，可我只觉得她可怜。或许比我们所有人都要可怜，因为她从没有过机会。"

"她现在再也没机会进玻璃柜了。"

"我遇到她的时候就已经再没机会了。有什么改变吗？"

"英纳拉？"大家都转头看着埃迪森；维克多记得，这好像是埃迪森第一次叫女孩的名字。"你是不是故意被绑架的？这是不是你想要隐藏的秘密？"

索菲娅大吃一惊，尖叫着问："故意？"一下跳下床。

"不是，我——"

"你真是故意这么干的？"

"不是！我——"

维克多不再关注索菲娅的动人演讲，侧望着自己的搭档。他问："你是怎么从猜共犯变成猜她故意被抓的？"一时间思绪万千。如果埃迪森推测得没错，事情的性质就完全变了。没必要在参议员或者法庭面前袒护她为她留情了。已经到了那一步还不去报警？先不说故意以身涉险，可是怎么会选择去那里？明知是个狼窝，可是，其他的女孩呢？

"如果她没有隐藏自己参与的那一面，那她又想掩盖什么？"

"我要掩盖的是索菲娅！"英纳拉突然说，抓着她朋友的手牢牢拉着。索菲娅带着被震惊的"魅力"，跌坐在床上。"故意，说真的，我看起来有那么蠢吗？"

"你想听我的回答吗？"埃迪森笑着问。

她瞪着他说："我要掩护索菲娅，"这次她的语气放缓了很多。她看了一眼维克多。"我明白，我的话可能不算什么，但是我跟你发誓，这就是真相。我知道如果索菲娅的名字出现了,那么吉莉的事也捂不住了,我不能……索菲娅那么努力工作就为让生活重归正轨。我不能报警把她的日子搅成一锅粥。不能因为我让她没了孩子。我需要时间想想。"

"想什么?"维克多问。

她耸耸肩。"我要想有没有办法可以把她和花园彻底切割。把书藏起来可能是最简单的,但是……唉。反正之后我就想,如果我拖的时间足够长,我或许就能打电话告诉她,提醒她,但是她……"

"你没想到她来了。"

英纳拉摇摇头。

"但是你知道花园的事。"埃迪森不依不饶地问。

"我并不知道就是他们。"英纳拉的两只手给伤心小龙做了摇篮。"她一看到那些带着翅膀的服装,关于花园的记忆就开始刺痛她,没别的,只有痛。我们那天晚上工作的人没有一个能说出客户长什么样子;我们为什么要知道这些?而且他们在为《蝴蝶夫人》筹款,主题也对啊。我根本不知情。"

维克多慢慢地点头。"不过你之前就知道花园,所以你在那里醒来的时候,没有惊慌失措。"

"没错。我试过偷看艾弗里的密码,可是他谨慎多了。嗯,毕竟过去了十年。我找过所有的角落,但是任何出口都找不到。我连在树上敲玻璃都试过。根本敲不开。"

"然后戴斯蒙德来了。"

"戴斯蒙德?"索菲娅问。

"花匠的小儿子。我试过……"英纳拉摇摇头,把脸上的头发晃开。"你知道霍普让她的那些炮友俯首称臣的手段吧?比如她说有一个喜欢的项链在哪个楼里，那个楼即便着火了，他们也会冲进去帮她找到项链。"

"对……"

"我试过她教的办法。"

"哦，亲爱的。"索菲娅碰了碰英纳拉的肩膀，疲倦的面容上舒展开一个微笑。"你要做你自己，我想那样不适合你。"

"真的不行。"

"不过他的确报警了。"维克多提醒她。

"我觉得他报警不是因为我做了什么。"她坦白说。"我觉得主要是因为艾弗里。"

"等一下，为什么？"

"他们俩没法在花园里共存。或许一直就不行，但是在花园里尤其不行，更何况还有他们父亲的骄傲感掺和进来。他们俩一直都在争夺父亲的宠爱。艾弗里做了极端的事，戴斯蒙德就也会做。最后两败俱伤。"

"但是你赢了。"

"我觉得没有人赢。"她说。"两天前，我们有二十三个人，加上基莉。现在，只剩下十三个了。你们觉得这当中能有几个人还能真正适应外面的世界？"

"你觉得有人会自杀？"

"我觉得创伤不会从你被解救的那一刻就停止。"

埃迪森起身拿起维克多手中的剪贴本。"我要把这个还给现场技术人员了。"他对他说。"你要带点什么回来吗？"

"看看有没有人联系上麦金塔家的律师了。乔弗里和戴斯蒙德看样儿还不需要律师，但是埃莉诺应该会要咨询一下。再看看洛兰。问问心理学家有没有下初步诊断。"

"收到。"他对英纳拉点点头,走了。

英纳拉挑起一边眉毛。"你知道吗,要是再跟他一起困在一个小房间里多待几天,我可能要把他当成朋友了。"她对着维克多笑笑,很甜,但是缺了点诚意,不过还是一个真切的笑容。笑容很快就退去了。"接着还做什么?"

"还会有更多的审问。更多更多的审问。麦迪逊女士,你也要接受审问。"

"我明白。我给咱们俩带了手提箱,一人一个。"

"手提箱?"英纳拉重复说。

"在车子的后备箱里;我问吉利安借的车。"她笑笑,轻轻摇了摇英纳拉。"你觉得我会放弃你吗?我们留着你所有的东西,你的床位也还在。我跟你讲了,惠特妮和我把你留下的那笔吓人的巨额存款存进银行了。应该赚了不少利息。吉利安还说欢迎你回到餐厅来工作。"

"你们……你们留着我的东西?"她近乎无力地问。

索菲娅轻轻地捏了捏英纳拉的鼻子。"你也是我的女儿啊。"

英纳拉快速地眨着眼睛,她的眼睛亮亮的,然后泪水夺眶而出,流到脸颊上。她用手指摸了摸湿润的皮肤,惊讶极了。

维克多清了清嗓子。"旋转木马坐完了。"他对她轻轻说。"这次你的家人在等你。"

英纳拉颤颤巍巍地深吸了一口气,想要平静一下,可是索菲娅的双手还抱着她,慢慢把她搂在膝上。她静静地哭了起来。只有颤抖的身体和不平稳的呼吸暴露了她的哭泣。索菲娅没有抚摸她深色光滑的秀发。维克多心想,那样就太像花匠了。她用手指摸着她的耳廓,一遍又一遍，直到英纳拉破涕为笑，重新坐好。

维克多从对面的床上递过自己的手帕。她接过擦了擦脸。"让他们回来？"他试探着问。

她的声音出奇地温柔。"其他人也想让他们回来。"

"你知道的，还有一件事。"

她的拇指摸着伤心的小蓝龙。"你要明白，她不是真的。她从来都不是。我也不是真的人，直到我成为了英纳拉。"

"英纳拉可以成为真的人。如果你说的都是真话，你现在已经18岁了。"

她对他苦笑了一下。

他微笑着继续说："你可以合法地改名叫英纳拉·莫里西，前提是我们要知道你现在的法定名字。"

"你从花匠和他的儿子们手里逃了出来，"索菲娅说，"就算你父母真的来找你，你也不欠他们什么。你的家人就在医院里，就在纽约。你的父母什么都不是。"

女孩慢慢地吸进一口气，再用更慢地速度吐出来，然后再深呼吸一次。最后，"萨米拉"。

她用颤抖的声音说："我出生证明上的名字叫做萨米拉·格朗泰尔。"

他伸出一只手。她看了看，然后把陶泥龙放在腿上，伸出手握了握。索菲娅握着她另一只手。"谢谢你，萨米拉·格朗泰尔。谢谢你告诉了我们真相。谢谢你照顾了其他女孩。谢谢你惊人的勇敢和魄力。"

"还有惊人的固执。"索菲娅插了一句。

女孩笑了，脸上洋溢着明媚灿烂的笑容，也缀着斑斑泪痕，维克多决定说今天是个好日子了。他还没有天真到相信一切都会好的。还会有痛苦和创伤，那些历经调查和审讯揭开或留下的伤疤。还有死掉的女孩要哀悼，活着的女孩要挣扎数年甚至数十年来适应花园外面的生活，如果她们能够适应的话。

但他还是觉得今天是个好日子。

致谢

有时候我觉得写这个部分比写书的其他所有部分都要难。

因为这本书的问世需要感谢的人实在太多了。感谢妈妈和黛比，她们回答了很多烦人又怪异的医学问题，免去我遭受谷歌对我的折磨。感谢爸爸和我的兄弟，他们一直支持我写下这个奇怪又难写的梦。感谢桑迪，她没有放弃这个看起来无家可归的、不说话的小怪物。感谢伊莎贝拉和切尔西，谢谢她们成为我最早的读者，而且没有给我"你到底出了什么问题？"之类的反应。感谢特莎，她用耐心和智慧劝我搬开了一直以来我自设的绊脚石。感谢艾利森和乔温，是他们给了这本书机会；还有凯瑟琳，给我提了那么多那么棒的建议，一直陪在我身边——不管我变得多么难以理喻——帮我找到写得更好的方法。

还要谢谢那些原谅了我在写这本书的时候出现的反社会行为的人，以及大概早已听烦了我叨念这本书的同事们，以及激动地想要出版这本书的经理们。

感谢你，谢谢你一直陪着我。

图书在版编目（CIP）数据

蝴蝶花园/(美)多特·哈奇森著；王丹,张曼译.
-上海：上海文艺出版社.2017.8
ISBN 978-7-5321-6422-6
Ⅰ.①蝴… Ⅱ.①多…②王…③张… Ⅲ.①长篇小说—美国—现代
Ⅳ.①I712.45
中国版本图书馆CIP数据核字(2017)第168563号

©This edition made possible under a license arrangement originating with Amazon Publishing, www.apub.com.
Simplified Chinese edition copyright:
2017 SHANGHAI LITERATURE AND ART PUBLISHING HOUSE
All rights reserved.
著作权合同登记图字：09-2016-741

书　　名：	蝴蝶花园
作　　者：	(美)多特·哈奇森
译　　者：	王　丹　张　曼
出　　版：	上海世纪出版集团　上海文艺出版社
地　　址：	上海绍兴路7号　200020
发　　行：	上海世纪出版股份有限公司发行中心发行
	上海福建中路193号　200001　www.ewen.co
印　　刷：	崇明裕安印刷厂
开　　本：	890×1240　1/32
印　　张：	8.875
插　　页：	2
字　　数：	186,000
印　　次：	2017年8月第1版　2017年8月第1次印刷
ＩＳＢＮ：	978-7-5321-6422-6/I·5140
定　　价：	39.00元

告读者：如发现本书有质量问题请与印刷厂质量科联系　T:021-59940766